TÜRKISCHE BIBLIOTHEK

TÜRKISCHE BIBLIOTHEK

Herausgegeben von Erika Glassen und Jens Peter Laut
Eine Initiative der Robert Bosch Stiftung
www.tuerkische-bibliothek.de

Murathan Mungan

Palast des Ostens

Aus dem Türkischen von
Birgit Linde und Alex Bischof
Nachwort von Börte Sagaster

Unionsverlag

Die türkischen Originalausgaben:
»Ökkeş İle Cengâver« und »Binali İle Temir« in *Cenk Hikayeleri*, 1993;
»Dumrul İle Azrail« in *7 Mühür*, 2002;
»Muradhan İle Selvihan« und »Ulak İle Sadrazam« in *Lal Masallar*, 1993;
Alle Bände erschienen im Verlag Metis Yayınları.

Im Internet
Mehr Informationen zu
Murathan Mungan und diesem Buch
www.tuerkische-bibliothek.de

© by Murathan Mungan 1993, 2002
© by Unionsverlag 2006
Rieterstrasse 18, CH-8027 Zürich
Telefon 0041-44-283 20 00, Fax 0041-44-283 20 01
mail@unionsverlag.ch
Alle Rechte vorbehalten
Umschlaggestaltung: Doris Grüniger, Zürich
Umschlagmotiv: Erol Akyavaş, »Udaipur« (Ausschnitt, 1991)
Druck und Bindung: Freiburger Graphische Betriebe
ISBN-10 3-293-10005-8
ISBN-13 978-3-293-10005-3

Inhalt

Ökkeş und Cengâver 7

Dumrul und Azrail 37

Binali und Temir 84

Muradhan und Selvihan 158

Der Großwesir und sein Bote 187

Nachwort von Börte Sagaster 247
Worterklärungen 251
Zur Aussprache des Türkischen 252

Ökkeş und Cengâver

Am östlichen Mittelmeer: die Berggipfel des Taurus in der Umarmung des Meeres.

Der Himmel darüber gehört den Vögeln (ihre Flügel verdunkeln die Sonne).

Die Natur hier ist groß wie das Schicksal der Menschen.

Die dichten Wälder lassen nicht jeden durch, der Mensch verläuft sich leicht, findet den Weg zur nächsten Herberge nicht. Wer keinen Unterschlupf kennt, auf den stürzt sich der Tod wie ein Raubvogel. Die funkelnden Sterne führen Karawanen ins Verderben.

Die Nomaden der Stämme brauchen mutige Herzen, sind große Helden mit starken Armen.

Mit blutigen Ritualen wachsen die Menschen hier auf.

Ahnungslos treiben sie ihre Rösser zum Rastplatz und finden keinen Weg zurück. Zu spät suchen sie dann die verlorenen Spuren. Doch nun versperrt ihnen das Leben den Durchgang.

Blau glänzte das östliche Mittelmeer und verströmte mit lauen Winden flimmerndes Licht. Die Gipfel der Berge zeichneten wieder einmal die Kulisse von Zorn, Stolz und Liebe in den Dämmerschein eines Morgens.

Dunst und Licht, Morgen und Sonne, Liebe und Zorn – für Ökkeş und Cengâver begann jetzt ein Märchen.

Der Frühling ging zu Ende. Der Sommer begann. Die Erde quoll auf. Alle Pflanzen und Saaten erwachten zum Leben. Die Blumen kamen hervor aus ihren Schmollwinkeln.

Jener Sommer ... Wie viele Sommer sind seither verstrichen.

Wie viele verschiedene Leben haben wir gelebt, später. Aber keines brachte ihn zurück.

Von den Höhen des Berges war das Meer zu sehen. Es schien so nah, als könntest du es berühren und darin deine Finger netzen. Aber der Weg zum Meer dauerte einen Tag auf dem Pferderücken.

Alles war wie im Märchen damals. Wir lebten wie im Zauber eines Märchens. Der Dunst der Erde stieg in die Bäume, umhüllte sie wie undurchdringlicher Nebel. Das Licht der Sonne schlüpfte durch die Zweige der Bäume und ließ das Geheimnis des Nebels funkeln wie in einem Spiegel.

Wir begriffen: Bald ist der Frühling vorbei.

Vorbei ... Wie viele Sommer sind seither verstrichen? Wie viele Jahre? Aber keines brachte etwas von dem, was wir verloren hatten, zurück. Ringsum nur verlorene Schönheit und unstillbare Sehnsucht, ich denke zurück an jenen Berggipfel. An dich. An die Buchen.

Wie im Märchen ...

Dunst und Licht, Morgen und Sonne, Liebe und Zorn. So begann das Märchen von Ökkeş und Cengâver.

Die Augen von Ökkeş sprühten in der Dunkelheit der Nacht wie zwei Funkenherde. In einer Ecke des dunklen Zimmers lag er und rührte sich nicht, als sei er ans Bett gefesselt. Feucht schimmernd, hell lodernd standen seine Augen weit offen. Schlossen sich nicht für einen Augenblick. Vor Schmerzen, dachte seine Mutter zuerst. Ein paar Mal näherte sie sich vorsichtig. »Ökkeş«, flüsterte sie mit ihrer warmen, weichen Stimme ganz nah. »Ökkeş, schlaf noch ein wenig. Du weißt doch, für morgen früh musst du all deine Kräfte sammeln. Du musst, Sohn.«

Ökkeş schwieg. Ruhig durchdachte er alles. Er befragte Herz

und Verstand. Was bedeutet der Brauch? Bis jetzt hatte er über die Bräuche, die Gerechtigkeit dieser Bräuche noch nie nachgedacht. Er hatte ganz einfach so gelebt, wie man es ihn gelehrt hatte. Jetzt prüfte er alles. Mit dem Abstand, den ihm das Bett, in dem er lag, und der Schmerz, den er erlebt hatte, gewährten, überdachte er erneut, was man ihm beigebracht hatte. »Was ist der Sinn dieses Brauchs?«, fragte er sich. Der Brauch, dieses alte Gesetz, ist eine Prüfung im Schmerz, ein Lernen durch Schmerz. Das war fürs Erste alles, was er gelernt hatte. Die Mutter strich ihm übers Haar. Sie hoffte, seinen Schmerz zu lindern. Eine Berührung ist wie ein Wundverband, dachte sie.

»Es ist kein Schmerz, Mutter«, sagte Ökkeş. »Es ist kein körperlicher Schmerz.«

Seine Mutter nickte verständnisvoll, zärtlich. Sie war die lebenserfahrene Gefährtin seiner Erlebnisse, die Komplizin seiner Schmerzen; aber doch so fern von ihm selbst. Dann nahm sie einen tiefen Zug aus ihrer Zigarette. Sie ließ den Rauch, der sich in der Dunkelheit verdichtete, langsam zwischen den ausgetrockneten Lippen entweichen.

»Den Freund prüft man in Feindschaft, Sohn«, sagte sie. Dann schwieg sie plötzlich. Nach den ersten Worten stockte sie voller Zweifel. Sie musste abwägen, was sie sagen wollte. Vor einiger Zeit hatte sie eingesehen, dass sie gegenüber Ökkeş besonnen handeln und reden musste; Ökkeş war von besonderer Art. Ganz anders als seine Altersgenossen. Das beunruhigte seine Mutter und machte sie gleichzeitig glücklich. Ökkeş war anders, aber sie musste weitersprechen, musste ihm alles sagen: »So gebietet es der Brauch. Und morgen früh bist du dran!«

Ökkeş richtete seinen Funken sprühenden Blick auf sie, und er schnitt ihre Worte ab wie ein Messer. Diese Augen waren bedrohlich. Waren grausam.

»Genau deshalb schäme ich mich«, sagte er. »Und morgen

früh ich! Was für eine Prüfung ist das, Mutter? Was für eine Prüfung?«

»Sohn, du redest, als würdest du die Bräuche des Stammes nicht kennen. Du weißt doch, dass sie die großen Prüfungen sind. Die alten Gesetze, die dem Verstand und dem Herzen den Weg zeigen. Die Richtschnur des Lebens. Das ist die Prüfung der Männlichkeit. Warum tust du so, als könntest du es nicht verstehen? Du bist jetzt fünfzehn Jahre alt. Du wirst zum Mann. Es ist Zeit, deine Männlichkeit auf die Probe zu stellen. Wie kann der, der den Schmerz dieser beiden Tage nicht erträgt, ein Leben lang Schmerzen ertragen, Sohn?«

»Wenn das ganze Leben wie diese zwei Tage sein soll, mach ich mich davon, Mutter. Egal wie, dann bin ich auch für euch verschollen.«

»Du redest wie ein Kind, Ökkeş. So viele Jahre seid ihr nun schon Freunde, hattest du nie Streit mit Cengâver? Habt ihr nie einen Ringkampf miteinander gehabt? Nimm das doch einfach als Ringkampf, als Spiel.«

»Das kann ich nicht, Mutter, das kann ich nicht! Das ist kein Spiel, das ist grausam.«

»Tut es sehr weh? Hat er dich arg geschlagen?«

»Ich habe keine Schmerzen am Körper, Mutter, mein Herz tut weh.«

»Wie schwer du es dir doch machst, Ökkeş. Ich hätte nicht gedacht, dass du so leiden würdest. Merk dir endlich, es ist eine zweite Beschneidung, Sohn. Es gibt keinen anderen Weg, dem Stamm zu zeigen, dass du ein Mann bist.«

Danach strich sie ihm die Wunden mit einer Salbe ein, in der alle Kräuter des Waldes zerrieben waren. Als würde sie ihn streicheln, sanft, zärtlich wanderte ihre Hand über seinen jungen Körper. »Wenn ich nur wüsste, wie ich deine Schmerzen lindern könnte«, sagte sie. Dann stand sie vorsichtig auf. Als würde sie sich zum Gebet aufstellen, blieb sie vor Ökkeş' Füßen stehen.

»Du musst jetzt etwas schlafen«, sagte sie. »Für morgen musst du deine Kräfte sammeln. Deine Beine müssen flink sein wie die Beine eines Rehs, und deine Fäuste müssen zupacken wie die Krallen eines Raubvogels. Morgen früh werde ich dir auch etwas Proviant richten und mitgeben. Vom Gipfel des Berges werden sie einen weiten Kreis nach unten ziehen. Einen weiten Kreis bis zur oberen Grenze von Çiftekoyaklar, mit dem Gipfel des Berges als Mittelpunkt. Über diese Linie lassen sie weder dich noch Cengâver. Dort ist die Grenze des Ritus. Vergiss das bloß nie. Es ist die Stelle, wo die Grenze des Ritus beginnt. Bis Çiftekoyaklar werdet ihr reiten. Um eure Kräfte zu schonen, bringen sie euch auf Pferden dorthin. Zuerst lassen sie Cengâver gehen. Etwas später schicken sie dich hinterher. Aber geh bloß nicht in die Irre. Verfolge nicht die falsche Fährte. Du hast Zeit von Sonnenaufgang bis Sonnenuntergang, nutze sie gut. Dein Feind ist Cengâver, aber auch die Zeit ist dein Feind. Behalte das Sonnenlicht im Auge, beachte, wo die Sonne steht. Cengâver ist dein Freund, dein Kamerad seit so vielen Jahren. Wohin geht er, wo versteckt er sich, welche Plätze liebt er? Das musst du dir gut eingeprägt haben. In all den Jahren hast du sicher seinen Charakter kennen gelernt; hast gewiss seine Neigungen, auch seine ängstlichen Seiten erforscht. Lass dich bloß nicht in die Irre führen, mein Sohn. Cengâver ist dein bester Freund. Ich weiß. Er hat sein Zelt in deinem Herzen aufgeschlagen. Auch das weiß ich. Tu nur zwei Tage so, als sei er dein Feind. Komm bloß nicht mit leeren Händen ins Dorf zurück, Sohn. Lass mich nicht das Gesicht verlieren. Bring mir keine Schande. Mach mich nicht zur Mutter eines halben Mannes. Ich flehe dich an! Vertreibe aus deinem Herzen die Liebe zu Cengâver. Für zwei Tage knüpfe einen schwarzen Zauber an deine Augen, hänge an dein Herz schwarze Amulette. Tu so, als sei Cengâver dein Feind. Als sei er dein Todfeind. Als sei er ein Raubvogel, der es auf deine Ehre abgesehen hat. Das ist deine zweite Beschneidung. Komm nicht mit leeren Händen ins Dorf zurück. Danach kann Cengâver wieder dein Herzensvogel sein.«

»Danach ist alles anders. Es kann niemals mehr werden wie früher. Genau das ist der Grund meiner Angst.«

»Doch, doch, mein Sohn. Warum denn nicht? Das ist nur eine Feindschaft für zwei Tage. Der Brauch will es so. Wer diesen Ritus nicht vollführt hat, kann kein Freund fürs Leben sein. Seit unzähligen Jahren sind unsere Ahnen so zu erwachsenen Männern geworden. Wie die schmale, nadelfeine Brücke zum Paradies ist das; du wirst etwas ins Schwitzen kommen. Die heiße Feuer- und Flammenfront der Hölle wirst du auf einer Seite deines Gesichts spüren. Aber am Ende wirst du ein ganzer Mann sein. Du wirst in der Welt der Männer sesshaft werden. Ist das etwa nichts, Sohn?«

»Doch vielleicht werde ich Cengâver verlieren. Vielleicht werden wir einander verlieren. Am Ende, Mutter, sind wir weder Kameraden noch Feinde. Gar nichts mehr!«

»Ein Dickkopf bist du, mein Sohn. Wenn du verlierst, dann verlierst du! Verliere Cengâver, verliere die Kameradschaft. Aber verspiele nicht den Ruf der Familie! Achte auf den Ruf, die Ehre dieses Herdes. Nachdem ich deinen Vater verloren habe, bist du meine einzige Hoffnung, mein einziges Lebenslicht. Du bist der einzige Mann in diesem Haus. Vergiss das nicht! Deshalb will ich kein schwarzes Band um meine Stirn binden, deshalb soll mein Herz nicht Scham überschwemmen, deshalb möchte ich nicht die Mutter eines halben Mannes sein. Das wünsche ich mir von dir. Das hoffe ich. Von Sonnenaufgang bis Sonnenuntergang hast du Zeit. Du weißt, es ist dein Leben. Dein ganzes Leben. Ein falscher Schritt, ein Irrtum, ein Fehler, jede kleine Unbedachtheit bringt dich auf einen Weg ohne Rückkehr. Ein Leben lang wird unser Gesicht im Staub liegen, bedeckt von Schande. Deinetwegen. Das Leben lässt sich nicht wiederholen, Sohn. Das Leben lässt sich nicht wiederholen. Wenn du hinter der Beute her bist, wirst du das erkennen. Vergiss es bloß nicht. Von Sonnenaufgang bis Sonnenuntergang; vom Gipfel des Berges bis Çiftekoyaklar … Jeden Ort musst du Meter für Meter absuchen. Das ist keine Jagd wie die Rebhuhnjagd oder die Hirschjagd. Wer von dieser Jagd mit leeren Händen zurückkommt, dem vergibt kein Stamm. Denk nicht, du hättest reichlich Zeit, Sohn, weil Sommertage lang sind, Sommertage sind wie die Jugend, sie vergehen schnell. Die Jugend führt den Menschen in die Irre, lass dich nicht täuschen, Sohn. Und verschließe dein Herz für Cengâver. Du sollst von Rache erfüllt sein, aus den Wunden, die er deinem Körper zugefügt hat, soll deine Wut hervorbrechen, morgen sollen deine Adern zu eng werden für dein Blut, gleich am Morgen musst du dich mit deiner Männlichkeit gürten wie mit einer Waffe; du musst deiner Beute nachstellen. Die musst du in die Enge treiben und sogleich niederstrecken. Der Gefasste darf gegen seinen Jäger die Hand nicht erheben, das gebietet der Brauch. Er darf gegen dich die Hand nicht erheben. Bis er nicht mehr vom Boden aufstehen kann, musst du ihn schlagen. Dann, mit dem Abend, werden die Reiter aufs Schlachtfeld kommen, in ihren Händen Fackeln. Euch beide werden sie auf Pferderücken werfen, und wenn ihr zurück ins Dorf kommt, werden Trommeln geschlagen. Wenn ich die Trommeln höre, Sohn, werde ich zur Türe kommen und dich und deine Ehre und deinen Ruhm empfangen. Ich werde einen Freudenschrei ausstoßen, der dieses Kampfes würdig ist, ich werde mein Kopftuch schwenken und Halay tanzen. Aber wenn ich zusammen mit dem Hufschlag die Trommeln nicht höre, werde ich mir Blei in die Ohren gießen, und wenn die Scham mich lässt, werde ich in einen tiefen Schlaf fallen. Das alles hätte dir eigentlich dein Vater erzählen müssen. Aber ich bin zur Unzeit allein geblieben. Deine Mutter ist früh Witwe geworden. Und dieser Herd hat außer dir keinen Mann. Der Rauch von diesem Herd wird durch deine Ehre mutig sein Haupt gen Himmel recken. Sonst wird unsere Stirn im Staub liegen ein Leben lang. Wir werden im Staub kriechen. Das ist alles, was ich zu sagen habe. Jetzt tu, was du für richtig hältst. Cengâver ist jetzt deine Beute; nichts anderes. Als er dich im Namen der Männlichkeit erbarmungslos geschlagen hat, nachdem sie dich an diesen Baum gebunden hatten, da hat er auch nicht erst sein Herz befragt. Frag doch deine Wunden. Die Wunden an deinem Körper zeigen es dir, frag sie doch, sprechen sie etwa wie dein Herz?«

Die Mutter verstummte und zog sich in ihre Ecke zurück. Sie öffnete ihre Tabakdose und begann sich eine Zigarette zu drehen. Jetzt war alles gesagt, was gesagt werden musste. Was sie selbst anging, so war ihr Herz ruhig. Ökkeş' Herz aber raste. In ihm tosten widerstreitende Gefühle, Zorn und Wut. Er konnte sich nicht beruhigen. Die Tyrannei des Brauchs erdrückte ihn wie ein stechender Schmerz. Er wollte, dass es kein Morgen gäbe. Über heute dachte er nach. Wie über eine ferne Erinnerung. Aber seine Wunden waren frisch. Er konnte sich nichts vormachen. Seine Mutter hatte Recht. Aber Recht oder Unrecht spielte ohnehin keine Rolle bei dem, was geschah. Es lag jenseits davon. Es war etwas dran an der Sache. Das spürte er. Eine Regung tief in seinem Innern. Irgendetwas stimmte nicht. Vielleicht sollte er es wirklich angehen wie ein Spiel. Noch einmal horchte Ökkeş tief in sich hinein. Seit dem Morgen hatte er jeden Augenblick, unablässig, in sich hinein gehorcht; sein Herz befragt. Doch so vielen Fragen und Verhören war es nicht gewachsen. Sein Herz war jetzt matt, müde.

Er dachte über Cengâver nach. (Lag er jetzt auf seiner Matratze in tiefem Schlaf? War sein Herz hart wie seine Faust?) Waren sie immer noch Kameraden? Waren sie immer noch Brüder? Jetzt wusste er das nicht. Jetzt wusste er überhaupt nichts. Diese Freundschaft war in so vielen Jahren, durch so viele Prüfungen gewachsen. (War es wirklich Freundschaft? Würden sie bis zum Schluss jedem Schmerz widerstehen können? Auch zusammen?) Wurden sie durch dieses Ritual auf die Probe gestellt? Hatten sie denn nicht in diesen vielen gemeinsamen Jahren selbst alles auf die Probe stellen können? Hatten sie nicht so viel gemeinsam ins Herz geschlossen? Brauchten sie diese Prüfung, oder konnten sie nur noch alles verlieren? Offenen Auges würden sie alles verlieren.

Er begriff den Brauch nicht. »Riten sind wie Zauberei, Sohn«, hatte seine Mutter gesagt. »Einen Ritus versteht man nicht, der Verstand muss sich ihm unterordnen.« Seine Mutter war eine starke, energische Frau. Er durfte sie nicht demütigen. Ihre strahlend blauen Augen beruhigten Ökkeş wie ein endloses Wiegen. Wie ferne Meere waren die Augen seiner Mutter. (Den Berg heruntersteigen, die Ebene durchqueren; hin zum fernen Meer.)

Schmerzhaft drückte die Decke seines Lagers auf die Wunden. Bohrender Schmerz im Innern. Allein fühlte er sich. Einsam, verlassen. Am Himmel stieg ein einsamer Mond empor. (Ah, diese Sommernächte ... selbst dann ...) Durchs Fenster drang der Mond ins Zimmer, übergoss die ärmlichen Dinge im Zimmer mit Licht. Und draußen heulten die Hunde. In seine Nase drang der Geruch der Berge, der Wälder, der Tannen, der Eichen, der Erlen, der Buchen. (Zuletzt der Buchen.)

Den ganzen Wald wollte er niederbrennen.

Dieser Kampf musste ein Ende haben.

Heute war er an einen großen Baum gebunden worden. (»Es gibt drei Söhne, die sind derselben Wurzel entsprossen, Sohn.

Der erste heißt Geduld, der zweite Zorn, der letzte aber ist schön. Schön, und – er heißt Tod.«) Siebenfach wickelten sie ihn mit einem Seil an den Baum. Als man ihn festband, stieg Ökkeş eine Röte ins Gesicht. Er schämte sich. Schweiß floss an seinem Leib herab. Die Füße trugen seinen Körper nicht mehr. Es war nicht der Schmerz, der Ökkeş schreckte, es war nicht Angst um das Leben. Cengâver machte ihm Angst. Nach der siebten Umschlingung des Seils konnte sich Ökkeş nicht mehr rühren. Das Hemd klebte ihm am Leib. Das erste Licht der Sonne trennte den fahlen Schleier über Bergen und Wäldern. Ein schwach und müde gewordener Wind, der das Meer überquert hatte, durchsetzte die Luft mit einem kaum merklichen Algengeruch.

Cengâver wurde nach altem Brauch auf die Probe gestellt vor den Augen des Stammes. Doch Ökkeş stellte Cengâver auf die Probe. (Das war bei diesem Brauch etwas, das niemand wusste.) Wenn in Cengâvers Fuß sich ein Dorn hineinbohren würde oder wenn ein Rosendorn in seinen Finger stechen würde, würde auch Ökkeş diesen Schmerz spüren. Gemeinsam würde ihr Atem sich beschleunigen, würde sich ihr Brustkorb heben und senken wie der Blasebalg des Schmieds. Doch jetzt sollte Cengâvers Faust auf Ökkeş' Gesicht niederprallen, es bis zur Unkenntlichkeit entstellen? Seinem Körper unheilbare Wunden zufügen? Jeder Faustschlag eine unheilbare Seelenwunde. Alles wäre vorbei, unwiederbringlich.

Der Dede hatte zuerst beide nebeneinander gestellt, beiden lange in die Augen geschaut. Wie über ein Lesepult gebeugt, schaute er. (Durch ihre Gesichter hindurch hatte er ihre Herzen gelesen.) Dann stand der Dede auf einem hohen Stein. (Bis zu den Füßen reichte sein weißes Gewand. Auf einem hennafarbenen Fels standen seine Füße. Mit diesen Felsen hatten sie sich immer die kleinen Finger hennafarben gefärbt.) Sie standen weiter unten. Ihre Schultern berührten sich. Sie waren gleich groß. Ihre Gesichter und ihre Augen waren sich zum Verwechseln ähnlich. Sie waren gleich alt. Sie waren unschuldig und rein. Unglaublich unschuldig und rein. Das derbe Gesetz der Männlichkeit hatte das festliche Leuchten in ihren Augen noch nicht verdunkelt. Sie hatten ihre Köpfe gehoben und schauten den Dede an. Zwei Augenpaare, Ökkeş und Cengâver, ein Blick. Um den Hals hatte jeder ein feuchtes Tuch gebunden, von den Knoten baumelte ein Knäuel roter Fäden herab. Ihre Arme hatten sie auf beiden Seiten an den Körper gepresst. Ihre Hände, ihre kleinen Finger berührten sich. (Auf ihren Fingernägeln glänzte ein blasser Hennafleck.) Der Dede dachte eine Zeit lang nach. Etwas später wählte er Ökkeş aus zum Fesseln; für die Flucht Cengâver. (In welchem Herzen sieht man das Feuer beim ersten Funken? In welchem Herzen brannte das Feuer zuerst? Jetzt das zu begreifen ... Nach so vielen Sommern ... Vielleicht lässt sich gerade das Erlebte niemals niederschreiben. Unmöglich, aus einem Märchen eine Geschichte zu machen.)

Plötzlich dringt leise ein Lied an sein Ohr: »Gerade die Rose des Freundes hat mich verletzt ...« Nach der siebten Umschlingung des Seils wurden die Knoten geknüpft. (Den letzten Knoten knüpft Ökkeş' Kirve.) Ökkeş war jetzt bereit. (Der letzte Knoten war sein Schicksalsknoten.) Die Leute aus dem Dorf stiegen auf ihre Pferde. Eine Zeit lang warteten sie auf den Pferden mit starren Gesichtern. Dann ritten sie ein paar Mal um den Baum und Cengâver herum. Ihre stummen Augen hatten das Ritual eröffnet. Wenig später würden sie sich entfernen. Ökkeş und Cengâver würden alleine zurückbleiben. Alleine würden sie zurückbleiben. Und nicht mehr zurückkehren.

Einmal, als sie zusammen auf Pferden den Wald durchstreiften, war Cengâver im Sattel aufgestanden und hatte sich nach einer Baumkrone ausgestreckt. Er hatte einen Zweig abgebrochen und ihn Ökkeş gegeben. An der Spitze des Zweiges drei frische Knospen. Kurz vor der Blüte, im Frühling ...»Stell ihn ins Wasser, Ökkeş, dann hast du drei blühende Zweige von mir ...« Ökkeş Herz bekam Flügel. Er streckte die Hand aus und nahm den Zweig aus Cengâvers Hand. Ihre Finger berührten sich, es war, als ob der ganze Wald aufblühte. Er behielt diesen Zweig bei sich. Als die weiß-rosa Blüten ganz aufgegangen waren, überfiel Ökkeş Enttäuschung. Es war eine grundlose Enttäuschung. Eine der unergründlichen Emotionen, die immer wieder vorkommen. (Seelenqual ist unerklärlich.) Wie im Zorn packte er plötzlich den Zweig und warf ihn in den Fluss. Der Fluss riss den Zweig schnell fort, dieser leuchtete mit seinen drei frischen, an den Spitzen gerade aufblühenden weiß-rosa Blüten auf dem Wasser, so festlich. Noch vor dem Abend haben sie sich beim Kaffeehaus umarmt. Alles war vergessen. Sie waren wieder versöhnt. (Es war ohnehin nichts gewesen ...) Ökkeş kam der Zweig in den Sinn, den er in den Fluss geworfen hatte. Er war voll Reue. Er ging zum Fluss.

Der Fluss floss ruhig und breit dahin. Er hatte den Frühlingszweig mit den drei frischen, an den Spitzen gerade aufblühenden Knospen weggespült. Er schwamm davon, ein Frühlingszweig mit drei frischen, an den Spitzen gerade aufblühenden Knospen ...

Eine Zeit lang konnte Ökkeş es nicht vergessen. Er hatte Cengâver nichts davon gesagt. Seine Wut trug er insgeheim wie Schuld mit sich. Er bemühte sich, nicht in grundlose Enttäuschung, in grundlosen Zorn zu verfallen. Aber in einer Ecke seines Herzens erinnerte er sich immer und immer wieder an den in den Fluss geworfenen Frühlingszweig. Jetzt plötzlich, als ihm die Arme so gebunden wurden (der letzte Knoten war über dem hennagefärbten kleinen Finger geknüpft worden), erinnerte er sich plötzlich an diesen Zweig. Diesen einen Zweig, den der Fluss ihm entrissen hatte. Er wollte nicht, dass der Fluss ihm noch irgendetwas entriss.

Plötzlich spürte er den ersten Faustschlag im Bauch. Er hob den Kopf, ihre Blicke begegneten sich. Genau in diesem Augenblick flog ein Funke in Ökkeş' Augen.

Der Funkenherd war jetzt entfacht. Cengâvers Männlichkeit vibrierte in der Luft. Seine Faust schwebte in der Luft. Seine Finger öffneten sich wieder. Unter Ökkeş' Blick vergaß Cengâver den Brauch, seine Männlichkeit, alles. Nicht Schmerz sprach aus Ökkeş' Augen. Das wusste Cengâver am besten. Diese Augen schauten ihn zum ersten Mal so an. Er begriff, dass das nicht mehr Ökkeş war, den er schlug. (Der Fluss hatte dieses Mal Ökkeş gepackt.) Cengâver senkte seinen Blick vor Ökkeş. Er beugte den Kopf.

»Ich muss, Ökkeş«, sagte er. »So fordert es der Brauch, das weißt du.«

Ökkeş schaute ihn verständnislos an. In keine Sprache waren seine Blicke zu übersetzen. Durch die Äste sickerte ein ödes Licht mitten auf den Platz.

»Wenn der Dede doch mich ausgewählt hätte, Ökkeş«, sagte Cengâver. »Wenn er zum Fesseln doch mich ausgesucht hätte. Glaub mir, der, der an den Baum gefesselt wird, hat es leichter. Er schlägt nicht als Erster, er wartet nur. Glaub mir, Ökkeş, meine Aufgabe ist viel schwerer. Ich muss dich schlagen. Selbst wenn in mein Herz ein Brandmal gebrannt wird, selbst wenn alles in mir aufgewühlt ist, meine Faust muss dem Brauch gehorchen. Vergib mir! Ich muss ein Mann werden. Ich muss es tun.«

Ökkeş schwieg. Ökkeş verstand überhaupt nichts. Hätte er denn, wenn Cengâver an den Baum gebunden wäre, ihn schlagen können? So erbarmungslos, so grausam, so feindselig? Hätte er zuschlagen können?

Cengâver weinte. Er flehte. Als schlüge er nicht Ökkeş, sondern sich selbst.

»Ich flehe dich an, beschimpfe mich, Ökkeş. Beschimpfe meine

Mutter, meinen Vater, meine Ahnen! Schrei, was dir einfällt, irgendetwas, Ökkeş! Lass mich nicht allein mit meiner Scham. Hilf mir, hör auf, mir deine Hilfe zu verweigern, Ökkeş! Sag was, sag, was dir gerade einfällt, steh nicht so schweigend da, Ökkeş! Sag was, Ökkeş! Sag was! Sag was! Sag was! Mach mich nicht so fertig, lass mich nicht so hilflos dastehen, lass mich nicht allein, Ökkeş! Lass mich nicht allein. Hörst du mich, Ökkeş?«

Es war, als stehe Ökkeş neben sich selbst, als hätte er seinen Körper vergessen. Alles war wie ausgelöscht. Von fern kamen die Stimmen der Reiter. Ein Sonnenstrahl traf durch zwei Bäume hindurch auf Ökkeş' Gesicht, das beugte sich nieder.

Cengâver sank völlig außer Atem zu Boden. Er wartete auf die sich nähernden Reiter. Seine Faust blutete.

Die Reiter banden Ökkeş los. Das Seil ringelte sich um den Fuß des Baumes. Ökkeş warfen sie über ein Pferd und schickten ihn los.

Cengâver schaute auf den Baum. Der Baum war unschuldig. Er war allein.

Die ganze Nacht sprach Ökkeş' Mutter kein Wort mehr. Alles war gesagt worden. Die ganze Zeit grübelte sie und wartete ab. Ökkeş wusste, dass seine Mutter nicht schlief. Der Mond füllte das ganze Fenster aus. Eine zögernde, spannungsgeladene Nacht mit einem Mond ohne Hoffnung, der das Fenster eines Hauses ganz ausfüllte. Das ärmliche Zimmer war wie in Silber getaucht. Eine Nacht wie in einem Sommermärchen.

Ökkeş fühlte sich beraubt und zerstört. Sein Blick irrte umher, er fand keinen Schlaf. Endlos schien ihm die Einsamkeit der Nacht.

Die Pferde wurden schneller, als sie am Fuß von Çiftekoyaklar angekommen waren. Die Funken ihrer Hufeisen sprühten in den dunkelnden Abend hinein. Die Zeremonie war zu Ende. Sie waren außerhalb des heiligen Kreises. Ökkeş' Augen waren fest geschlossen. Als sie ins Dorf kamen, wurden Trommeln geschlagen. Cengâver war jetzt ein Mann. Er hatte Ökkeş geschlagen, bis er nicht mehr aufstehen, bis er seine Augen nicht mehr öffnen konnte. Ein starker junger Mann war Cengâver, einen starken Arm hatte er. (Nur starke Arme können die Zelte des Stammes aufrichten.) Wenn er morgen nicht von Ökkeş erwischt wird, wird er doppelt Mann sein. Ein Mann, der zuschlagen kann, ein Mann, der sich aus dem Staub machen kann, ein doppelter Mann wird er sein. Und Ökkeş wird, wenn er morgen Cengâver nicht finden kann, sein Gesicht doppelt verlieren.

Als die Pferde schneller trabten, spürte Ökkeş, dass Cengâver sich ihm genähert hatte. Er hatte sich offenbar in den Lärm der Hufeisen geflüchtet. (Er feierte seine frisch erworbene Männlichkeit.) Ökkeş konnte seine Augen nicht öffnen, Blut tropfte über sein Gesicht. Sie ritten nun nebeneinander her.

»Ökkeş, mein Bruder«, sagte Cengâver. »Ökkeş, hörst du mich? Ah, lieber Ökkeş, die Scham des Henkers ist schlimmer als der Schmerz seines Opfers, das muss ich dir sagen. Vergib mir, Bruder, brich nicht den Stab über mich! Du weißt, ich liebe dich. Glaub mir, morgen wirst du mich erwischen. Du wirst mich erwischen und niederstrecken. Ich werde nicht doppelt Mann sein, Ökkeş! Einfach Mann zu sein, genügt mir! Hörst du, Ökkeş?«

Am Abend küsste der Dede Cengâver auf die Stirn. »Jetzt bist du ein erwachsener Mann, Cengâver«, sagte er. »Bereite dich auf morgen vor. Deine Beine sollen sein wie die des flinken Rehs. Die Täler, in denen du dich versteckst, soll der Jäger nicht finden. Bleib von Sonnenaufgang bis Sonnenuntergang der Pranke des Jägers fern. Hab auch keine Angst, dass Sommertage lang sind. Sommertage sind wie ein Leben, Sohn, sie vergehen sehr schnell.«

Ökkeş' Augen öffneten sich nicht. Alle dachten, wegen der Schläge, die er bekommen hatte. Sie blickten auf Ökkeş und würdigten die Faust von Cengâver. Doch Ökkeş konnte seine Augen vor Scham nicht öffnen. Er wollte die Gesichter der anderen nicht sehen. Er dachte, wenn er den Menschen ins Gesicht schauen würde, würde er ihre Scham teilen, an ihrer Scham teilhaben ... (Sie selbst aber bemerkten ihre Scham gar nicht.) Seine Augen hielt er fest geschlossen, als sie ihn nach Hause brachten. Er wollte sich aus allem heraushalten. Um an der Scham keinen Anteil zu haben, hatte er sich in die Verantwortungslosigkeit der Ohnmacht geflüchtet.

Cengâver hatte seine Männlichkeit an Ökkeş' jungem Körper erprobt. Je schlimmer die Wunden, die er zugefügt hatte, desto mächtiger seine Männlichkeit. So sahen es alle. Ökkeş' Wunden verband seine Mutter, salbte sie wieder und wieder die ganze Nacht. (Ökkeş' Körper roch nach Wald.) Zärtlich, behutsam streichelte sie seine Wunden. Er war gerade fünfzehn Jahre alt, da heilen die Wunden schnell.

Die Nacht hindurch hielt Ökkeş die Augen geöffnet. Nachdem alle gegangen waren, im Dunkeln ...

Um sich nie wieder zu schließen, hatten sie sich geöffnet. Einem Irrtum wollte er auf die Spur kommen. Sein Kissen, sein Bett, seine Wunden wurden ihm zur Hölle. Da musste es doch einen Fehler, einen Irrtum geben. Den suchte er. Nicht Cengâver, diesen Irrtum wollte er jagen. Sein Verstand, seine Kenntnisse, seine Erfahrung reichten nicht aus, weder für die Jagd noch für das Gejagtwerden. Er musste es selbst herausfinden. Er war allein.

Nicht als ein Ringen konnte er diesen Brauch ansehen, nicht als ein Spiel. Das war kein Ringkampf. Er ähnelte auch nicht einem Reiterspiel. Es roch nach Verrat, nach Treulosigkeit.

In diesem Spiel gab es einen Dolch, versteckt hinter dem

Rücken. Dieser Brauch hatte etwas, das die Liebe, die Freundschaft, die Kameradschaft verletzte.

Jeder Brauch raubte dem Menschen etwas.

(Wenn er wüsste, wann und warum dieser Brauch entstanden war, ließe sich vielleicht alles lösen, klären in seinem Kopf.)

»So viele Jahre habe ich die Beute mit Cengâver geteilt. Wir zogen gemeinsam die Fohlen groß, gingen gemeinsam unsere Wege, teilten die Arbeit, halfen uns – nur die Mädchen hatten wir nicht gemeinsam. Zuerst haben wir immer von denselben Mädchen geträumt, immer haben wir denselben Mädchen aufgelauert und haben es später sein lassen. Mädchen kann man nicht teilen. Aber immer hat sich bei uns zweien ein Herzenswinkel in dasselbe Mädchen verliebt. Am Ende waren wir beide ratlos. Und wir beide haben aufgegeben. Aber selbst in solchen Situationen hegten wir keinen Hass, selbst dann hat uns der Zorn nicht entzweit. Im Gegenteil, unsere Zuneigung wuchs, und eine unbekannte Kraft brachte uns einander näher. Wir haben uns im Zorn, mit Liebe, im Streit auf die Probe gestellt. Gibt es dafür noch einen Brauch? Bis heute hat keiner von uns die Hand gegen den andern erhoben. Jeden Ringkampf kämpften wir nur zum Schein. Beide waren wir darauf aus zu verlieren; wir waren nie fanatisch beim Ringen; deshalb dauerten unsere Kämpfe endlos. Und doch …

Man sagt: »Das Männerkleid trägt man schon als Kind.«

Man sagt: »Den Tapfersten erkennt man mit sieben.«

Man sagt: »Setze den Knaben schon früh auf das ungezähmte Pferd, dann lernen sie beide das Aufbäumen.«

Man sagt: »Der Knabe muss den Schmerz lernen, damit der Körper des Mannes eine Festung wird.«

Warum das alles? Warum? Ich habe dich bis ins Innerste gekannt, Cengâver. Aber deine Faust hat mein Herz nie zu schmecken bekommen.

In der Morgendämmerung machten sich die Reiter auf den Weg. Der Stammesälteste ließ sein weißes Gewand über den Köpfen der Pferde wie eine Fahne flattern. Blütenrein brachte sein Vollbart mit silbernem Funkeln die frohe Botschaft vom Sonnenaufgang. Cengâvers Pferd war direkt neben dem des Dede. Dahinter die anderen Reiter und Ökkeş. (Die Beute ritt voraus.) Cengâvers Gesicht sah er auf dem ganzen Weg nie.

Als sie in Çiftekoyaklar ankamen, stieg Cengâver von seinem Pferd. Er küsste die Hand des Dede. Er drehte sich um und schaute Ökkeş lange an. Ihre Blicke kreuzten sich. Cengâvers Augen sagten, was er nicht in Worte fassen konnte. Schnell wandte er sich wieder um und senkte seinen Kopf wie ein kleines Kind. Seine Schultern hingen herab. Er war unschuldig, rein. (Ökkeş wollte weinen. Wollte lauthals heulen.) Dann ging Cengâver bergauf davon und verschwand. (Als würden sich die beiden nie wieder sehen.) Etwas später schickten sie Ökkeş hinterher. Erst küsste er, wie es der Ritus forderte, dem Dede die Hand. Dann marschierte Ökkeş langsam los. Cengâver war verschwunden.

Eine Zeit lang verfolgte er lustlos Cengâvers Spur. Er wollte für seine Wunden Rechenschaft verlangen. (Wegen seiner Freundschaft Rechenschaft verlangen.) Das Sonnenlicht drang behutsam durch die Zweige der Bäume und flackerte wie Schmetterlinge auf dem Waldboden. Die Erde, die Käfer und Insekten reckten sich in der Sonne. Grün lächelten all die Blumen, Gräser und Poleiminzensträucher. Die Erde erwachte zum Leben. Während er durch den dichten Wald streifte, wehte ein leichter Wind.

Beide, Ökkeş und Cengâver, standen im Frühling ihres Lebens. Doch jetzt, auf der Schwelle zum Sommer, standen sie vor der Prüfung, und der Frühling war vorbei. Mit fünfzehn war man ja erwachsen. Um in den Kreis der Männer zu gehören, um zu ihren Versammlungen zugelassen zu werden, musste man sich den Regeln unterwerfen. Auf dem ganzen Weg ging Ökkeş das durch den Kopf. Er wollte sich selbst vom Sinn dieses Ritus überzeugen. Der Glaube macht alles leichter; das wusste er. Seine Wunden mussten doch einen Sinn haben. Es musste doch auf dieser Welt etwas geben, das die Fäuste von Cengâver ihn lehrten. Auch wenn Ökkeş das überhaupt nicht lernen oder zur Kenntnis nehmen wollte. Was hatte Cengâver mit seinen Fäusten sagen wollen? Jetzt versuchte er es zu verstehen oder, falls er es nicht verstehen konnte, zu glauben.

Je näher er dem Berggipfel kam, desto deutlicher zeigte sich das Meer zwischen den dichten Bäumen hindurch als immer wieder unterbrochene, dünne Linie. (Cengâver würde er wegen seiner Mutter verprügeln; nicht seinetwegen.)

Ja, würde er ihn denn finden?

Würde er ihn überhaupt suchen?

Die ganze Nacht hatte er darüber nachgedacht: Würde er ihn suchen? Würde er ihn nicht suchen? Und wenn er ihn suchen, aber nicht finden würde? Auch das war möglich.

Aber es hatte keinen Sinn, sich selbst zu belügen. Wenn er ihn nicht fand, obwohl er ihn suchte – er war nun einmal mit jeder Faser an ein Versprechen gebunden. Ihn nicht zu finden, nein, das wäre keine Heldentat. Er wollte ihre Freundschaft bewahren. Aber damit stand er inzwischen allein. Was gab es überhaupt noch zu bewahren, nachdem er einmal angefangen hatte zu suchen? Wenn er gesucht, aber nicht gefunden hatte – würde er sich selbst, und erst recht denn die anderen, davon überzeugen können, dass das alles aus Freundschaft geschehen war? Unmöglich.

Der Gedanke, dass alles möglich war, und die Erkenntnis, dass er sich an nichts mehr halten konnte, schnürten Ökkeş das erwachsene Herz zusammen. Er sehnte sich nach unbeschwerten Tagen. Die Welt war ein heilloses Durcheinander geworden.

Er setzte sich ziellos unter einen Baum. Mit einem Zweig stocherte er im Boden herum. Ungewollt dachte er an Cengâver. Wo der jetzt wohl war ... Was er wohl fühlte ... Hatte er Angst? Versteckte er sich? Machte er sich davon? Das alles traute er Cengâver nicht zu. Er hätte es auch nicht getan.

Diese Bäume kannte er alle. Diesen Wald, diesen Berggipfel, diese da und dort hervorsprudelnden Quellen. So wie sie jeden Flecken ihrer gemeinsamen Kindheit kannten, so kannten sie auch hier alles wie ihre eigene Handfläche. Was gab es da noch zu prüfen? Welche Probe hatten sie denn noch nicht bestanden?

Was hatte die Mutter zu ihm gesagt?

»Wo steckt Cengâver? Der Schlüssel zum Mannwerden steckt gerade in dieser Frage! So viele Jahre hattet ihr gemeinsame Wege und Ziele. Jetzt verfolge diese Spuren, schwebe über ihm wie ein Raubvogel! In deinen zornigen Augenbrauen müssen Falken flattern, Sohn! Auf deinen Pranken müssen Adler sitzen! So gehört sich das. Du musst deine Beute immer im Visier haben! Deine Aufmerksamkeit musst du ganz auf Cengâver richten!«

Viele Geheimnisse hat man in so vielen Jahren der Freundschaft, der Kameradschaft geteilt. Weggefährten haben einen gemeinsamen Rastplatz. Die sich ihn teilen, öffnen sich dem anderen. Die geheimen Winkel der eigenen Seele zeigt man nur seinem besten Freund. Ein Dolchstoß in den Rücken der Freundschaft ist dieser Ritus, der aus einem Freund einen Feind macht. Die ihn erfunden haben, was wollten sie bewahren?

Tief in den violetten Felsen am schmalen Pfad zum Berggipfel gibt es ineinander verschachtelte Höhlen. Im Innern herrscht eine undurchdringliche Dunkelheit. In diesen Höhlen sind sie immer wieder ohne Fackel herumgestreift. Hand in Hand, Seite an Seite. Hier war es still und kühl. So still, dass man sogar vom Atem ein Echo hörte.

In der Bergwand der Heiligen, dort, wo die Buchen dicht an dicht stehen, gibt es drei versteckte Täler. Tief in diesen drei Tälern verbergen sich drei Quellen. Dort hatten sie sich oft über ihren Proviant hergemacht. Dorthin könnte er jetzt gehen, Cengâver an einer dieser Quellen finden, ihn zu Boden werfen, aber hieße das nicht, die Freundschaft so vieler gemeinsamer Jahre treulos zu verraten? Wäre das nicht Verrat und Treulosigkeit? Er hatte nicht das Recht, einen so reinen, unberührten Ort so zu beschmutzen, so zu beflecken.

Dorthin würde er nicht gehen. Niemals. Selbst wenn er die Freundschaft nicht bewahren konnte, würde er doch die Erinnerung an diese Orte schützen, ihr junges Leben … Selbst wenn sie ihre Körper gegenseitig mit Fäusten zu Schanden schlügen, sie waren noch so jung, sie würden weiterleben.

Auch zu den hennafarbenen Felsen, wo sie sich auf der gemeinsamen Jagd in den Hinterhalt gelegt hatten, wo sie Schutz gesucht hatten, würde er nicht gehen. Cengâver war kein Reh, keine Turteltaube. Er war Cengâver. An keinem Ort ihrer gemeinsamen Erinnerungen wollte er Cengâver begegnen. Es sollte ein ganz anderer Ort sein. Es sollte ein Ort sein, der sie bis heute noch nie beherbergt hatte, der keine Spuren der Vergangenheit zeigte. Ohne irgendetwas zu beflecken, wollte er diesen unentwirrbaren Knoten lösen. Er wollte ihre fünfzehn jungen Jahre schützen. Er wusste, er würde an diesen Orten nicht nur den andern, sondern sie beide, Ökkeş und Cengâver zusammen, finden. (Das war der Anteil der Scham.) Das wollte er nicht. Er wollte nicht, dass auf ihr junges Leben ein Schatten fiel.

Er hatte immer noch die Hoffnung, aus diesem Kreis einige Dinge zu retten.

Er dachte an Cengâver. (Er konnte sein Bild nicht wachrufen.)

»Ah, wo bist du, Cengâver?«, rief er. »Wo steckst du in diesem Wald?«

Wo der jetzt war? Machte er sich davon? Versteckte er sich? Hatte er Angst? War er furchtsam? Nein, so war Cengâver nicht. Aber er hatte keine Ahnung, was Cengâver tun würde. Er konnte für Cengâvers Herz nicht bürgen. Nicht mehr. Wie sehr das weh tat. Mehr als jede Wunde am Körper. Er kannte seine geheimsten Verstecke, aber er konnte für sein Herz nicht mehr bürgen. War er ein Freund? War er ein Feind? Er wusste es nicht. Hatte er Ökkeş nicht die Faust spüren lassen? Hieß das, dass Cengâver nicht mehr der alte Cengâver war? Er wollte nicht länger über all das nachdenken. Sonst würde er zuletzt noch sich selbst verlieren, würde dadurch Verrat begehen.

Woran dachte Cengâver wohl jetzt? Cengâver, der fremde Cengâver. Er jagte einen Fremden, dessen Spur er nicht kannte. (Seit dem Augenblick, in dem er die Faust zum ersten Mal erhoben hatte, war Cengâver ein anderer. Als die Seile festgezogen waren, hatte er diesen ersten Faustschlag am meisten gefürchtet. Der letzte Knoten hing neben seinem hennagefärbten Fingernagel.)

Es brachte jetzt überhaupt nichts, über Vergangenes nachzudenken. Wenn Cengâver der alte Cengâver gewesen wäre, hätte er ihm nicht diesen ersten Faustschlag versetzen können. (Er hatte Cengâver verloren. Er musste sich daran gewöhnen.) Nicht Cengâver, nur die Vergangenheit versuchte er sich noch zu erhalten. (Sein junges Leben.) Sonst wäre es, als hätte er nie gelebt. Dorthin würde er nicht gehen. Sollte der andere sich doch an einem dieser Orte verstecken. Er würde nicht dorthin gehen. Cengâver hatte er zwar verloren, aber er wollte nicht alles verlieren. An andere Orte würde Ökkeş gehen, neue, völlig andere Orte. Der Wald war groß … Neue Plätze, ein neuer Cengâver. So sollte es sein.

»Ich habe meinen eigenen Ritus«, sagte sich Ökkeş. »Den meines Herzens.«

(In diesem Augenblick spürte er, dass etwas in seinem Herzen fehlte. Cengâver war nicht mehr da.)

»Seis drum«, sagte er. »Mein Ritus heilt sich selbst.« Dann sagte er: »Cengâver, ah, Cengâver! Wie konntest du mir das antun? Wie konntest du mir so fremd werden? Wie konntest du mein Feind werden? Und was für ein Feind? Nur ein alter Freund kann ja ein Feind werden, der so direkt ins Herz trifft. Ah, Cengâver!«

Die Sonne stieg immer höher. Die Sommerhitze drang durch die dichten Baumkronen tief in den Wald ein. Die Erde dampfte wie Weihrauch, der zum Himmel stieg. Langsam setzte sich Ökkeş in Bewegung. Ja, er würde Cengâver suchen, aber nicht, um mit einem Messer in sein geheimes Versteck einzudringen. Seine Füße würden im Wald, auf dem Berg immer den Orten fernbleiben, die er kannte. Er würde seine Füße nicht auf diesen Boden setzen. Dort lag ihr junges Leben, ihr Geheimnis vergraben, wie eine explosive Mine.

Er hat sich noch immer nicht entschlossen, ob er Cengâver überhaupt erwischen wollte oder nicht. Auf der einen Seite stand seine Jugend, auf der anderen seine Mutter. Sooft er an den kommenden Abend dachte, dröhnte der Klang der Trommeln in seinen Ohren. Seine Mutter musste an der Türe stehen. Die Trommeln mussten ertönen. So war der Ritus. Der Ritus der anderen. Wie dem auch sei, diese Runde hatte der Ritus seines Herzens bereits verloren. Dieses Spiel musste nach den Regeln der anderen gespielt werden. (Es spielen wie ein Reiterspiel, wie einen Ringkampf. Sich amüsieren. Den Schmerz hinter dummer Fröhlichkeit, hinter eitlem Ehrgeiz verstecken. Tun, als gehe es um Leben oder Tod, wenn man erst mal im Ring stand.) Dieser Brauch hatte ihn bereits einmal zum Opfer gemacht, ein zweites Mal würde er nicht Opfer sein. Er wird Cengâver suchen. Das geheime Versteck wird er meiden.

(Die Augen des Meeres, die durch die Bäume schauten, waren größer geworden.)

An einige alte Märchen erinnert sich Ökkeş. Ihre gottgeschenkten Kinder, ihre verzauberten Körper, ihre amulettgeschützten Augen.

Es gab einmal ein gesegnetes Kind, gleich nach seiner Geburt tauchte seine Mutter dreimal den ganzen Körper in den Fluss; es war jetzt ein gesegnetes Kind, das unverwundbar war. Doch die Mutter hatte es mit ihren Fingerspitzen an der Ferse gehalten, und das Wasser des Flusses hatte die Ferse deshalb nicht bedeckt. Nur an dieser winzigen Stelle, so groß wie die Fingerspitzen, war es verwundbar. Dieses Geheimnis kannte niemand. Deshalb hielten alle den Jungen für unsterblich. Einzig seinem besten Freund hat er es eines Tages erzählt. Er hat die Ferse gezeigt, und sein bester Freund hat die Waffe gezogen und sie ihm in die Ferse gestoßen.

Es gab einmal ein anderes gesegnetes Kind, die Berge konnten seinen Körper nicht umstoßen. Die Kraft des Jungen war so groß wie die von Riesen, alle wunderten sich über die gottgegebene Kraft. Eines Tages hat er sein Geheimnis dem besten Kameraden verraten: »An meiner Stirn habe ich drei Haare. Die sind die Quelle meiner ganzen Kraft.« Als er nachts schlief, näherte sich sein Kamerad und riss diese drei Haare aus, die ihm von der Stirn herabhingen.

Ihr Märchen sollte ganz anders sein. Die Geheimnisse sollten unangetastet bleiben.

Da vergaß er alle Ratschläge seiner Mutter.

Er begann den Gipfel zu erklimmen. Seine Wunden schmerzten. Wollte er wirklich Cengâver suchen? Würde er ihn schlagen können, wenn er ihn finden würde? Ah, wie undurchschaubar war doch alles, wie unerfassbar weit war das Menschenherz. Der auf der Jagd Gefasste darf die Hand nicht erheben, so sagte es der Brauch. Auch Cengâver würde also dastehen, als wäre er an Armen und Beinen gebunden. Ökkeş würde die Rache für die Schläge des Vortages nehmen. Rache zu nehmen, Rache nicht zu unterlassen, gehörte zu den Prüfungen der Mannhaftigkeit. Würde er gnadenlos zuschlagen? Er wusste es nicht. Diese Unsicherheit tat ihm noch mehr weh. Würde er ein Jäger sein, der seine Beute zerfetzte? Konnte er sich diesem Brauch unterwerfen? Vielleicht würde er sich in jenem Moment ja dazu entschließen. In jenem Moment konnte alles geschehen. Vielleicht handelte er ganz plötzlich, vielleicht aber überhaupt nicht. Diese Ungewissheit betäubte ihn, erschöpfte ihn. Plötzlich fand er die Lösung.

Um diese Ungewissheit loszuwerden, musste er seine Beute aufstöbern.

Um zu sehen, wie er sich in diesem Augenblick verhalten, wie er handeln würde. Um sich selbst zu erkennen.

Das war der Sieg seines eigenen Ritus. Insgeheim herrschte dieser weiter.

Cengâver war noch immer kein Beutetier für Ökkeş. Er stand für die Wahrheit.

Selbst während er suchte, grübelte er weiter. Mitten in diesem Dampf, der sich wie ein Schleier auf den Wald herabgesenkt hatte, bemühte er sich, während er hinter seiner Beute her war, den Schleier über der Wahrheit zu durchdringen. Das machte ihn zwar glücklicher, aber schwächte ihn auch. Wenn er ihn jetzt nicht fand, hatte er auf einen Schlag sehr viel verloren. Dann würde er sich selbst nie ergründen können. Würde sich selbst nie kennen lernen können.

Dieses Klettern hatte jetzt keinen Sinn mehr. Er verzichtete darauf, auf den Gipfel des Berges zu klettern. Aus solcher Höhe herunterzuschauen, würde die Sache nicht leichter machen, vielleicht sogar erschweren. (Schaute er insgeheim denn nicht auf das Dorf, auf den Stamm, auf den Brauch herab? Hatte er sich nicht zu früh schon von den Seinen entfernt?) Auch ist der Boden dieser dicht von Bäumen bedeckten Hänge vom Gipfel des Berges ja gar nicht sichtbar. Die höchste Höhe offenbarte nicht alles.

(In diesem dichten Wald hatte man ihn allein gelassen. Damit hatte alles begonnen. Den eigenen Weg musste er selbst finden. Im Frühling überwucherten Blumen den Waldboden. Man kam keinen Schritt voran, ohne eine Blume zu zertreten. Er suchte einen Fleck, um seinen Fuß zu setzen. Als gehörte der Wald den Blumen, als sagten die Blumen zum staunenden Menschen: »Du kommst nicht durch, ohne uns zu zertreten!« So hat der Oleander den Wald überwuchert.)

Ökkeş setzte sich unter einen Baum. Er durfte nicht zu viel Zeit verlieren. Die Zeit kannte keine Gnade. Er nahm eine Gebetskette in die Hand. Er suchte eine Richtung, die er einschlagen könnte. Was dachte Cengâver, was hatte Cengâver für Pläne, während er selbst mit solchen Fragen rang? (Auch noch für den anderen zu denken, ermüdete ihn außerordentlich. Er konnte ja nicht einmal seinen eigenen Verstand zügeln, da war es erst recht unmöglich, Cengâvers Gedanken zu erraten.) Bewahrte auch er die Vergangenheit, seine Jünglingsjahre? Oder floh er nur, so schnell er konnte, und versteckte sich? Wenn er floh, achtete er dann Ökkeş' Geheimnisse? War ihm ihre alte Verbundenheit auch heilig? Hatte auch ihm die Mutter Ratschläge gegeben? Empfand er es als Ehrenschuld, Ökkeş' Geheimnis zu bewahren? Mied er die Orte, wo sie zusammen umhergestreift waren, wo sie gejagt hatten, wo sie Vögeln hinterhergerannt waren, wo sie sich versteckt, Spiele gespielt hatten?

Was war das für ein Cengâver, der da floh?

Hielt er sich auch von diesen Orten fern? Wenn ja, dann um seine Jugendzeit zu beschützen, oder bloß, um ein geschicktes

Beutetier zu sein, um sich bald damit zu brüsten, doppelt Mann zu sein?

Ja, wie war das wohl? Wo sollte das sein verwundetes Herz erfahren?

(Gestern, als sie ins Dorf zurückkehrten, war er zu ihm herangeritten. »Morgen wirst du mich erwischen«, hatte er gesagt. Von der »Scham des Henkers« hatte er gesprochen. Er musste Cengâver finden. Dann würde er alles begreifen. Cengâver war kein Beutetier. Cengâver war die Wahrheit. Cengâver war jetzt ein Herzensvogel.)

Ökkeş warf sich in den Hang. Sein eigener Ritus war auf einmal vergessen. Am Abend mussten im Dorf die Trommeln geschlagen werden, seine Mutter würde an der Tür stehen. Nur wegen seiner Mutter hielt er zum zweiten Mal seinen Hals zum Opfer hin.

Er lief sich die Füße wund. Er fand den Weg zum Ziel nicht. Wusste nicht, welche Richtung. Er war verwirrt. Sein verletzter Körper war vollkommen erschöpft und kraftlos.

»Cengâver, ah, Cengâver«, sagte er. »Ich finde deine Spur einfach nicht. Ich weiß nicht, was du fühlst. Du bist mir fremd geworden. Siebenfach fremd. Du bist ein Herzensvogel, ich ein blutiger Pfeil, der sein Ziel verfehlt. Wenn du Cengâver bist, wenn du noch irgendetwas an dir hast von dem Cengâver, den ich kenne, nur dann kann ich erraten, was du fühlst, und deine Fährte aufspüren.«

Den ganzen Tag war Ökkeş ziellos im Kreis gelaufen. Der Tag neigte sich dem Abend zu. Die Gipfel der Berge erschienen nun wie violette, rote Flammen. Die Worte seiner Mutter kamen ihm in den Sinn: »Denk nicht, du hast reichlich Zeit, Sohn, weil Sommertage lang sind, Sommertage sind wie die Jugend, sie vergehen schnell.«

An Sommertagen senkt sich der Abend nur langsam über die Berge. Wolken bauen sich prachtvoll auf. Wie eine Feuersbrunst bricht der Abend an. Die Tage sind lang, die Abende dunkel. Die sieben Farben der Sonne spielen der Reihe nach all ihre Töne, ihre Pracht, ihre Unübertrefflichkeit durch. Dann senkt sich das Dunkel herab. Das Meer – nur noch ein leises Plätschern hinter den Bergen. Auch der Abend ist wie ein Ritus, wie eine Zeremonie. Wenn die Sonne versinkt, fühlen die Menschen sich, als hätten sie ein trauriges und großes Leben gelebt. Ah, diese Sommerwunden, werden sie niemals heilen?

Der Tag ging zur Neige. Er durfte sich nicht zu leicht zufrieden geben. Jeden Augenblick musste er auskosten wie ein ganzes Leben. Er hatte begriffen, das Leben ließ sich nicht wiederholen.

»Ach, mein leichtsinniger Sohn! Ach, Ökkeş, du Schlauberger! Schon wieder lässt du dich von deinen geheimen Launen treiben. Glaubst du, ich verstehe nicht? Ich weiß, niemand ist so tapfer wie du. Ich weiß, dein Herz verabscheut eigentlich den Brauch. Aber Sohn, vergiss nicht, die größten Herzen sind auch die einsamsten Herzen. Ich fleh dich an, bring mir keine Schande. Lass mich das kurze Leben, das mir noch bleibt, nicht mit dem Gesicht am Boden leben! Tu es für mich, deine Mutter, schlag ihn, streck Cengâver zu Boden. Wenn deine Füße Cengâver nicht zermalmen, dann kannst du nicht den Weg der Männer gehen, Sohn!«

Der Tag ging zur Neige. Ökkeş verstieß nicht gegen den Ritus seines Herzens. Seine Füße blieben den Orten fern, an denen er seine Jugend verlebt hatte. Nicht einen suchte er auf. Die geheimen Verstecke waren eine Sache der Ehre. Seine Liebe hatte er wie eine Mine in Cengâvers Geheimversteck vergraben. Falls Cengâver wirklich dorthin gegangen war und sich an diesen Orten versteckt hielt, dann sollte er ohnehin wie jener Frühlingszweig, den der Fluss mitgerissen hatte, aus seinem Leben verschwinden. Der einzige Weg, den sie dann noch gemeinsam gehen würden, sollte der unter die Erde sein.

Aber falls er diese Geheimverstecke gemieden hatte, wo steckte er? Wohin hatte er sich verkrochen?

Der Tag ging zur Neige. Für Ökkeş wurde die Zeit knapp, für Fragen blieb keine Zeit mehr.

Cengâver war noch immer sein Herzensvogel. In seinen Zorn mischte sich der Zauber der Liebe. Jetzt jagte er nach Cengâver nicht, weil es der Brauch bestimmte, sondern weil er selbst es wollte. Das hatte er verstanden. Cengâver finden hieß sich selbst offenbaren.

Das war keine Jagd, es war ein Zauber.

Die Sonne senkte sich zum Horizont. Wieder hatte Ökkeş die Worte seiner Mutter im Ohr: »Das Leben lässt sich nicht wiederholen.« Seine Gedanken jagten sich. Nur wenige Stellen hatte er noch nicht abgelaufen. Er überlegte noch einmal, an welchen Orten er nachschauen musste.

»Ich muss mich in ihn hineinversetzen«, fiel ihm ein. »Die innere Stimme ist die Fährte.« Immer schneller dachte er. Schneller, schneller, schneller ... Er stolperte über die eigenen Füße, er verhedderte sich.

Seine Wunden hatte er vergessen, Fragen hatte er keine mehr, immer stärker spürte er jetzt, dass er sich endlich seinem Ziel näherte. Er war ganz außer Atem.

Plötzlich trieben die Füße Ökkeş in eine Richtung, in die er überhaupt nicht wollte. Seit dem Morgen hatte er nicht daran gedacht. (An so vieles hatte er gedacht.) Seine Zeit war bald abgelaufen. »Gleich werden die Reiter in Çiftekoyaklar sein und warten«, dachte er.

Er überließ sich dem Gebot seiner Füße.

(Es war seine letzte Chance.)

Dort hatte er Cengâver zuletzt gesehen. Danach hatte es für ihn den alten Cengâver nicht mehr gegeben.

Seit dem Morgen hatte ein unerklärliches Gefühl Ökkeş von dort fern gehalten. Dorthin zu gehen, war ihm nicht in den Sinn gekommen. (Das heißt, sogar den letzten Ort, an dem er Cengâver begegnet war, zählte er zu seiner zu schützenden Jugend. Auch auf diesen Ort erhob die Erinnerung Anspruch. Auch diesen beschützte sie.)

Er gelangte an den Fuß des Berges. An den Hang, an dem die drei Buchen Wurzeln geschlagen hatten. Dorthin, wo die drei Buchen standen, deren Triebe aus einer Wurzel gewachsen waren.

Er kam zu den drei Buchen, an deren mittlere er gestern gefesselt war.

Vorne war der Platz, hinten standen die drei Buchen. Weiter hinten versank wie ein roter Brand die Sonne langsam hinter dem Wald.

Als Ökkeş den Platz erreichte, stand Cengâver auf. Er hatte sich mit dem Rücken gegen die mittlere der drei Buchen gelehnt und seit dem Morgen, ohne sich vom Fleck zu rühren, auf Ökkeş gewartet.

Sie standen sich Auge in Auge gegenüber. Aus der Tiefe, wo alle Sprache verstummt, kam ihr Blick.

Ökkeş dachte: »Wenn ich jetzt zum Fluss renne, werde ich den Frühlingszweig mit den drei Blüten finden.«

Dumrul und Azrail

Als er majestätisch auf die Erde hinunterglitt, fühlte er eine seltsame Schwere. Als er die ersten paar Schritte tat, musste er sich an dieses Gewicht gewöhnen. Diesmal war alles anders, sonst hatte er ein Zittern und Vibrieren verspürt, wenn er sich in einen Körper verwandelte. Wenn auch kaum merklich, so war er doch gestolpert. Diese seltsame Schwerfälligkeit, diese spürbare Neigung zur Trägheit, sich zu verkriechen, zu versinken, sich einzugraben, bis zum Mittelpunkt der Erde einzudringen, verwirrte ihn. Hunderttausende von Jahren hatte er in einer absoluten Lautlosigkeit gelebt. In schwarzer Endgültigkeit. Er war in einen dauernden, ununterbrochenen Kreislauf eingebunden gewesen, der keine Unbestimmtheit, nichts Unerwartetes, keine Abweichung kannte. Jetzt hatte fast wie bei einem sterblichen Menschen der stechende Schmerz der Erdanziehung und Schwerkraft seinen Verstand verwirrt.

Im Licht des Nordens lag die Erdoberfläche. Dieses Licht hatte er schon immer geliebt. Es war ein gefiltertes Licht, das zwischen dem Sein und Schein der Dinge auf Erden Distanz schuf. Gebeugte Gräser murmelten zufrieden, da der Wind ihnen den Rücken kraulte. An den Berghängen, wo der Wind sich verstärkte, verwandelte sich das Murmeln in ein Pfeifen. Wie die Natur doch immer überraschend und neu war. Zu den wenigen Dingen, die auf der Erdoberfläche keine Blindheit erzeugten, gehörte die Natur; sie ließ es nicht zu, dass sich ein Auge an sie gewöhnte.

Die Brücke lag dort vor ihm. Es schien, als hinge sie in der Leere, wie losgelöst von dem zum Rinnsal gewordenen Fluss, von den beiden Ufern, die sie verband, sogar von der Erde, über die sie sich wölbte. Eine einsame Schönheit war diese Brücke;

sie stand dort wie ein Zeichen aus einer ganz anderen Welt. Als habe sie, bevor sie selbst da war, ein Bild von sich geschaffen, als sehe man, wenn sie in der Ferne auftaucht, zuerst nicht sie, sondern dieses alte Bild, und als sei sie, wenn man schließlich vor ihr steht, ein längst vertrauter Anblick.

Jetzt stand er vor ihr. Er berührte ihre Steine. Er betrachtete sie lange. Im Gefüge dieser Steine lag eine wortlose Unerschütterlichkeit … Sie war so anders als alles, was er kannte, in ihrer Bauweise, ihrem Mauerwerk, ihrem ganzen Wesen lag ein fremdartiges Geheimnis … Sie war massiv, aus unzähligen robusten behauenen Steinen errichtet, und wirkte doch zerbrechlich wie eine Hängebrücke. Wie einer jener Menschen, die ihre Kraft aus ihrer Kraftlosigkeit beziehen, die einen starken Körper, aber eine zerbrechliche Seele haben.

Diese Brücke ist vor allem ein Geheimnis, dachte er. Stark und schwermütig. Als verberge sie in sich eine Geschichte, für die die richtigen Worte noch nicht gefunden wurden. Ein Leid, das Steine erweicht … Doch dann korrigierte er sich: Nur für die Augen der gewöhnlichen Sterblichen ist dieses Überbleibsel aus alter Zeit ein Geheimnis. Ich werde sie Stück um Stück schreiben, die Geschichte dieses schwerelos schwebenden Steinbogens über den kümmerlichen Fluss …

Er ließ seine offene Hand über die Steine gleiten.

Noch vor dir haben wir deine Brücke kennen gelernt, Deli Dumrul, sagte er.

Als er sich wieder auf den Weg machte und die Brücke hinter sich ließ, blieben seine Gedanken bei ihr.

Bevor er sich Dumrul näherte, wollte er gerne noch etwas umherschweifen. Den Weg in die Länge ziehen, die Felder betrachten. Wie ein Sterblicher die Erde an seinen Fußsohlen spüren. Er hatte es nicht eilig, vor dem Zelt zu stehen, ins Innere zu schauen, seinem Gesicht, seinem Alltag zu begegnen. Es wäre ihm ein Leichtes gewesen, alles nur aus der Ferne zu sehen; doch er tat es nicht, er zögerte hinaus, er verbarg sich. Er schob das Spiel hinaus; für sich selbst und für den anderen auch; bei dieser Begegnung mussten sie beide gleiche Voraussetzungen haben. Er wollte sich erst der Zeit und dem Raum der Sterblichen unterwerfen. Dieser lastenden, ungewohnten Zeit. Eigentlich staunte er über seinen Wunsch, trotz der tiefen, ins Mark gehenden Müdigkeit den Weg in die Länge zu ziehen. Unentschlossenheit und Zögern kannte er an sich nicht. Er hatte in der schwarzen Endgültigkeit des Todes gelebt, seit Äonen; jede seiner Handlungen, jede seiner Taten war blanke Unabänderlichkeit gewesen. Doch jetzt brachte, wie der Nebel des Nordlichts, die Anwandlung von Unentschlossenheit seinen Kopf zum Rotieren. Das war ein Versuch, den anderen zum Staunen zu bringen, also: ihm zu gefallen. Ihm fehlte die Erfahrung, wie das ist, wenn neue Gefühle tief im Innern heranreifen, langsam vom Körper Besitz ergreifen. Solche Feinheiten des Lebens waren ihm naturgemäß unvertraut. Er spürte nur, dass sich in seinem Kopf alles drehte. Mit den Gesetzen der Schwerkraft hatte er sich auch der Müdigkeit ausgesetzt. Seine innere Trägheit war wie ein Sträuben gegen diese ungewohnte Aufgabe, welche die Monotonie des ewigen Kreislaufs durchbrach.

Wenn er es so gewollt hätte, hätte er in einem einzigen Augenblick am Kopfende von Dumruls Lager auftauchen können, hätte sich in seiner Brust festgesetzt und sein Leben ergriffen, hätte ihm einen Augenblick lang, nur einen Augenblick, sein Antlitz zugewendet und sein Gesicht gezeigt, und noch während sich dieser Anblick in den sich verdunkelnden Augen des anderen als letzte Erinnerung eingrub, wäre er eilends wieder zum Himmel aufgestiegen. Doch dieses Mal hatte er die Notwendigkeit gespürt, die Zeremonie etwas in die Länge zu ziehen. Vielleicht auch hatte alles damit begonnen, dass er, als vor einigen Tagen dicht an der Brücke der leblose Körper eines kräftigen, dunkelhäutigen jungen Mannes lag, sich zu stark von der magischen Anziehung dieser leidenschaftlichen Flüche hatte mitreißen und einwickeln lassen, die Dumrul mit einem ins Unermessliche wachsenden Hass gegen ihn ausstieß. Dieses wütende Rachegeheul, dieser fieberhafte Aufschrei des Deli Dumrul, der ihm in jener Nacht in gnadenlosem Zorn den Krieg erklärte, mit einer Raserei, die ihn über einen gewöhnlichen Sterblichen weit hinaushob. Vielleicht hatte er gespürt, dass er darauf antworten musste; vielleicht hatte er darum die große Stunde der Begegnung von Auge zu Auge in ein Spiel verwandelt, es durch allerlei Verschiebungen und Verzögerungen noch reizvoller und aufregender gemacht, bis zu einem Höhepunkt, der das Geschehen endgültig in ein feuerzüngiges Heldenlied verwandelte, welches die Sterblichen hoffentlich verstehen konnten, weil es in ihrem Rhythmus schlug.

Die große Stunde war gekommen.

Da, er war am Eingang des Zeltes.

Seit der dunkelsten Vorzeit bis zum heutigen Tag waren die unheilvollsten Flüche – von zahllosen Sterblichen gegen ihn ausgestoßen – an sein Ohr gedrungen, und um keinen hatte er sich geschert. Warum hatte ihn dann der Fluch von Deli Dumrul so erschüttert? Auch das wusste er nicht, mehr noch, ahnte es nicht einmal. Vielleicht ist es nutzlos, das alles abzuwägen, vielleicht waren all diese verborgenen Verbindungen und Begründungen, von denen man glaubte, sie ergäben zusammen einen Sinn, nur Hirngespinste. Das Schicksal hatte zuletzt auch ihm einen Hinterhalt gelegt, das war alles. Er öffnete den Eingang des Zeltes.

Dann geschah alles sehr schnell. Wenigstens in einer Hinsicht sehr schnell. Genauer gesagt: Während die äußere Zeit, nach seinem Maß, langsam verging, war die Geschwindigkeit dessen, was in seinem Inneren passierte, Schwindel erregend. Während sein Schritt sich dem Takt der jahrtausendealten irdischen Mattigkeit anpasste, riss diese irdische Zeit, der er sich unterworfen hatte, sein Inneres entzwei und schuf geradezu eine zweite Persönlichkeit in ihm. Etwas in ihm veränderte sich. Die Entscheidung, Körper zu werden, hatte die Seele geschwächt. Er suchte Erklärungen – eine der gefährlichen Fallen der Menschwerdung. Das zeigte, dass er den geheimen Regeln des Spiels unterliegen würde.

Im Anfang war Zeit für jeden dieselbe. Doch dann begann sie jedem für sich allein davonzueilen. Zu schnell, um sich zu prüfen, um sich zu entscheiden, um sich in Bewegung zu setzen, um die getroffene Entscheidung in die Tat umzusetzen. Schließlich drehten sich alle zusammen um ein alles umschließendes, großes, unsichtbares Rad. Zu einer alten Sonnenuhr war jedem sein Tag geworden. Für ihn war das eines der Spiele, die er von Zeit zu Zeit mit den Sterblichen um ihren Tod spielte, mehr nicht.

Sein Interesse war geweckt, das Spiel hatte begonnen, die Regeln für Dumrul waren gesetzt. Er hatte beschlossen, Dumrul könne sein Leben retten, und hatte ihm die Frist verlängert. Nach irdischer Zeit gemessen, würde er in vierundzwanzig Stunden ein Leben nehmen, das von Dumrul oder das eines anderen, der sein Leben an dessen Stelle hergab, und zurückkehren. Aber die irdische Zeit, die er ins Spiel brachte, lief anders als jene, die er bislang gewohnt war. Oder hatte er in jungen Jahren, in unbekümmerten Zeiten, schon einmal an dieser Zeit Maß genommen? Er erinnerte sich nicht ... Nein, damit hatte er nicht gerechnet. Er hatte überhaupt nicht bedacht, dass er sich selbst in dieser simplen Geschichte, die nichts als einen Tod betraf, verändern könnte. Er hatte übersehen, dass die vierundzwanzigstündige Frist schließlich auch ihm galt. Die geheimen Regeln des Spiels galten nämlich auch für ihn.

Als er ihn am Eingang des Zeltes erblickte, sah man an Dumruls Verhalten sofort, dass er verstanden hatte, wer dieser Ankömmling war und was auf ihn zukam. Die Zeitspanne zwischen dem Augenblick, in dem er ihn sah, und dem Augenblick, in dem er begriff, war so kurz, dass er Dumrul als sehr intelligent einschätzte. Aber es war wohl jene sehr selbstbezogene Art Intelligenz; die Geschwindigkeit, mit der er Dinge wahrnahm, die ihn selbst betrafen, fiel auf, aber bei anderen Dingen können Leute wie er eine unglaubliche Blindheit an den Tag legen. Die Seiten der Welt, mit denen sie nichts zu tun haben, bleiben für sie dunkel.

Er hatte ihn am Eingang des Zeltes gesehen, erkannt und war im selben Augenblick blass geworden. Mehr nicht. Aber als er langsam näher kam, jagten sich seine Gedanken.

Mitten unter den anderen Männern saß er an einem etwas erhabenen Platz. Seine Erscheinung machte ihn immer und überall zu einem Anziehungspunkt. Er hatte eine kräftige, imposante Gestalt: Seine aus den Schultern herausfließenden Arme wurden mit einem kräftigen, ebenmäßigen Bogenschwung an den Ellenbogen gebrochen, senkten sich beide wie solide Brückenpfeiler bis an die Stelle herab, wo die Hände mit den feinen, langen Fingern seine makellosen Knie berührten. Was ihm da mit all seiner Pracht gegenüberstand, war ein gesunder, stabiler, drahtiger Männerkörper. Sein Körper versprühte Lebenskraft. Der Tod solcher Körper weckt im Menschen einen tiefen, tragischen Schmerz; der Tod verfallener Körper, in schlaffe Haut gehüllt und von brüchigen Knochen getragen, lässt die Seele nicht zittern, sondern ruft nur die Unausweichlichkeit des Todes in Erinnerung, den hinausgezögerten Termin beim Unvermeidlichen … Doch wenn der Tod mit undurchschaubarer, unberechenbarer Willkür nach solchen lebenssprühenden, jungen Körpern greift, zeigt er seine Fratze. Er macht die Drohung, die über allem Leben schwebt, zu früh wahr, und über das Menschengeschlecht kommt ein großes Zittern. Der Tod junger Körper ist es, der die Menschen zu Philosophie, Gedankentiefe und Mythologie führt. Und auch Dumruls Körper gehörte zu denen, die uns so zum Zittern bringen.

Plötzlich erinnerte Azrail dieser Körper an etwas – an die Brücke.

War es richtig zu sagen, dass Dumruls Brücke ihrem Erbauer glich? Er wusste es nicht, aber der Gedanke war unabweisbar. Der Körper und die Brücke erinnerten in so vielem aneinander. Azrail erinnerte sich mit einem tausendjährigen, spöttischen Lächeln an die gewaltigen Anstrengungen, die der Mensch seit je unternommen hatte, um den Tod herauszufordern. So viel Aufwand für ein bisschen Unsterblichkeit. Mit gezügelter Spannung und vollkommener Harmonie beherrschte dieser junge Mann seine Arme, in deren Adern zwischen den starken Muskeln mächtige Ströme pulsierten. Eine stille Gewalt steckte in seinen Armen. Sie erinnerten an die Bögen der Brücke.

Mit denselben langsamen Schritten ging Azrail nun weiter auf ihn zu. In einem solchen Körper kann ein Mensch gut wohnen und sich mit anderen verbinden. Dieser Mann kennt keine Statuen, sagte er sich. Wenn er sie kennen würde, würde er selbst welche herstellen; so jemand kann nicht leben, ohne für seinen Körper ein Ebenbild zu erschaffen. Diese Brücke, Dumruls Liebe zur Brücke konnte er jetzt zumindest ein wenig verstehen.

Als er ihm nahe war, sah er in seinen Augen die tief sitzende Angst. Er hatte also gespürt, dass die Stunde gekommen war, und begriffen, dass man nichts dagegen tun konnte. Er forderte nicht durch leere Prahlereien heraus, er ließ sich nicht zu einem ehrlosen Rückzug herab, er wollte nicht, indem er seine wütenden Flüche wiederholte oder dementierte, Zeit vergeuden. Für das, was er gesagt hatte, bat er weder um Gnade, noch suchte er

Ausflüchte. Weil die Todesangst, die ihn die Brücke hatte bauen lassen, nun leibhaftig vor ihm stand. Erkannte er ihn? Aus tiefstem Innern strahlte die Angst aus seinen Augen. Dies war das Licht der Gewissheit. Das Rätsel, das der Mensch sein Leben lang mit sich trägt, hatte ein Gesicht bekommen. Für einen Augenblick sah er es, um es bald für immer zu verlieren und sogleich in einem anderen Rätsel zu verschwinden.

Die Angst, die ihn quälte, stand ihm jetzt leibhaftig gegenüber, und bald würden sie eine andere Brücke überschreiten.

Man sah, dass Dumrul sich ihm jetzt auslieferte.

Sie standen vor dem Zelt. Vor dem Zelt brannte ein Feuer. Der Feuerschein zuckte über ihre Gesichter. Durch den offenen Eingang des Zeltes sah man hinten, im Innern des Zeltes, mit besorgten Gesichtern Dumruls Männer sitzen, sie ließen ihn nicht aus den Augen.

Dumrul feilschte. Seine Fassungslosigkeit und seine Reue hielten nur kurze Zeit an, jetzt feilschte er. Um den Frühling seines Lebens zu verlängern, würde er von seiner Mutter, von seinem Vater, von seiner Geliebten Abschied nehmen, mit ihnen abrechnen, die Liebe auf die Probe stellen, ihr Leben für sich fordern, es vielleicht bekommen, vielleicht auch nicht. Aber ein letztes Mal wollte er es versuchen. Als sie sich auf den Weg machten, überlegte Dumrul noch immer, wer mit ihm das Leben tauschen, sein Leben für ihn geben würde. Wer wohl? Sein grenzenloses Selbstvertrauen erstaunte Azrail. Dieses grenzenlose Selbstvertrauen, obwohl der Tod schon an seiner Seite stand. Der blickte in Dumruls Augen, welche schauten, als sähen sie die Welt zum ersten Mal. Dumrul wich seinem Blick aus.

Das sind Augen, die blind gelebt haben und erst mit dem Tod geöffnet werden, dachte er. Er kannte die Träume in Augen, die durch den Tod geöffnet wurden. Sie sehen besser als andere die Illusion der Welt.

So hatte Dumrul die Welt bis heute nie gesehen, eine Welt, die durch eine gestundete Zeit begrenzt vor seinen Augen lag. Die begrenzte Frist schuf einen Reichtum, der das Auge blendete, einen noch nie gekannten Zauber. Er wollte an seiner statt eine Seele finden und am Leben bleiben. Das war das Todesspiel. Er ging von Pforte zu Pforte. Seine Anhänglichkeit ans Leben war rührend. Klar, ihm ging es um mehr als ums Überleben; er war noch auf der Suche nach sich selbst und hatte dies erst jetzt begriffen.

Azrail hatte Menschen gesehen, die das Leben so sehr liebten, dass sie dafür gestorben wären. Er hatte Menschen gesehen, die für ein Ideal, für einen Glauben mit geschlossenen Augen in den Tod gingen. Er hatte Menschen gesehen, die für das Leben anderer ihren Tod eintauschten. Es kam vor, dass die Lebensfreude und Lebenskunst derer, die keine Angst hatten, dem Tod zu begegnen, selbst ihn überraschten. Einige Leute, die sich ängstlich ans Leben gewöhnt hatten, taten alles, um weiterzuleben, nicht aus Lebensfreude, sondern aus Angst, nicht zu wissen, was der Tod brachte. Aber jetzt war er zum ersten Mal Zeuge, wie jemand einen anderen suchte, der für ihn sterben sollte.

Es wurde gefeilscht und eine Vereinbarung getroffen. Deli Dumrul, der den Tod herausgefordert und mit Flüchen überschüttet hatte, der zum letzten Kampf gerufen worden war, würde sterben, wenn er nicht in vierundzwanzig Stunden eine Seele fand, die statt seiner starb. Er musste jemanden überzeugen, an seiner Stelle in den Tod zu gehen. So einfach war dieses Spiel. Er suchte einen Freiwilligen. Einen Freiwilligen für den Tod. Seine Mutter, seinen Vater, seine Geliebte. Nacheinander kamen sie an die Pforten der drei.

So begann die Geschichte.

Der Hügel
Ein junger Held, der viel Streit, viele Kämpfe erlebt hat, der in unzählige Kriege gezogen ist, hat gewiss viele Tote, viele Tode, unzähliges Leid gesehen. Der Tod muss für ihn doch etwas sein, an das er sich schon lange gewöhnt hat, das ihn kalt lässt, das er nicht weiter beachtet. Warum denn verspürt er jetzt diese Empörung, die er bis heute nie verspürt hat? Diese Wut, die er nie empfunden hat, sooft er dem Tod nahe war, woher kommt sie jetzt? Wozu diese Wut eines Grünschnabels, als hätte er in seinem Leben zum ersten Mal die Nacktheit des Todes gesehen?

Das geht Azrail durch den Kopf. Er möchte wissen, was die Augenbinde gelöst hat. Er dreht sich um und mustert mit schwer zu deutendem, umschattetem Blick Dumrul. Er sucht die Antwort in seinem Gesicht.

Sie stehen an einem Abhang ... Sie schauen in den kristallklaren Tag, dessen grelle Helligkeit das Nordlicht filtert. Dort die endlose Ebene, die Weiden ... Die Gebirgskette am Horizont ... Die hohen Wolken, die den Himmel in noch größere Ferne rücken ... Die Vögel der Jahreszeit, die den Himmel vom einen Ende zum anderen durchmessen ... Sie sehen sich auf sonderbare Art ähnlich. Wie zwei Freunde, die derselben Hilflosigkeit ausgeliefert sind, sitzen sie mit verschränkten Armen da, versunken in die endlose Landschaft, die vor ihnen liegt, als würden sie sich am Rand des Abhangs von Müdigkeit erholen, mit einer an Apathie erinnernden Selbstvergessenheit ... Wie zwei Altersgenossen, die zwar keine Vergangenheit teilen, doch dieselben Erinnerungen an die Welt, sprechen sie wenig, seufzen ab und zu, sehen traurig aus ... Wer sie von fern sieht, wird denken, dass sie auf ihrer Lebensbahn vieles geteilt haben und beide die Welt mit denselben Augen sehen. Wird denken, dass ihre Freundschaft jetzt von der Zeit angenagt, aber nicht völlig verschlungen ist und früher einmal intensiver war ... Selbst was jetzt zwischen ihnen als Zerrissenheit sichtbar ist, ähnelt einem starken Band, wie es nur selten geknüpft wird.

Als er Dumrul und dessen Brücke sieht, wird ihm dessen Wut verständlicher, denn direkt bei der Brücke war jener kräftige, dunkelhäutige junge Mann ums Leben gekommen. Der Tod und die Brücke lagen nun dicht beieinander und machten sich gegenseitig in ihrer ganzen Nacktheit sichtbar. Schlagartig war der dunkle Schatten des Todes über Dumruls Brücke gefallen. Mehr noch, im Tod des kräftigen, dunklen jungen Mannes hatte Dumrul seinen eigenen Tod gesehen. Manche Tote ängstigen die Lebenden mehr als andere Tote. Dieselben starken Arme, derselbe makellose Körper, die aus dem Körper hervorsprudelnde Lebenskraft, die uns im Augenblick des Todes so tragisch berührt ... Sein Ebenbild war umgestürzt.

Er drehte sich zu Dumrul um, dessen Schweigsamkeit, dessen rätselhafte Ruhe weckte sein Interesse. Sie rührte nicht aus der nahen Begegnung mit dem Tod, sie hatte auch nichts mit Gleichgültigkeit zu tun, im Gegenteil, er schien so teilnahmsvoll in die Welt zu schauen wie noch nie. Die Ruhe auf Dumruls Gesicht glich eher der Ruhe eines Kindes, das man eigentlich als unstet und unberechenbar kennt; der unheimlichen Ruhe einer unvollendeten Kindheit, die bei Menschen zu finden ist, deren Herz und Verstand nicht im Gleichklang gewachsen sind ... Vielleicht auch die Leere einer Kindheit, die vor lauter Lernen, ein Mann zu sein, vergaß zu leben ... War sie nicht immer so, die Kindheit der Männer?

Es bereitete ihm Vergnügen, an diesem Abhang Seite an Seite mit Dumrul dazusitzen, zusammen übers Tal zu schauen, denselben Horizont zu erforschen, sogar dasselbe Unbehagen zu teilen. Er spürte, wie das Gewicht des Irdischen wohlig in seinen Körper einzog: die Probleme, Sorgen und die Gewöhnlichkeit des Alltags, Dumruls ausweglose Lage, die einsam in sich ruhende Brücke, die keinerlei Anteil am Schicksal ihres Schöpfers zeigte, die jungen, mürrisch dreinblickenden Männer, die in Dumruls Zelt Totenwache hielten ... Dieser sanft abfallende Hügel, dessen Grün schwarz geworden war, diese Trauer überall ... Warum bereitete ihm all diese Last des Lebens einen genussreichen Schmerz, ein hoffnungsloses Lustgefühl?

Schnelligkeit hatte bislang sein Wesen ausgemacht. Leicht und schnell hatte er immer seine Opfer von einer Seite zur anderen befördert ... Kaum einen Atemzug hatte für ihn jeweils das Überschreiten dieser geheimnisvollen Grenze zwischen Sein und Nichtsein gedauert, dieser so durchlässigen, durchsichtigen Linie, auf der ein Mensch sein Leben abstreift. Weder im Leben noch im Tod war er wirklich heimisch. So Schwindel erregend schnell pendelte er zwischen beiden, dass er keines von beiden erfasste. Diese Schnelligkeit war sein ganzes Wesen. Wer ihn einfach für den Tod hielt, irrte sich. Gleich weit von Leben wie Tod entfernt, hatte er die Zeiten durcheilt ... Doch nun schien ihm der Lauf der Welt so schwer und gebremst durch die vielen Tode, die er bewirkt hatte. Nun schien er zu versinken in dieser zerdehnten Weltzeit; aber er konnte sie doch jederzeit abschütteln und zu seiner eigenen Geschwindigkeit, zu seinem eigenen Rhythmus zurückkehren. Ein kurzer Augenblick des Verzichts würde genügen, und dieses ganze absurde Spiel, die Bilder und Laute, die er aufsaugte und in sich auftürmte, wären wieder ein Nichts und vergessen ... Aber eigentlich wollte er das gar nicht. Dass er in der Welt versank, bemerkte er zwar, aber dass ihm das gefährlich werden konnte, erkannte er nicht. Dass es auf der Welt einen Punkt gab, einen Punkt geben konnte, an dem seine Kraft, seine Macht endete, von dem aus es kein Zurück gab, kam ihm nicht in den Sinn. Nur eines erlebte er jetzt (und nur dem selbst Erlebten gestattete er, innerlich Tiefe zu gewinnen): Diese Schwere versetzte ihn in einen völlig neuen Gefühlszustand, den er nicht sofort benennen konnte, der in seltsamer Weise Traurigkeit und Freude miteinander verschmolz und ihn allmählich ganz durchtränkte. Eine seltsame Art von Traurigkeit, die Tiefe und Ruhe umfasste ... Als habe er nach so langer Zeit genau das gebraucht. Diese innere Verneblung ... Immer auf der Welt, doch nie ein Irdischer war er gewesen, doch nun, sei es auch nur zum Spaß, nur für die kurze Spanne eines Spiels, fühlte er sich wie ein Irdischer.

Natürlich kannte sein Wesen keine Jugend, natürlich drohte ihm kein Alter, also konnte er diese Traurigkeit nicht deuten. Diese Augenblicke von Erdenschwere waren ihm so unvertraut, dass er gar nicht merkte, wie sie ihn in die Enge trieben. Er hatte noch nicht bemerkt, dass er begonnen hatte, sich aufzuteilen, und ein Teil von ihm langsam in diesem Weltenzustand versank wie in einem Sumpf. Das leichte Gewicht der Alltäglichkeit begrub ihn unmerklich erst in sich selbst, dann in der Welt.

Er begnügte sich damit, Dumrul genau zu beobachten. Er griff der Zeit nicht vor, wollte noch gar nicht wissen, wie dieser Handel ausgehen würde. Die Mittel seiner Macht wollte er nicht brauchen. Sondern das Spiel nach dessen Regeln verfolgen. Er schien entschlossen, es, ohne Partei zu ergreifen, zu Ende zu führen.

Er war jetzt ebenso neugierig wie Dumrul selbst, neugierig, wer für Dumrul sein Leben geben würde ...

Er wusste nicht, dass am Anfang jeder Geschichte die Neugier auf ihr Ende steht. Darum wusste er auch nicht, dass Geschichten sich nach ihren eigenen Gesetzen entfalten und schließlich jeden einfangen können. Geschichten, die sich von selbst entwickeln, lassen nämlich niemanden aus. Sie können sich so sehr ausweiten, dass sie nicht nur ihre Helden, sondern auch ihre zweiten und dritten Nebenfiguren, manchmal selbst die Zeugen und sogar die Zuhörer einbeziehen. Wie die Geschichten in heiligen Schriften … Solche Geschichten umspannen die ganze Welt, vor allem aber saugen sie auch euch in sich auf, ohne dass ihr es wisst. An den Rändern welcher Geschichte beginnt eure Geschichte? Wer kann das schon wissen? Auch er wusste es nicht. Weil er die Sprache dafür nicht kannte. Er hatte sie so selten benutzt, dass er erst jetzt begann, sie zu lernen, und noch immer nach Worten suchte.

Als stünden wir an diesem Abhang, in einen entrückten Dämmerzustand versunken.
 Nach langem Schweigen sagt er: Du hast tausende von Leben, ich aber nur eines. Was wirst du mit meinem Leben machen? Was willst du eigentlich von mir?
 In einem Augenblick, in dem ich das überhaupt nicht erwartet habe, dreht er sich plötzlich zu mir um und fragt das mit völlig leerem Gesichtsausdruck. Auch wenn sie nicht weich klingt, so ist seine Stimme doch zerbrechlich geworden. Bei Menschen, von denen man dies nicht erwartet hat, auf Tiefe zu treffen, ist es überraschend und in gewissem Sinn sogar gefährlich; weil es auf einen Neubeginn hindeutet. Oft stehen dahinter Gedankenblitze, die zu Entscheidungen führen. Ich mustere ihn durchdringend, aber er weicht meinem Blick aus. Es ist offensichtlich, dass er mir nicht länger Auge in Auge gegenüberstehen will. Die bodenlose Dunkelheit in meinen Augenhöhlen muss ihm Schrecken einjagen. Trotzdem sammelt er sich schnell: Ja, was willst du eigentlich von mir?, fragt er. Wohl um seinen Schrecken zu unterdrücken, nimmt seine Stimme einen schneidenden Ton an.
 Du weißt doch, sage ich. Ich bin gekommen, um dein Leben zu nehmen.
 Warum denn?, fragt er. Warum denn?
 Das ist mein Beruf, sage ich. Möglichst sachlich sage ich das.

Er neigt seinen Kopf. So als ergebe er sich, beugt er sich vor. Seine Hilflosigkeit verleiht ihm eine rührende Unschuld.

Er fragt danach nicht mehr viel nach meiner Arbeit, obwohl er sich dafür interessiert; einige Fragen, die er in unser stockendes Gespräch streut, zeugen davon; schließlich interessiert sich jeder Sterbliche für den Tod. Aber er steckt selbst zu tief in der Falle und ist völlig absorbiert vom rätselvollen Vorgang seines eigenen Sterbens; da verblasst seine Neugier auf das, was nach dem Tod kommt.

Erschreckt es dich, dass ich neben dir sitze?

Nein, sagt er. Dass ich da sei, flöße ihm Vertrauen ein. Vielmehr, dass wir beide hier sind. Im selben Augenblick. Seite an Seite.

Ich verstehe. Bemühe mich zu lächeln und nicke.

Was ist in mich gefahren? Warum stelle ich solche Fragen, warum rede ich überhaupt über das alles mit ihm?

Wieder fragt er nicht weiter nach, weder über den Tod allgemein noch über meine Arbeit, noch wie ich die Leben nehme. Vielleicht interessiert es ihn gar nicht, vielleicht ist er nur scheu. Sein ganzes Interesse und seine ganze Aufmerksamkeit scheinen auf die Welt gerichtet; er schaut sich um, als könne er sich nicht satt sehen an der Welt, die er jetzt verlassen soll. Jede Einzelheit will er sich so genau wie möglich ein letztes Mal in seine Netzhaut eingravieren …

Mein Erscheinen hat ihn völlig überrumpelt. Natürlich, für die Menschen komme ich immer im falschen Moment. Sie denken durchaus, dass es diesen richtigen Moment gäbe, in dem ich willkommen wäre, aber wenn es so weit ist, heißt es immer nur: Noch nicht jetzt, später … Also tauche ich immer unerwartet auf. Mir ist lieber, die Menschen fürchten mich, als dass sie mich lieben. Nicht aus Selbsterkenntnis, sondern weil ich die Menschen inzwischen kenne. Meine Arbeit, ihnen das Leben zu nehmen, wird dadurch leichter. Immerhin bin ich ja nicht der, der es ihnen schenkt.

Und warum hast du an dieser Brücke so viele Menschen in Bedrängnis gebracht? Wolltest du alle zu Tributzahlungen verpflichten und an dich binden?

Ich frage das nicht, als wolle ich Rechenschaft verlangen, sondern mit einer beruhigenden Stimme, als wolle ich ihm helfen zu verstehen.

Als habe er auf diese Frage schon lange gewartet, antwortet er mir: Ich habe alles in diese Brücke gesteckt. Ich wollte nicht einfach irgendeine Brücke über den Fluss bauen. Sie sollte auch nach meinem Tod noch tausende von Jahren als die »Dumrul-Brücke« unter der strahlenden Sonne weiterleben. Ich wollte, dass die Menschen bei ihrem Anblick mich sehen. Meine Nächte, meine Tage, meine schönen Jugendjahre habe ich für sie hergegeben. Ich habe gegen die unsichtbaren Geister der Natur einen unerbittlichen Krieg geführt. Ich bin die steilen Felsen hinaufgeklettert, in die sich nicht einmal die Vögel wagen. Aus den unergründlichen Tiefen der Steinbrüche habe ich Brocken geholt so weich wie Teig, ich habe sie mit eigenen Händen geknetet, gehärtet, ich habe ihnen Form gegeben. Glutsteine, die ich aus den härtesten Adern herausschlug, habe ich weich geklopft und wie seidene Haut geglättet. Keinen Tag und keine Stunde habe ich übersprungen. In eiskalten, trockenen Winternächten, in denen die Bergwinde wie hungrige Wölfe die schneebedeckten Bergwände herabstürmten. Im launischen Herbst, wenn peitschende Regenfälle unsere Rücken erbarmungslos tagelang geißelten. An unerträglichen Mittagen in der Glut der wütenden Sonne und ihrem feuerzüngigen Drachenatem ... Immer habe ich gearbeitet und mich abgeplagt, bis zum Umfallen gearbeitet. An Gewittertagen schäumte der Fluss unter uns, den wir mit dieser Brücke bezwingen wollten, wie ein wilder Stier, und manch einen, der sich gegen ihn auflehnte, trieb er vor sich her und ertränkte ihn im brodelnden Schaum. An glühenden Sommermittagen ließ die Sonne selbst die frischeste Milch sauer werden und versuchte uns das Augenlicht zu nehmen, indem sie ihr weiß glühendes Gesicht wie ein silbernes Tablett auf unser Auge richtete ... Nie, nie habe ich die Brücke, nie meine Arbeit verlassen. Nie bin ich dem verlockenden Ruf des Frühlings gefolgt, der mich zur Faulheit, zu Müßiggang, zum Schlaf der Trägheit, zu tiefem Rausch, den Erregungen der menschlichen Natur, zu den Neigungen der Jugend gerufen hat. Der Frühling ist die hinterhältigste Jahreszeit, das habe ich gelernt. Statt im Schatten der Bäume, statt an kühlen Quellen zu liegen, arbeitete ich weiter aus Trotz, mit Liebe, unter praller Sonne. Als liebte ich ihn wie einen Sohn, setzte ich jeden Stein einzeln, mit Sorgfalt, an seinen Platz; den dicken Mörtel, mit dem ich die Steine aneinander fügte, mischte ich bedächtig, die verstreichende Zeit rührte ich hinein. Bei jedem Wechsel der Jahreszeit schnitt ich ein dichtes Büschel meiner Haare ab und legte es zwischen zwei Steine, damit sie nach meinem Tod wie unbekannte Pflanzen im milden Wind flattern und die, welche es sehen, sie für ein Kraut halten, das sie nicht kennen ... Aus den härtesten Steinen habe ich einen stabilen Panzer um die Brücke gebaut, damit niemand mehr sein Leben an diesen wilden Fluss verliere ... Eine Brücke über den Fluss und eine Festung gegen den Tod habe ich gebaut!

Als die Brücke vollendet war, war auch ich am Ende. Ich war ein anderer geworden. Andere Pforten hatten sich in mir geöffnet. In mir war ein solches Licht explodiert, dass ich in meinem mir selbst fremden Innern nichts mehr erkennen konnte. Einen Schmerz, welcher der Freude glich, trug ich im Herzen. Sowohl der Freude glich er als auch der Freudlosigkeit ... Als ich mich bückte und in die Tiefe schaute, war mir, als sei nicht einmal mein Spiegelbild im Fluss mehr dasselbe. Als ob diese riesige Brücke aus mir herausgebrochen wäre und nun eine Leere zurückließ, so groß wie sie selbst. Diese Brücke verband nun die beiden Ufer des Flusses, aber mich hatte sie völlig ausgehöhlt zurückgelassen. Sie war endlich fertig. Sie hatte sich aus mir herausgelöst. Was ich ohne Brücke anfangen sollte, wusste ich nicht. Ich wollte auch von ihr, nicht nur von der ganzen Welt Tribut. Die Leute überquerten ja nicht einfach die Brücke, sie überquerten auch mich. Ich hatte geglaubt, dass ich mit der Brücke den Tod fern hielt, doch eines Tages fand ich auf ihr die Leiche eines dunkelhäutigen jungen Mannes. Dann erschienst du und standest plötzlich vor mir wie ein Todesurteil! Als Strafe für drei zornige Schreie, für drei rasende Flüche im Fieberzorn meines jungen Herzens, als Widerhall meiner wilden Verwünschungen bist du plötzlich vor mir erschienen! Ich habe nichts getan, womit ich verdient hätte, dass du kommst! Ich habe den Tod nicht verdient! Warum bist du hier, warum richtest du dich neben mir wie ein dunkler Schatten auf? Ich verstehe es nicht, ich kann es nicht verstehen.

Dann verstummt er.

Ich warte eine Weile, bis sich seine beim Sprechen aufgewühlten Emotionen beruhigt haben, dann sage ich: Du glaubst, der Tod sei gerecht, nicht wahr? Du denkst, der Tod habe etwas mit Gerechtigkeit zu tun? Nein, der Tod spielt sein eigenes Spiel. Du denkst, es gebe Regeln, aber er bricht sie, wann er will. Du nennst das blutigen Handel, aber es gibt keine Regeln im Spiel gegen deinen Tod. Der Einsatz ist immer dein Leben. Wenn du endlich begreifst, dass es um dein eigenes Leben geht, kommt deine größte Prüfung: Jetzt erkennst du, was du dein Leben lang falsch, mangelhaft, verkehrt, fehlerhaft gemacht hast. Erst wenn sie an die Schwelle treten, erkennen die Menschen, dass sie ihr eigenes Leben wie ein Fremder gelebt haben.

Selbst wenn sie das nicht aussprechen oder es in andere Worte kleiden, wissen sie es innerlich. Ohnehin sind auf dieser Welt die Gefühle und Fantasien viel reicher als die Worte. Deshalb erzählen uns Farben und Stille viel mehr. Der Tod kommt, um all das zu zerstören. Seine Unberechenbarkeit macht das Spiel mit ihm reizvoll.

Ich bin in Fahrt gekommen und halte ein. Auch wenn er nicht überzeugt ist, scheint er mich doch verstanden zu haben. Und ich freue mich, dass wir uns gegenseitig verstehen. Schnelles Verstehen erleichtert die Freundschaft. Damit unterscheidet er sich von meinen anderen, früheren Toten, von den üblichen Fällen. Es ist also doch sinnvoll, auf der Erde ziemlich viel Zeit zu verbringen. Manche Tode sind wie Kunstwerke. In Momenten, in denen ich dieses schnelle, routinierte Töten satt habe, in denen selbst mir schwindlig wird, gehe ich meinen Weg langsam und finde wieder zu mir selbst. Ich liebe das. Es ist so entspannend. Ich lerne in mir ganz neue Gefühle kennen. Solche Augenblicke der Besinnung geben mir die Kraft, die Zeiten zu ertragen, in denen ich meine eigene Nüchternheit nicht ausstehen kann. Das ist ein Glück wie beim Erinnern von Vergessenem, beim Erkennen von Neuem. Mir gehen dann Dinge auf, deren Namen und Bedeutung ich nicht ein einziges Mal werde aussprechen können, von denen ich aber weiß, dass sie in mir wohnen.

Los, gehen wir endlich, sage ich.

Wir brechen gemeinsam auf. Im nachlassenden Licht scheint es jetzt, als wären die Wolken wie auch der Himmel in die Ferne gerückt. Die Welt ist schön.

Plötzlich merke ich, dass ich, wenn auch nur für einen Augenblick, die Welt mit seinen Augen gesehen habe. Ich erschrecke. Ich ziehe mich zurück. Ich reiße mich von ihm los und gehe – in einigem Abstand – hinter ihm her. Erst als ich sicher bin, dass ich wieder mich selbst gefunden habe, beschleunige ich meine Schritte und wachse wie ein dunkler Schatten direkt an seiner Seite aus der Erde.

Drei Pforten

Ein Handel mit drei Pforten ist es. Zu seiner Mutter, seinem Vater, seiner Geliebten werden wir gehen. Wer sich für Dumrul hingibt, dessen Leben werde ich nehmen und dafür Dumruls Leben freigeben.

Zu meiner Mutter, die mir das Leben gegeben hat, gehen wir zuerst, sagt er. Immerhin ist die Hälfte meines Lebens auch ihr Leben.

In Ordnung, sage ich. Ich habe mich ja auf den Weg gemacht, um diese Geschichte zu durchschreiten. Also muss ich auch bis zum Ende gehen. Die Welt ist ohnehin übervoll von unvollendeten Geschichten …

An der Pforte der Mutter

Um das Leben zu feilschen, machen wir uns auf den Weg. Zuerst kehren wir bei Dumruls Mutter ein.

Dumrul ist fest überzeugt, dass seine Mutter ihr Leben für ihn geben wird. Er geht ganz ruhig, als sei schon alles vorbereitet, als seien nur noch einige Kleinigkeiten mit ihr zu klären. Er scheint sich darüber keine Sorgen zu machen. Wenn er auch von Zeit zu Zeit zögernd stehen bleibt, wirkt er den Weg über doch geradezu fröhlich.

Kaum sehe ich Dumruls Mutter, ist mir auch schon klar, dass Dumruls Wunsch unerfüllt bleiben wird. Die erste Pforte hat sich gleich zu Beginn geschlossen. Aber es braucht Zeit, bis Dumrul das begreift.

Es gibt Menschen, die haben alle Jahreszeiten der Seele durchlebt und sind zuletzt nur noch ausgehöhlt. Keinerlei echte Gefühle sind geblieben. Sie können weder tiefe Liebe für noch tiefen Hass gegen jemanden empfinden. All ihre Regungen sind kraftlos. Sie können niemandem mehr etwas geben; sie schaffen es nicht. Für niemanden können sie echte, tiefe Sorge, lebendigen Zorn, leidenschaftliche Liebe empfinden. Alle Zärtlichkeit, die sie in jungen Jahren noch besaßen, ist längst aufgebraucht. Während sie lernten, sich selbst zu schützen, sind sie innerlich verdorrt. Nichts wirft sie aus der Bahn, sie sind schlicht und kühl und gehen im Trott ihrer Gewohnheiten. Sie finden sich mit allem endgültig ab und sind immer bedenkenlos zufrieden. Ihr Gottvertrauen ist nicht gereift in den Fährnissen der Lebenserfahrung, es gleicht vielmehr der Sorglosigkeit von Tieren. Der einzige Schmerz, den sie wahrnehmen, den sie noch wahrnehmen können, ist physischer Schmerz. Die Kraft, an Seelenwunden zu leiden, ist ihnen fast ganz abhanden gekommen. Natürlich hat man ihnen in frühester Jugend Wunden zugefügt, aber die Zeit hat sie geheilt, und sie haben deren heilende Kräfte völlig aufgebraucht; sie wirken nicht mehr. Um nicht eines Tages wieder auf ihre heilenden Kräfte angewiesen zu sein, haben sie alle verwundbaren Stellen unerbittlich versiegelt. Da sie wissen, dass ihnen nicht einmal mehr die Zeit zu Hilfe kommen kann, leben sie nun, obwohl sie sich direkt vor unseren Augen befinden, in einer unüberwindlichen Abgeschiedenheit, verschließen sich vor Feuer und Wasser, Erzählungen und Leidenschaft, Sturm und Trauer; in unzerbrechlichen Panzern, in undurchdringlichen Rüstungen, in von hohen Mauern umgebenen Festungen. Glück wie Unglück sind ihnen fremd. Sie existieren – dies zu wissen, ist ihnen genug. Auf einem Lebensweg ohne Auf und Ab gehen sie mit monotonen Schritten voran, leben ihr Leben wie eine lange Fastenzeit. Sie haben gelernt, ihren tiefsten Schmerz, ihre erschütterndste Trauer, selbst unerwartete, jäh hereinbrechende Schicksalsschläge mit leichtem Achselzucken zu überstehen. Sie seufzen, jammern ein wenig, sagen: Was solls, und kehren schnell zu den Geschäften dieser Welt zurück. Das ist eine Art Routine des Überlebens. Man findet sie bei Menschen, die beschlossen haben, auf alle Fälle bis zum Schluss zu leben.

Dumruls Mutter gehört zu diesen Menschen. Sie ist eine verkümmerte, schmächtige, winzige Frau. Wer es nicht weiß, würde nie darauf kommen, dass diese Frau Dumrul hat gebären können. Auch das gehört zu den unerschöpflichen Wundern der Natur: Der Körper, dem man die Existenz schuldet … Eine Mutter, in der man Leben findet … Die Nabelschnur am Bauch … Der Schoß, in den man fällt, bevor man noch den Erdboden berührt … Die Schlummerlieder, die den Säugling an den Brüsten der Lebensmilch in den Schlaf wiegen … Die Hand am Rockzipfel, mit der man sich an der Welt festhält. Der erste Schritt! Meist das erste Wort, das aus dem Mund kommt: Mutter! Die Persönlichkeit, die wir so gut kennen und die doch jedes Mal eine andere ist. Jetzt steht sie dir als jemand ganz anderes gegenüber, die in den heillos zerstörten Trümmern der Kindheitserinnerungen gesuchte Mutter – als durchstreifte man die hoffnungslos verschütteten Ruinen alter Kulturen nach vergangenen Zeitaltern. Der Knotenpunkt der Existenz, gegen den man keinen Widerstand leisten kann, der dich mit einer Anziehungskraft sehr viel größer als die Gravitation zum Kern ruft! Muss man mit Dumrul Mitleid haben? Muss man mit dem Menschen Mitleid haben? Ich weiß es nicht.

Die Müdigkeit ihrer Jahre hat sich der Frau auf die Schultern gelegt, ihre reisigdürren Knochen sind mürbe, ihre Bewegungen langsam geworden. Das sind mehr als Spuren des Alters, es sind Spuren des Verzichts, der Selbstaufgabe. Ihre glanzlosen, erloschenen Augen wirken wie verloren in ihrem Gesicht, als gehörten sie gar nicht dorthin. Als schaue sie aus einem dunklen Brunnenschacht in diese Welt, aus einem finsteren Brunnenschacht, in den die Spiegelbilder toter Sterne gefallen sind ... Seltsamerweise scheint es, als ob auch ihre Stimme, die schon lange ihre Farbe verloren hat, aus diesem Brunnenschacht käme, heiser, verschlossen, keinen Menschen rufend, nur in sich selbst widerhallend ... Das sind Körper, aus denen – vor dem Leben schon – die Seele geflohen ist. Sie rühren sich, aber sie leben nicht mehr. Von ihrem Leben erhoffen sie sich nichts mehr, erwarten nicht mehr als den nächsten Tag und schlurfen auf dieser Welt umher. Nicht weil sie sich selbst, nicht weil sie die Welt lieben, sondern weil sie verliebt sind in den Trotz ihres schlurfenden Schrittes.

Ich lasse Dumrul mit seiner Mutter allein, ihre weitschweifigen Erklärungen muss ich nicht hören. Diese greise Frau ist ganz offensichtlich entschlossen, mit ihrem Unbehagen, ihrer Langeweile zu sterben. Außer dass sie lebt, fühlt sie nichts auf dieser Welt, und deshalb gibt es nichts mehr in ihrem Leben, was sie dafür hätte eintauschen können ... Dass sie Mutter ist, hat sie schon lange vergessen. Die meisten Frauen vergessen, wenn sie alt werden, die Mutterschaft. Dass sie in fortgeschrittenem Alter Schutz suchen vor der Not, dass sie Einsamkeit fürchten, dass ihnen nur die Erinnerungen bleiben, all das sagt ihnen doch nur, dass Mutterschaft vergänglich ist. Dieser Berg von einem Mann, dessen Gesicht sie jetzt nur sehen kann, wenn sie ihren Kopf in den Nacken legt, dieser Berg von einem Mann war einmal ihr Sohn, und damals war alles anders. Ganz anders. Doch er hat sich seit langem aus ihrem Leben zurückgezogen und ist fortgegangen. Ist jetzt ein anderer. Sie hat einen Sohn, aber der ist ein Fremder geworden. Sie fühlt keine Verbundenheit. Ein Fremder, dessen Namen sie sehr gut kennt.

Als ich nach einiger Zeit zu ihnen zurückkehre, lese ich aus Dumruls leeren Augen, in seinem ausdruckslosen Gesicht, aus seiner plötzlich furchtsamen Starre, dass die Mutter ihn zurückgewiesen hat.

Geh zu deinem Vater, sagt sie. Dein Vater soll geben. Jahrelang hatte ich keine Ruhe. Zum ersten Mal in meinem so langen Leben habe ich Ruhe. Ich habe jetzt ein Eckchen für mich. Mein eigenes Eckchen. Ich möchte in Ruhe sterben. Nicht durch einen Handel. Schick diesen schwarzen Schatten an meiner Tür fort. Schaff mir diesen Schatten vom Leib. Geh zu deinem Vater. Dein Vater hatte weniger Mühe mit dir als ich. Wir werden endlich quitt sein. Ich habe dir die Jugendjahre gegeben, er soll dir das Alter geben. Wenn du stirbst, werde ich sehr traurig sein. Ich liebe dich sehr, Sohn. Du bist fern von mir, aber trotzdem liebe ich dich. Sehr jung bist du noch. Wenn du gehst, bleibt keine Erinnerung mehr an meine Jugend. Aber mehr kann ich für dich nicht tun. Nicht weil ich dich zu wenig liebe. Auch nicht weil ich mein eigenes Leben mehr liebe. Ich möchte nur auf der Welt sein. Glaub mir, ich weiß nicht einmal, ob ich mich vor dem Tod fürchte oder nicht. Selbst ihm gegenüber spüre ich in meinem Innern eine unbestimmte Kraft. Weder Leid noch Freude, weder Wunsch noch Hoffnung; es gibt nichts mehr, was ich vom Leben erwarte. Ich fürchte mich nicht einmal mehr! Sag nur nicht, was macht es da für einen Unterschied zu sterben! Sowohl im Leben als auch im Tod bin ich so frei wie ein Vogel. Zum ersten Mal bin ich mit diesem verkümmerten, dürren Körper mit mir ganz allein. Ich war eure Tochter, Schwester, Verlobte, Frau, Mutter. Jetzt bin ich nur eine alte Frau. Mein Leben lang habe ich mich ununterbrochen abgerackert, um euch zu gefallen, von euch anerkannt zu werden, von euch geliebt zu werden. Es ist nutzlos verstrichen, ich habe mein Leben für euch hingegeben. Jetzt lasst mir wenigstens meinen Tod. Bevor ich sterbe, möchte ich noch ein wenig mit mir ganz allein sein. Wenigstens der letzte Lebenshauch sei mir allein vergönnt. Ich weiß nicht, ob du mich um mein Leben bittest, weil ich schon so lange gelebt habe, oder nur, weil ich deine Mutter bin. Vielleicht weißt du es selbst nicht. Trotzdem glaubst du, das Recht zu haben. Keiner der beiden Gründe kann mein Herz erweichen: Nein, ich kann mein Leben nicht für dich geben, Sohn. Ich kann jetzt für niemanden mehr mein Leben geben! Nicht beim Sterben, sondern im Leben vereinsamt der Mensch. Und ich habe lange gelebt, bis ich begriff, dass es niemanden in meinem Leben gibt. Jetzt ist es sehr spät.

Dumrul steht, eine Schale Ayran in seiner Hand, wie versteinert da und hört mit erloschenem Blick seiner Mutter zu.

Die mit steifschaumigem Ayran gefüllte, frisch verzinnte Kupferschale strahlt wie der an Sommerabenden aufgehende volle, funkelnde Mond, es ist, als ob sie Dumruls Verlangen nach der Welt symbolisiert. Seine Schultern sind nach vorne gebeugt, sein Kopf hängt herab, und er stellt, bevor er hinausgeht, die Schale in seiner Hand mit einer bis dahin nie gezeigten Sorgfalt auf den Schemel.

Als wir uns wieder auf den Weg machen, scheint Dumrul niedergeschlagen, aber noch nicht hoffnungslos. Er bemüht sich, die Niederlage zu verdauen und sich wieder aufzurichten. Was für ein Mensch ist eigentlich die Frau, die bis heute einfach seine Mutter war, fragt er sich vielleicht zum ersten Mal … Über diese Frau hat er, weil sie seine Mutter ist, bis heute nie nachgedacht, sondern sie ganz einfach hingenommen. Er müht sich ab, sie neu kennen zu lernen und zu verstehen, wie jemanden, den man zum ersten Mal sieht. Wie sehr er sich auch dagegen sträubt, er kann die Wut und Verbitterung nicht bezähmen, als sei er verraten worden. Die Spuren des tiefen Grübelns, in das er versunken war, lassen sich auf seinem Gesicht ablesen.

Obwohl wir nicht zurückschauen, wissen wir beide, ohne darüber zu sprechen, dass die Frau, nachdem wir weggegangen waren, nur kurz an der Tür stehen blieb, aber, statt uns nachzuschauen, sofort wieder hineingegangen ist … Zu sehen, dass solche stillen Übereinkünfte zwischen uns von Zeit zu Zeit von selbst entstehen, bereitet mir Vergnügen. Besser als ein paar flüchtige Worte knüpfen im Stillen erkannte Wahrheiten ein Band zwischen Einsamen. Und wir beide sind jetzt gerade sehr einsam. Er einsam im Angesicht des Todes, ich im Angesicht des Lebens. Der Mensch hat noch kein einziges Wort gefunden, das die im Stillen geknüpfte tiefe Verbundenheit ersetzen könnte, in keiner Sprache. Deshalb kommt, in welcher Sprache auch immer, mir jetzt kein einziges Wort über die Lippen.

Wir marschieren wortlos weiter. Das Pfeifen der Gräser passt zu unserem Schweigen. Wir wirken etwas niedergeschlagen, wie zwei müde, einem langen Krieg entronnene Wanderer, die spät in die Heimat zurückkehren. Nach dem Krieg weißt du nicht, was du mit dem Leben anfangen sollst. Es ist das Gefühl, vom Leben, für das du so lange den Tod bekämpft hast, ausgeschlossen zu sein. Die aus dem Krieg zurückkehren, können nie mehr mit dem Leben Frieden schließen. In ihren Augen wurde das Leben für immer etwas, das nur dann Bedeutung hat, wenn sie bis zum Tod kämpfen. Diese »Banalität des Lebens«, die jene empfinden, die von der Schwelle des Todes zurückkehren, kann nie mehr etwas vertreiben. Aus diesem Grund habe ich, immer wenn ich nach den großen Entscheidungsschlachten die Toten einsammle, mehr Mitleid mit den Überlebenden als mit den Toten. Es ist das Pfeifen der Gräser, das mich jetzt plötzlich an die alten Krieger erinnert. Als marschierten im Gleichschritt an unserer Seite hunderte von Seelen, die ich auf den großen Schlachtfeldern gleichzeitig ergriff, auf diesem staubigen Weg, mit ihren düsteren Erinnerungen auf einmal wieder zum Leben erweckt.

Wir setzen versonnen unseren Marsch fort. Dumrul scheint nicht unruhig. Er marschiert seiner zweiten Chance entgegen. Er marschiert zu seinem Vater. Eine Wolke bedeckt sein Gesicht. Im Schatten strahlen wie zwei Glutbrocken seine nachdenklichen Augen.

Um noch einmal mit seinen Augen sehen zu können, drücke ich meine Augen wieder fest zu. Ich schrecke davor zurück, aber es reizt mich auch. Mein Tor öffnet sich einen Spalt, und es ist, als sickere ein Qualm in mich ein, den ich nicht kenne.

An der Pforte des Vaters
Auch wenn ich, als wir bei seinem Vater ankommen, begreife, dass die Situation weitgehend hoffnungslos ist, so bemerke ich doch, dass der Mann in seiner nach außen stark wirkenden Persönlichkeit im Grunde nie ein Gefühl der Endgültigkeit gekannt hat, und warte ab. Es ist nicht auszuschließen, dass er etwas Überraschendes tun könnte. Manchmal kommt man ja zu Entscheidungen, mit denen man sogar sich selbst verblüfft.

Der Vater ruht vom Scheitel bis zur Sohle ganz und ausschließlich in sich selbst. Voll gestopft mit sich selbst. Nichts anderes lässt er an sich heran. Er ist sich selbst sein Ein und Alles. Die Welt wehrt er ab. Nicht einmal seinen Sohn nimmt er wahr. Menschen, die denken, dass sie nie sterben werden, und die gleichzeitig merken, dass ihnen nur noch wenig Zeit bleibt, haben diesen geizigen und panischen Umgang mit der Zeit. Alles messen solche Leute an der ihnen verbleibenden Frist. Vielleicht haben sie ja Recht. Wer kann die widersprüchliche Sprache der Zeit denn entschlüsseln?

In vieler Hinsicht ähneln sich Vater und Sohn sehr. Eine von Geburt an vorhandene Selbstgefälligkeit liegt beiden im Blut; dazu eine tief verwurzelte Verächtlichkeit, ein erdrückender

Hochmut … Sie sind solide, unempfindlich, wissen zu herrschen, zu befehlen, zu unterdrücken. Sie verhalten sich gegenüber der Welt, als sei jeder ihnen zu Diensten verpflichtet. Alles, was man ihnen gibt, steht ihnen natürlich zu. Mehr noch, so viel die Außenwelt auch zahlt, sie bleibt ihnen immer etwas schuldig. Ich bin mir sicher, dass sie nie tiefe Dankbarkeit, nicht einmal den Impuls zu einem kleinen Dankeschön verspüren. Sie nehmen sich von der Außenwelt nur ihr Recht. Früher mochten sie sich von Zeit zu Zeit etwas voneinander erbeten haben; aber nun stehen sie sich das erste Mal wegen einer Frage von Leben und Tod gegenüber, die erst noch für beide gleichzeitig gilt. Diese Lage ist für beide neu. Wenn auch nicht am Gebaren des Vaters, so kann man das doch an Dumruls Unsicherheit erkennen.

Ich sehe, dass Dumrul einige seiner Waffen, mit denen er sich gegen die Außenwelt gerüstet hat, bei seinem Vater stillschweigend ablegt. Unauffällig verbirgt er sie an der Seite seines Vaters, obwohl er sie so gut zu benutzen und gegen die Welt einzusetzen gelernt hat. Er weiß instinktiv, dass sie gegen seinen Vater nicht wirken. Der kräftige, dunkle, breite Schatten seines Vaters erdrückt ihn fast. An seiner Seite fühlt er sich nicht wohl. Um seine Unruhe zu überspielen, legt er eine Art lärmende Streitsucht an den Tag, die nicht so sehr provozieren will als vielmehr den väterlichen Tadel sucht, in der Hoffnung, dass der ihm schließlich verzeiht und vergibt. Auf so verzwickte Weise sucht er die Gunst und die Wertschätzung des Vaters, wie dies auffallend viele Söhne tun, die sie nicht auf natürliche Weise genießen, sondern durch Taten erst noch erobern müssen. Ich habe hilflose Söhne gesehen, die ihre Väter einfach nicht gewinnen konnten, die das Gefühl, ihre Wertschätzung gewonnen zu haben, nie gekostet haben, die deshalb ihr ganzes Leben darauf ausgerichtet haben und sich dafür bis zum Ende ihres Lebens abmühen, sich fast in Stücke reißen und abrackern. Ganz offensichtlich ist auch Dumrul einer dieser verlorenen Söhne, einer dieser hoffnungslosen Söhne, die sich das eigene Leben vergiften in der Hoffnung auf ein kleines, zähes, steifes Bruchstück von Zuneigung dieser Väter mit den gelähmten Herzen und Seelen, die ihre Liebe, ihre Wertschätzung, ihre Herzen und ihre Arme überhaupt nicht öffnen können ... Selbst wenn sie am Ende die ganze Welt mit Brücken zieren, den Rest der Welt vom einen Ende zum anderen erobern, so werden sie von den Lippen ihrer Väter nie ein echtes Lob hören. Vielleicht ein skeptisches Kopfnicken, ein flüchtiges Lächeln, ein an der nächsten Tat interessiertes Halbvertrauen, ein misstrauisches Gewährenlassen ... Deshalb werden sie sich selbst nie verzeihen können, werden sie sich ein Leben lang abmühen. Es ist ein Selbstmord auf Raten.

Jeder Sohn, der sein Leben darauf baut, sich mit dem Vater zu messen, gerät in eine Sackgasse. Seine Niederlage ist vorherbestimmt. Dumrul weiß das nicht. Vielleicht will er es nicht wissen. Verstehen hätte bedeutet, sich in der Stunde des Erfolgs seinen Vater aus dem Herzen zu reißen. Nein, niemals! Kein Sohn, der so darauf besteht, wie sein Vater zu sein, kann das. Blind für das Versagen des Vaters, versagen sie selbst in allem, wo er gescheitert ist, und verirren sich in den Sackgassen ihrer Väter, die Sackgassen, die sie für ihren eigenen Lebensweg halten.

Er ist zu jung, um die vielen Formen der Einsamkeit zu kennen. Er kennt die Kraft des Verzichts nicht. Er weiß nicht, dass die Einsamkeit eine der größten Chancen auf dieser Welt ist. Er weiß nicht, dass man dabei vor allem Mensch wird. Er ist ein unbehauener Stein. Statt sich selbst zu formen, hat er so viele Jahre nach der Pfeife anderer getanzt. Jetzt sieht er seinen Vater zum ersten Mal. Mit ganz neuen Augen sieht er ihn zum ersten Mal. So eine Prüfung haben sie noch nie erlebt!

Vielleicht ist es das, was mich an diesem Spiel so fasziniert.

Mich, der ich keine Geschichte habe, obwohl ich unsterblich bin, der ich ohne Vater, ohne Sohn gelebt habe. Der ich kein Leben, nur immer den Tod hatte. Dessen Mutter das Leben und dessen Vater der Tod ist. Der seine Töchter und Söhne erst als Tote in seinen Armen wiegt. Der ich keinen meinesgleichen, keinen Zwilling, keinen Partner habe und jetzt versuche, ein anderer zu sein, ohne mich aufzugeben. Ich versuche ja, die Gefühle jedes Einzelnen für jeden anderen genau zu verstehen, zu kommentieren, zu übermitteln – wie ein alter, zäher Schamane, der sich bemüht, mit Worten, an deren Macht er nie geglaubt hat, das Leben nochmals zu besingen; begleitet von einer traurigen Laute, deren leise Töne die Ewigkeit beschwören; in einer grenzenlosen Abendstunde, die in den Sonnenuntergang hinüberdämmert mit der Lebenskraft des ersten Schöpfungstags in den ältesten Farben der Welt ...

Hier stehen also Dumrul, sein Vater und der Tod, gegen den sich die Sterblichen voneinander Hilfe erhoffen. Ohne meine eigene Kraft zu spüren, schaue ich nur zu. Ich versuche, mit ihren Augen zu sehen, was Todesangst – etwas, das ich nie empfunden habe – eigentlich ist, und leihe mir dazu ab und zu ihre Augen.

Der Vater hört Dumrul eine Weile gleichgültig zu. Was sein Sohn von ihm verlangt, bringt ihn mit einem Mal zu sich; sein Interesse lebt auf, sein in Selbstzufriedenheit eingekapselter Blick öffnet sich plötzlich der Welt. Er dreht sich um und mustert seinen Sohn ... Aufmerksam, als sähe er ihn zum ersten Mal. Mir geht der Gedanke durch den Kopf, wie lange sich Dumrul dies eigentlich schon gewünscht hatte. Als hätte er erst jetzt eine verständliche, annehmbare Grundlage gefunden, seinem Vater das Leben zu nehmen, ihn zu vernichten, so fordert er mit geheimer innerer Freude, mit einer Seelenruhe, die ihn später keine Schuld soll verspüren lassen, von seinem Vater das Leben.

Der Vater hat das wohl bereits vor mir begriffen. Zwischen ihnen schwebt jetzt ein gespannter Bogen. So straff, dass die Sehne in der Luft sirrt. Alle Hoffnungen Dumruls, er könne selbst das halb gelebte Leben seines Vaters mit größerem Erfolg zu Ende führen, stürzen in einem Augenblick in sich zusammen: Nein, sagt der Vater. Er sagt das mit einer viel erprobten Stimme, der es meisterlich gelingt, gleichzeitig angenehm wie hart zu klingen. Eine selbstsichere, mächtige, entspannte Stimme, die Herrschen, Gewalt und Milde in sich vereint, der es gelingt, Macht zu sichern und sie am Ende durchzusetzen: Ich habe dir einmal Leben gegeben. Für das zweite Mal bin ich nicht da. Außerdem habe ich noch zu tun auf dieser Welt. Ich habe meine Aufgaben noch nicht erledigt. Wenn ich jünger wäre, hätte ich mein Leben vielleicht gegeben für dich. Aber jetzt, nein. Ein Weg scheint aus der Ferne leichter begehbar, als wenn man davor steht. Der Tod ist vertrauter, wenn man jung ist. Ohnehin weiß ich nicht, ob die gezählten Tage meines gealterten Körpers reichen, um dein ungelebtes Leben zu retten. Du bist mein Sohn, ich liebe dich wie das Leben, aber das kann ich dir nicht geben. Aus diesem einen einzigen Körper könnte ich hundert Söhne zeugen, ich kann ihn nicht für einen Sohn opfern! Du verstehst mich nicht, weil du wütend auf mich bist und erst noch voller Todesangst. Du solltest dich in meine Lage versetzen, du bist mir doch sehr ähnlich, dann wirst du mich verstehen und mir vielleicht sogar Recht geben.

Kurze, klare, bestimmte Worte.

Dumrul kapituliert sofort vor dieser wohl bekannten Stimme, die seine Persönlichkeit geprägt hat. Wehrlos, wie immer vor seinem Vater, sinkt er in sich zusammen und gibt sich nicht einmal Mühe, das zu verbergen. Erschöpft und hilflos schaut er zu seinem Vater empor. Zwischen dem »Nein« seiner Mutter und dem »Nein« seines Vaters gibt es einen Unterschied: Mit dem Vater verbindet ihn eine tief sitzende Komplizenschaft, die sich über Jahre entwickelt hat. Die Normalität des Gleichgültigwerdens. Die Zeit härtet den Stein und lockert den Mörtel der Fugen. Niemand kann aus solchen Steinen eine Brücke bauen. In welche Zukunft sollte sie führen?

Vielleicht hat er es noch nicht im ganzen Ausmaß erfasst, aber inzwischen ahnt er es sicher; in sein stets selbstsicher der Welt zugewandtes Gesicht graben sich scharfe Falten, die die grausame Erfahrung plötzlich tief und fest eingekerbt hat.

Die Jahre vergehen langsam und gemächlich, dann lernt der Mensch dies und das sehr plötzlich.

Als wir seinen Vater verlassen, schaut uns dieser von der Tür aus eine Zeit lang hinterher. Nicht voll Kummer oder um sich vom Sohn zu verabschieden. Nur um sicher zu sein.

Wir wissen, dass er dort steht, aber wir drehen uns nicht um und schauen nicht zurück. Wir lächeln uns grundlos an.

An der Pforte der Geliebten

Als wir uns der Pforte seiner Geliebten nähern, spüre ich, dass Dumrul wieder Selbstvertrauen und Kraft schöpft. Als seien Mutter, Vater, Kindheit, Vergangenheit und leidvolle Erinnerungen von ihm abgefallen, als stehe er nun vor der großen Wende, die den leuchtenden Weg zum neuen Leben einleiten wird. Nicht weil er die zerstörerische Niederlage an der Pforte von Mutter und Vater schon vergessen hat oder nicht ernst nimmt, sondern weil sein Bedürfnis, auf die Zukunft zu hoffen, so heftig ist. Seine Aufmerksamkeit ist ganz auf den Weg gerichtet, auf dem wir marschieren, auf das, was dieser Weg für uns bereithält. Es ist wie ein Tagesanbruch der Zukunft.

Seine Schritte werden manchmal schneller, manchmal langsamer. Die Richtung seiner Gedanken kann ich nicht nur aus seinem Gesicht, sondern auch aus der Geschwindigkeit seiner Schritte ablesen.

Klar, die erlittene Niederlage hat ihn betäubt; er braucht Zeit, um das Geschehene in seinen ganzen Ausmaßen zu begreifen. Die Hoffnung auf Zeitgewinn kann er nicht fahren lassen. Jetzt verhärtet er sich innerlich, er schiebt sein Leid auf ... Er hofft vielleicht sogar, seiner Mutter, seinem Vater eines Tages Vorwürfe machen zu können. Dass die beiden seine Erwartungen enttäuscht haben, machte ihn mir gegenüber verlegen. Als wolle er klarstellen, dass wir den Weg nicht umsonst gingen, erzählt er mir ausführlichst, wie sehr seine Geliebte ihn liebt, wie verrückt sie nach ihm ist. Er will mich von etwas überzeugen, das er selbst nicht wirklich versteht: Seine Verlobte liebt ihn wirklich über alles. Sie liebt ihn mit einer märchenhaften Liebe. Sie liebt ihn wie in den Erzählungen aus alter Zeit. Jeder weiß das. Und wie viele Male hat sie schon selbst gesagt, dass sie ihr Leben für ihn würde hergeben können. Womit seine Mutter und sein Vater geizten, seine Verlobte würde es ihm liebend gerne geben. In den langen, mühevollen Zeiten, die er bei der Brücke verbracht hat, welche er mit seinem Namen über den wilden Fluss bauen wollte, hat seine Geliebte, obwohl er sie so sehr vernachlässigt hat, ihn nie aufgegeben, ihr Herz nie von ihm abgewendet. Er lässt die Erinnerung an die gemeinsam verbrachten, verblichenen Tage wieder aufleben, wie um aus der Vergangenheit eine Mauer zu errichten, an die er sich lehnen kann. Ich spüre sein Bedürfnis, genauso wie mich auch sich selbst von der Liebe seiner Geliebten zu überzeugen. Klar, dass er versuchen muss, nach der offenen, entschiedenen, eindeutigen Ablehnung durch die Mutter und den Vater seine ins Wanken gebrachte Gewissheit zurückzugewinnen, sich innerlich wieder aufzurichten. Dass er mit so viel Eifer darüber spricht, wie sehr ihn seine Geliebte liebt, und dabei keinerlei Bedürfnis spürt, seine Liebe zu ihr auch nur ein einziges Mal zu erwähnen, bemerke ich, aber ich will es nicht überbewerten. Es ist ja nicht seine Liebe, die ihm das Leben retten soll, sondern ihre Liebe, denke ich und stelle meine inneren Zweifel zurück.

Mir war tatsächlich noch nicht aufgefallen, dass Dumrul im Grund ein Mensch ohne Liebe ist.

Ich begreife es sofort, als ich Dumrul seiner Geliebten gegenüberstehen sehe. Dumrul liebt niemanden. Kann nicht lieben. Nicht, weil er die Liebe nicht kennt. Er hat sie kennen gelernt, aber nur als Liebe, die ihm entgegengebracht wird. Die Liebe ist für ihn deshalb ein Wissen, das er von anderen gelernt hat. Ein trockenes Wissen, dessen großen Nutzen er für das tägliche Leben erkannt hat. Die Liebe ist, wie andere Dinge auch, etwas, das ihm geschenkt wird, sein natürliches Recht ... Dass er sehr geliebt wird, weiß Dumrul; das ist eine Auszeichnung, die er ohne Mühe, ohne Eifer, ohne Anstrengung erworben hat. Ein gesegnetes Geschenk, das er von Gott bekommen hat. Bereits viele junge Mädchen, deren Liebe sagenhaft, märchenhaft war, haben Dumruls Weg gekreuzt und sich in ihn verliebt, haben um ihn blutige Tränen vergossen. Die Liebe hat für ihn den Reiz verloren, er staunt nicht mehr darüber, sie ist ihm sogar unbequem, aber sie macht doch das Leben leichter, ist nützlich und praktisch. Aber das Tor zu seinem Herzen ist verschlossen, sein Innerstes weiß er nicht mitzuteilen, denn es ist ein festgezurrter, unlösbarer Knoten, wie bei so vielen Menschen, die unfähig sind zu lieben.

Und seine Leidenschaft für die Brücke geht Hand in Hand mit seiner Leidenschaft für sich selbst. Die Brücke liebt er wie sich selbst; sie ist ein Teil von ihm. Manchmal weiß er gar nicht mehr, was sie ist und was er selbst.

Während ich über Dumruls wahnwitziges Selbstvertrauen nachdenke, erkenne ich seine Allmachtsfantasien. Er gehört zu denen, die glauben, dass es auf dieser Welt rein gar nichts gebe, was sie nicht tun könnten. Alles, was er wollte, hat er bekommen. Dumrul, der über einen sommers wie winters mit der Stimme eines Stiers brüllenden, reißenden, tollwütig geifernden Fluss voll Todesverachtung eine riesige Brücke gebaut hat, der so viele Gladiolenjünglinge um sich versammelt hat, die ihm aufs Wort gehorchen, und der so vielen Leuten noch das letzte Hemd als Tribut ausgezogen hat, zweifelte niemals an seiner Kraft. Mit einem Stern über seinem Haupt wandelt er durch die Welt. Immer von einem Kreis seiner Bewunderer umschwärmt. Er betet seine eigene Stärke an. Er denkt, dank ihr liege ihm die Welt zu Füßen.

Und doch ist es wohl so, dass seine Kraft ihn auch taumeln ließ. Warum sonst diese waghalsigen Aufstände und Rebellionen gegen Herren und Sultane? Dieser fiebrige, fast unmenschliche Fluch, mit dem er sogar mich zum Kampf herausgefordert hatte? Diese rußschwarze Rachelust, die einem jungen Helden das Leben kostete? Diese grenzenlose Überheblichkeit, dass jeder und jede von den Seinen für ihn sein Leben opfern würde?

Ich habe ihn erstmals an seine Grenze geführt.

Dumruls Verlobte ist tatsächlich so schön, wie er sie beschrieben hat. Ihre Schönheit ist aber gewissermaßen eine fremdartige Schönheit. Wir sind noch etwa zwanzig Schritte vom Zelt entfernt, da spürt sie schon, dass wir uns nähern, und tritt an den Eingang, um uns zu empfangen. Ein Mädchen mit feinen Gliedern, schlanker Taille, hohem Wuchs, kräftigem Knochenbau, mit sicherem Schritt. Ihre mit blauen Glasperlen dicht verflochtenen Zöpfe reichen ihr bis zur Taille, sind dick wie Handgelenke und schlagen beim Laufen gegen ihren Rücken. Auf den ersten Blick wird klar, dass sie nicht eine dieser märchenhaften Nomadenschönheiten ist, deren Augenbrauen, Augen,

Gestalt, Pose mit metaphorischen Andeutungen, mit festgestanzten, poetischen Mustern beschrieben werden. Ihre Schönheit hat Unvollkommenheiten, die ihr etwas Anrührendes verleihen. Ihr Gesichtsausdruck ist rein und kristallklar wie das Wasser von Bergquellen und zeigt schon im frühen Alter eingeprägte, einfache Linien, was auf den ersten Blick Vertrauen weckt. Diese Person, so hat man den Eindruck, darf man sofort ins Herz schließen, auf ihr Wort kann man bauen. Ihre von festen, dichten, schattigen Wimpern umsäumten, etwas vertieft in den Höhlen liegenden, großen, hellbraunen Augen schauen rein und arglos in die Welt. Ihre Haut scheint von innen heraus zu leuchten, was den kräftigen und entschiedenen Ausdruck ihres feinknochigen, von dichtem, rabenschwarzem Haar umrahmten Gesichts mildert.

Kaum habe ich das Mädchen gesehen, ist mir klar, dass sie Dumrul wirklich wie verrückt liebt, ja vergöttert. Als sie ihm gegenübersteht, schauert und bebt sie an Leib und Seele. Trotzdem gehört sie eindeutig nicht zu diesen Nomadenmädchen, die ihre erste Liebe mit Herzklopfen zelebrieren, sich zieren in ihrer übermütigen Unerfahrenheit, vor Liebe in die Berge rennen, dort von Stein zu Stein springen und, als seien sie besessen, mit Wölfen und Vögeln in Versen sprechen und sich im Feuer der Liebe verzehren. Es ist völlig offensichtlich, dass sie sich ganz Dumrul verschrieben hat, dass sie ihr bisheriges Leben ganz und gar aufgegeben hat. In ihrer eigenen Liebe strömt sie wie ein ruhiger, aber kräftiger Fluss, wie ein Berg trägt sie würdig ihre Last und wartet auf die große Zeit, die Dumrul ihr widmen würde. Für Dumrul hat sie sich entschieden, jetzt hält sie sich bereit für ihn. Für ihr Alter ist sie gelassen und ruhig. Sie gehört zu denen, die uns die Liebe, wenn sie sie selbst auch als anstrengend und verzehrend erleben, als bereichernd und entspannend zu vermitteln vermögen. Sie beherrscht, so glaube ich, eine Fähigkeit, mit der Zeit umzugehen, die man nur bei Menschen antrifft, die auf die eigene Schönheit vertrauen und zu warten wissen. Alles, was ich an ihr beobachte und spüre, sind eigentlich Verhaltensweisen von Menschen, die ihrem Alter weit voraus sind; kein Zweifel, was sie in ihren frühen Lebensjahren erlebte, hat sie früh reifen lassen. Vielleicht hat meine Gegenwart sie deshalb nicht so erschreckt wie die anderen.

Bei ihr macht es Dumrul am meisten Mühe, zu erklären, warum wir gekommen sind. Er spricht nicht so ruhig wie soeben noch mit seiner Mutter und mit seinem Vater; nach der Desillusionierung lauert in seinem Innersten im Hinterhalt wie ein gespannter Bogen ein düsterer Rest von Argwohn. Seine Sätze kommen schwerfällig, seine Worte sind abwägend, seine Sprechpausen zeugen von einer Verunsicherung, die sich Rückzugsmöglichkeiten freihält. Wenn sie auch zunächst nicht ganz und gar begreift, was er will, so begreift sie doch, dass es eine schwierige Sache ist. Mit langen, gewundenen Sätzen versucht er, sein Anliegen verständlich zu machen.

Mit gespannter Aufmerksamkeit hört das Mädchen ihm zu. Ihre wechselnden Empfindungen lassen sich auf ihrem Gesicht nicht ablesen. Sie will Dumrul die Möglichkeit geben, auszureden, ohne durch ihren Gesichtsausdruck abgelenkt zu werden, er soll alles sagen können, was er auf dem Herzen hat, darum lauscht sie ihm von Anfang an mit verschlossenem Gesicht und lässt keines ihrer Gefühle sichtbar werden. Selbst in seinen Sprechpausen beherrscht sie ihren Gesichtsausdruck und wartet. Nicht weil sie gefühllos ist. Weil sie alles wissen will. Weil sie Dumrul nicht durch eine Reaktion ablenken, nicht behindern will. Sie will die Wahrheit ganz und gar ergründen. So mühsam, so bitter, so schwer sie auch sei, solche Menschen wollen die ganze Wahrheit. Mit weniger sind sie nicht zufrieden. Denn was sie quält, ist nicht die Wahrheit, es ist ihre eigene

Einbildungskraft. Sie wissen, wie sie selbst mit der schlimmsten Wahrheit fertig werden können. Gegenüber Dumruls großer körperlicher Kraft steht ebenbürtig die Seelenkraft dieses Mädchens. So gleichen und ergänzen sie einander.

Ich versuche, Dumrul mit den Augen seiner Geliebten anzuschauen. Dass die Liebe unerwidert bleibt, sehe ich selbst, aber ich frage mich, wie seine Geliebte es sieht, und leihe mir den Blick des Mädchens.

Mit ihrem Blick aus jenen Tagen, als sie ihn am allermeisten liebte, schaue ich Dumrul an. Es tut mir weh.

Als Dumrul aufhört zu reden, bleibt das Mädchen still und horcht eine Zeit lang in sich hinein, ganz offensichtlich bemüht sie sich, zwingt sie sich, passende Worte zu finden. Sobald sie anfängt zu sprechen, erwacht ihr Mienenspiel zum Leben.

Ich habe lange auf dich gewartet, Dumrul, beginnt sie seufzend. Meine ganzen Träume habe ich für dich aufgespart, warten lassen, als hätte ich sie an eine Wolke gehängt. Für dich an eine Wolke gehängt und behütet; wo diese Wolke hinziehen würde, wo sie herunterregnen würde, war völlig unsicher. Ängstlich, immer hinter dir her, bin ich marschiert, habe mich nie gezeigt, nur deine Spur verfolgt. Ich wollte dir nicht als Schatten im Weg stehen. Ich wollte dein Schicksal nicht behindern. Ich bin nicht zur Brücke gekommen und habe dich für mich beansprucht. In genau der Entfernung, die du festgesetzt hast, habe ich gewartet, an deinem Saum, an deiner Türschwelle, an deiner Seite, fern von dir, an deinem Horizont; voll Hoffnung und hoffnungslos; voll Geduld und ungeduldig habe ich auf dich gewartet. Wenn ich genug warten würde, wärest du mein, dachte ich. Ich habe nicht aufgegeben. Ich habe mich nicht davongemacht. Während du unendliches Vertrauen in mich hattest, wartete ich mit unendlichen Zweifeln auf dich. Jetzt, nach so langer Zeit, kommst du zu mir und sagst, dass du von mir mein Leben willst. Ich habe dich unerwidert geliebt; dass die Liebe ohnehin etwas ohne Gegenleistung ist, habe ich von dir gelernt; hilflos habe ich geliebt, mich selbst tröstend habe ich geliebt, meine Hoffnungen, meine Erwartungen zügelnd habe ich geliebt. Wie in allen ungleichen Beziehungen habe ich die Grausamkeit der Ungleichheit ertragen und trotzdem geliebt. Obwohl dein Herz für großes Lieben nicht geschaffen ist, habe ich dich geliebt. Deine Oberflächlichkeit, deine Lieblosigkeit, deine Gleichgültigkeit habe ich geliebt. Die Träume, Dumrul, die ich mit dir verknüpfe, die ich an das Leben mit dir binde, sie sind so groß und weit, dass ich jeden darin einschließen könnte, aber ich habe sie nur für dich aufgehoben. Ich habe endlos zur Unzeit gewartet, ich habe an der Brücke gewartet, ich habe am Eingang deines Zeltes gewartet, ich habe an den Stationen deines Weges gewartet. Um dich etwas öfter sehen zu können, wollte ich ein Stein sein, Mörtel sein, eine Maurerkelle sein, dein Pferd sein, dein Köcher sein, dein Streitkolben sein; ohne Hoffnung habe ich mir das in meiner Fantasie ausgemalt. Während ich dich so sehr liebte, hattest du so wenig Zeit für mich, hattest du so wenig Herz für mich, ich habe es stillschweigend ertragen. In den seltenen Augenblicken, in denen du dich von den jungen Helden um dich herum, von deinen Kämpfen losreißen konntest, konnte ich dich sehen, ich habe es stillschweigend ertragen. In den kurzen Momenten, wenn du zur Quelle herunterkamst, um Wasser zu trinken, konnte ich dich sehen, ich habe es stillschweigend ertragen. Auf etwas mehr Zeit mit dir habe ich gewartet. Nicht nur wenn du fern warst, auch wenn du nah warst, konnte ich dich nicht erreichen; du hast mich vielleicht umarmt, mich vielleicht geküsst, aber du bist mir nicht nah gekommen. Ich konnte dich nie erreichen. Du warst so fern wie die Sterne. Dein Körper, den ich abgöttisch liebte, war gleichzeitig die Mauer, die ich nicht überwinden konnte. Du hast mich nicht glücklich gemacht, Dumrul, und dass du mich unglücklich gemacht hast, sogar das habe ich geliebt. Jetzt trittst du mir entgegen und willst von mir mein Leben, ist das etwa recht und billig, Dumrul? Warum willst du meinen Körper? Weil ich dich liebe? Ja, ich liebe dich. Und du, willst du mein Leben für die Zeit, in der es mich dann nicht mehr geben wird, möchtest du das Leben, um das Leben, das du von mir bekommen hast, mit einer anderen, mit anderen zu verbringen? Und ich, was für einen Dumrul soll ich lieben, wenn es mich nicht mehr gibt? Wenn du gefordert hättest, dass wir zusammen sterben, das hätte ich in Betracht gezogen. Ich hätte verstanden, dass du denkst, eine Welt ohne dich oder eine Welt ohne mich hat für uns beide keinen Sinn mehr; dann hätte ich für dich auf alles verzichten können. Aber du willst von mir mein Leben für deine noch nicht erfüllten Aufgaben auf dieser Welt, für deine irdischen Angelegenheiten, für deinen Ehrgeiz und für dein eigenes Leben. Für die Zeit, in der es mich nicht mehr geben wird, willst du mich von mir haben. Warum? Weil ich dich liebe? Du willst also meine Liebe für den Tod eintauschen und für dich zum Leben machen.

Für dich zu sterben oder an deiner Stelle zu sterben, ist nicht dasselbe. Schau, das habe ich heute gelernt. Du hast mich heute meine Grenzen gelehrt. Weder ich noch du, wir beide können nicht darüber hinweg. Nicht sterbend, aber vielleicht lebend kann ich mich für dich aufopfern, und ich werde immer genau wissen, warum ich das getan habe. Ich könnte mich sogar, wenn es nötig wäre, für dich töten, aber meine Hoffnungen kann ich nicht töten, Dumrul. Wenn ich sterbe, wären meine Hoffnungen dahin. Du, der in meinen Hoffnungen lebt, wärest dahin. Natürlich liebe ich dich. Aber solange ich lebe, hoffe ich auf dich. Ich will natürlich, dass du mir gehörst, aber nicht nur darauf ist die Hoffnung gerichtet. Dass du lebst, dass du existierst, dass du in der Ferne bist, hoffe ich. Auch dass du nie jemandem gehören wirst, Dumrul, weiß ich. Du gehörst nur dir. Jetzt möchtest du mir nicht nur das Leben, sondern auch meine Hoffnungen nehmen. Ich kann auf mein Leben verzichten, aber nicht darauf, an dich zu denken, dich zu lieben, dich zu erträumen.

Verlange von mir nicht dich, Dumrul. Du bist in meinem Leben geborgen. Ich kann es daher nicht für dich hergeben. Ich kann es für niemanden hergeben.

Sie verstummt und schaut Dumrul, ohne jetzt irgendeines ihrer Gefühle im Inneren zu verbergen, direkt ins Gesicht. Nur Menschen, die alles gesagt haben, schauen so.

Dumrul fühlt sich verloren in diesem Wolkenbruch von Worten, die er nicht kennt, Gefühlen, die er nicht versteht, Gedanken, die ihm fern liegen. Er hat natürlich begriffen, dass ihn zuletzt auch seine Verlobte abgewiesen hat. Aber nicht daran denkt er im Moment. Auf eigentümliche Weise glaubt auch Dumrul an die Liebe. Nicht etwa, weil er selbst verliebt ist, sondern weil er weiß, wie sehr er geliebt wird, glaubt er an die Liebe. Jetzt sieht er auf einmal, dass sich auch die Liebe aus seiner Welt zurückgezogen hat. Sogar die Liebe lässt ihn, den so lange Vielgeliebten, im Stich. Bald wird er von der Erdoberfläche gespült. Ungeliebt, verlassen, wie eine nutzlose Brücke.

Plötzlich geht ihm auf, dass er ganz auf ein Gefühl gebaut hat, das er selbst nie gekannt hat. Obwohl er selbst nie Liebe verspürt hat, hat er sich viel zu stark der Liebe und Leidenschaft anderer anvertraut. Da war ein großes Missverständnis: Er hat auf die Absolutheit der Liebe gebaut, hielt selbst aber nicht die Liebe, sondern sich selbst für absolut. Darum die Irrtümer, darum die Fallen, in die er geraten ist. Er kannte die Liebe, aber er hat sie nie gelebt. Deshalb ist er an drei Pforten abgewiesen worden. Er muss sich damit abfinden.

Bevor er aufbricht, umarmt er seine Geliebte lange. Er küsst ihre Haare, ihr Gesicht. Nur von ihr verabschiedet er sich.

Ohne Bitterkeit, ohne Vorwurf, nur ein Abschied. Sie sprechen miteinander kein Wort. Mit einer Intimität, die selbst vor Worten zurückschreckt, erleben sie den Augenblick des Abschieds. Als wir gehen, schaut das Mädchen uns lange nach. Dumrul winkt, ohne sich umzublicken, mit der Hand in die Leere hinter sich, er weiß, dass sie da ist. Unter denen, die ihm das Leben verweigert haben, möchte er einzig ihr vergeben. Doch die nicht lieben können, können auch nicht vergeben. Um vergeben zu können, muss man verlieren, nicht besiegt werden. Dumrul ist keiner, der verliert, er ist nur jemand, der besiegt wird. Selbst wenn er wollte, könnte er nicht vergeben. Das weiß er nicht.

Lass uns umkehren, sagt Dumrul, als wir an der Wegscheide angekommen sind. Lass uns umkehren.

Wohin?, frage ich.

Zum Hügel, sagt er.

In diesem Augenblick hat er außer mir niemanden auf dieser Erde. Niemanden. Ich bekomme eine Gänsehaut wegen eines Gefühls, das Mitleid ähnelt. Wenn es in meiner Macht stünde, würde ich ihn trösten.

Mit müdem, aber stetigem Schritt steigen wir noch einmal den Hügel hinauf.

Plötzlich lässt mich auch die Landschaft erschaudern. Ich denke, die Landschaft ist doch etwas Trauriges. Selbst zu Urzeiten, als die Welt noch menschenleer war, trug die Landschaft ganz einsam und allein ihr Leid.

Die Welt haucht unter unseren Füßen in tiefer Versunkenheit allmählich ihren Atem aus.

Wieder der Hügel
Als er sich mir zuwendet und sagt: Jetzt kannst du mir das Leben nehmen, ist sein Gesicht blutleer, seine Knochen dröh-

nen. Ab und zu zittern sein Kinn oder seine Lippen; unwillkürliche Krämpfe durchzucken seinen Körper. Seine Augen sind leer. Es ist nicht nur die Angst vor dem Tod oder die Angst vor der Ungewissheit, was danach kommt. Diese Angst gilt immer noch der Welt. Er tut sich selbst leid. Er kann den elenden Anblick, den er selbst bietet, nicht ertragen. Er hat seine Selbstachtung verloren. Und damit hat auch die Welt in seinen Augen an Achtung verloren. Ihm geht durch den Sinn: Eigentlich müsste ich jetzt alles, was ich in all den Jahren über die Welt gelernt habe, neu überprüfen. Aber woher die Kraft, woher die Zeit nehmen? Nein, die Last dieses zweiten Lebens, dieser neuen Erkenntnisse will ich nicht ...

Die Welt ist von jetzt an eine Welt, die ihn nicht versteht und die er nicht versteht ... So legt er es sich zurecht, während er sich innerlich auf den Tod vorbereitet.

Er will kräftig und entschlossen wirken, macht mit seinen Händen die Brust frei, als wolle er mir zeigen, wo ich ihn töten soll, und schaut mich mit Augen an, die sich bemühen, furchtlos zu erscheinen. Er weicht meinem Blick jetzt nicht mehr aus. Offen und ohne Hintergedanken schauen wir uns an. Er schaut, als fordere er mich heraus, als verteidige er mit Stolz wenigstens die letzte Bastion. Nur schnell soll jetzt alles gehen; die Tortur dieser Welt soll nicht noch länger andauern; das begreife ich. Der Tag geht zu Ende. Der Weg des Schicksals führte bis zum Abend. Von Sonnenaufgang bis Sonnenuntergang; Olymp und Kaf Dağı auf demselben Breitengrad dieses Planeten, den ich in Windeseile mit Jahrhundertschritten von einem Ende zum anderen durchquere ... Ich kenne das gemeinsame Schicksal dieser beiden Berge, die einander nie gesehen haben. Ich kenne es aus Märchen, Sagen und Epen, die vom selben Breitengrad stammen und einander ähneln.

Vor drei Pforten haben wir gestanden. Er weiß, dass es keine weitere Pforte gibt, zu der er gehen könnte. Zuletzt ist er mir, dem Tod, ausgeliefert. Und in diesem Augenblick bin ich die einzige Person auf dieser weiten Welt, von der er keine Hilfe erwarten kann; keiner ist ihm jetzt so nah wie ich ... An der Ergebenheit, die er mir entgegenbringt, ist zu sehen, dass er eine grundlegende Wahrheit erkannt und sich ihr bewusst unterworfen hat. Plötzlich kommt mir diese Situation komisch vor. Unwillkürlich lächle ich. Als bräche es aus mir heraus, lächle ich. Als reiße in mir ein zweites Gesicht auf, das ich vor mir selbst verborgen hatte. Irgendwie weiß ich, dass ich ihn nicht werde töten können. Ich merke, dass ich das im Grunde schon lange wusste. Er wusste es nicht, weil es mir bis zu diesem Augenblick selbst nicht bewusst war. Um mich zu dieser Erkenntnis zu bringen, musste ich also genauso wie er in die Enge getrieben werden. Erst als er mit den Händen an der Brust, mit entblößtem Herzen, hilflos, stolz und besiegt vor mir steht, merke ich, dass alles das, was wir erlebt haben, ein düsteres Spiel war, das mit raffinierten Fallen operierte. Das Spiel ist zu Ende, aber Dumrul hat es – mit der Naivität eines Kindes wie in einem langen Traum befangen – immer noch nicht gemerkt und spielt das Spiel, das ihn so lange gefesselt hat, mit dem gleichen Eifer und mit demselben Ernst weiter.

Es hat sich also nicht nur er, sondern auch ich habe mich in diesem heimtückischen Spiel verändert, als sei ich in den Bann unbekannter Mächte geraten. Nicht nur mit ihm, auch mit mir wurde ein heimliches Spiel gespielt, und das Ende dieses Spiels hat unser beider Schicksal in derselben Hilflosigkeit vereint und uns auf einem Hügel zu zweit ganz allein gelassen.

Wir beide erstarren mit derselben Wehrlosigkeit vor der Realität des Todes.

Wir haben geglaubt, dass er sterben und ich töten würde.

Während er immer noch denkt, dass er sterben müsse, weiß

ich bereits, dass ich ihn nicht mehr töten kann. Diese Ungleichzeitigkeit der Erkenntnis steht vibrierend zwischen uns, wie ein uraltes Mysterium des Lebens.

Wir verharrten im Gleichgewicht einer Waage und ahnten es nicht; entweder würden wir wieder leben oder zugrunde gehen.
Dass ich mich in diese Welt eingegraben hatte, dass die Welt sich in mich, in mein Innerstes, in mein Knochenmark hineingearbeitet hatte, sich in meinem Gewebe eingenistet hatte, dass ich mich wie ein Irdischer den Zuständen dieser Welt unterworfen hatte, dass die Menschennatur in mir pulsierte, dass die Gesetze der Schwerkraft in mir zu wirken begonnen hatten, dass der pochende Puls in meinen Adern schlug und mich all das spüren ließ ... All das war geschehen, weil ich heillos in diesen jungen Mann verliebt war, der jetzt vor mir stand, hilflos und ungebeugt, als stände er vor dem Tod. Nun hatte ich alles begriffen.
Dass von den Blicken seiner Mutter, seines Vaters, seiner Geliebten in meinen Augen manche Blicke hängen geblieben waren, habe ich so begriffen.
Dass ich aus solchen Blicken, die aus den Zeiten ihrer heftigsten Liebe zu ihm stammten, einen einzigen unsterblichen Blick gemacht habe und Dumrul schon eine ganze Weile so anblickte, habe ich begriffen.
Liebe ist ja, wie seine Mutter, wie sein Vater, wie seine Geliebte zu lieben.
Ihn mit der geballten Liebe aller, die ihn je geliebt haben, zu lieben.
Ihn, bis man erblindet, ganz und gar, mit allem, was zu ihm gehört, zu sehen.
Ihn, seine Kindheit, seine Erinnerungen, seine Gewohnheiten, seine Lieblosigkeit, seine Erbärmlichkeit, seine Erbar-

mungslosigkeit, seinen Egoismus, seine Eitelkeit, seine Grausamkeit, seine offene Gewalt, seine versteckte Güte, sein Desinteresse, seine Gleichgültigkeit, seine Hilflosigkeit, seine Kleinheit zu lieben.

Liebe ist, jemanden, von dem ihr wisst, dass er euch vielleicht nie wird lieben können, jemanden, von dem ihr wisst, dass er vielleicht nie zurückkehren wird, mit großer Opferbereitschaft, mit einer mörderischen Hoffnung zu lieben.

Für Dumrul aber waren auf der Welt die Wege der Hoffnung zu Ende. Nur ein einziger Weg war übrig, den er nicht kannte, aber ich kannte ihn. Und am Anfang dieses Weges waren wir jetzt.

Am Anfang eines Weges, der in allen Märchen das Schicksal infrage stellt.

Während ich in wer weiß welch entfernten Winkeln der Erdrinde in endloser Verbannung leben würde, an Dumrul denkend, Dumrul suchend, während ich auf all meinen Wegen, mit düsterer Hoffnung und ungewissem Ausgang hilflos auf ein Wiedersehen hoffen würde, würde von jetzt an Dumrul fern von mir, wo selbst meine Hoffnung nicht hinreichte, in seiner mir verschlossenen Welt leben. Ich würde die verbotensten Pfade beschreiten, vergeblich, wir würden niemals wieder aufeinander treffen. Und doch würde ich diese Hoffnung für immer bewahren, bis ich eines Tages, alt geworden, auf einen anderen Engel warte, der an meine Stelle getreten ist und mich mit seinen Flügeln in den Tod tragen soll. So werde ich mich eines Tages davonmachen.

Während wir vor dem Hügel den Sonnenuntergang beobachteten, wurde die Welt immer trübsinniger, und ich war mindestens so hilflos wie Dumrul. Ganz zu schweigen von der Kraft ihn zu töten, hatte ich nicht einmal mehr die Kraft, seinem Tod untätig zuzuschauen, was das Töten anging, hatte ich all meine Kräfte aufgebraucht. Früher hatte ich meine Kraft aus dem Tod geschöpft, doch jetzt hatte er mir all meine Kraft genommen. Der ewige Kreislauf so vieler Jahre war gebrochen, nun ruhte ein unbestechlicher Waagebalken in meiner Hand, der sich auf eine Seite neigen musste. Die Liebe, die mich tötete, hatte mir gleichzeitig Lebenskraft eingepflanzt. Ich würde die Unsterblichkeit aufgeben und leben. Ich würde mit der Hoffnung leben, ihn eines Tages zu treffen.

Lebend ein grausamer Engel, sterbend ein flügelloses Opfer, begriff ich, dass ich eine unsterbliche Seele gegen einen sterblichen Körper eintauschen konnte. Was seine Mutter, sein Vater, seine Geliebte nicht tun konnten, konnte ich tun. Nur ein Engel konnte das tun. Auch wenn es der Todesengel war, nur ein Engel! Ein Engel, der eines Tages von seinen schwer gewordenen Flügeln im Stich gelassen worden und aus Versehen auf die Erde gestürzt war.

Ich war dieser Engel! Einer, der sich an mancherlei Orten, auf verschiedenen Erdschollen, in verschiedene Dumruls mit einer Reihe von Namen verliebt hat, der immerfort schreibend lebte, der immerfort schreibend starb; sein ganzes Leben ein Gefangener der Feder. Einem mit weitem Herzen und kümmerlichem Schicksal habe ich einmal, vor meinem Tod, diese ganze Geschichte erzählt. Auf dem Totenbett mein Ende anderen anvertraut. Eines Tages sollte jemand alles erfahren, es aufschreiben und unter seinem Namen bekannt machen, so wollte ich es.

Ich werde sterben, ohne so viel erreicht zu haben wie Azrail. Bevor die Geschichte zu Ende ist, wollte ich euch das sagen. An der nächsten Pforte der Liebe werde ich wieder warten.

Binali und Temir

1

Avar *kam und blieb vor dem Toten stehen.*
»Ich hatte es ihm gesagt, ich hatte es ihm doch gesagt. Was hat es genützt? Auch das gehört also zu den Lehren, die man mit dem Leben bezahlt.«

2

Diesen unerwarteten Glücksstrom in seinem Innern spürte Temir gleichzeitig wie das Bündel Sonnenstrahlen, das durch die dichten Baumkronen gedrungen war und plötzlich sein Gesicht abtastete. Sie hatte ihn also erwischt. Gerade als er niederkniete, hatte das Licht ihn getroffen, ja überrumpelt, gerade als er den Kopf des anderen in die Arme nahm. Die Freude war in ihn gedrungen – zusammen mit einem Lichtfleck, der auf sein Gesicht fiel. Obwohl die Jahreszeit schon fortgeschritten war, ließen die üppigen Blätter der großen Bäume die Sonnenstrahlen nur schwer zum Boden durchdringen. Der Sommer des Waldes währt lange; genauso wie die Zeit der Banditen in den Bergen lange währt. Einer der dichtesten Winkel des Waldes ist dieser Ort; hier verwachsen die Bäume in unendlichen Umarmungen miteinander, hier gibt der Berg keinen Durchgang zum Gipfel frei. Eine Spur zu verfolgen, gar eine Spur zu finden, ist hier schwierig. Wer die Sprache des Waldes nicht versteht, wird hier seinen Weg und sich selbst leicht verlieren.

Als Temir den Mann fand, war jener verwundet, gestürzt, lang gestreckt, lag wie an der Brust des Waldes.

Es hatte ihn also erwischt. Glück und Licht hatten ihn im selben Augenblick erwischt. Sein Herz war wie frisch aufgewühlte Erde. Temir lächelte still vor sich hin, er wusste selbst nicht warum. Über seine Augen huschte ein feines, spitzes, wildes Funkeln.

Und dieser Falke ...

Zum Gipfel hin schüttelt der Berg den Wald ab, dort recken sich von der Sonne geschliffene, scharfe Felssporne empor. Das ist das Reich der Greifvögel ohne Grenzen. Dort spielt man nicht mit der Sonne. Auf diesen Gipfeln, umkreist von Abgründen, gibt es kein Spiel. Die Sonne erwischt den Menschen wie der Tod.

Blinde Kuh, dein einziges Spiel mit der Sonne.

Der Tod kommt hier durch Blendung.

Unter den schräg abfallenden nackten Gipfeln erwacht und wächst Lebendiges: zuerst die Latschenkiefern, dann Buschwerk, grau gesprenkeltes Heidekraut, ringsum genügsames Gestrüpp, schließlich aber hohe, prächtige Bäume mit dichtem Laub. Seine Majestät der Berg schmückt sich mit dem Geheimnis des Waldes, er verhüllt und macht sich bedeutsam. Wie Dolchklingen stechen aus diesem dunklen Geheimnis die nackten, scharfen Felssporne zum Gipfel empor. Felssporne, so nackt und ruhig wie der Tod. Die Sonne geht im Osten der Dolche auf und westlich von ihnen unter. Die Ebene ist ein anderer Tod, hier schreibt die Dolchklinge auf der Wüstenuhr jede Stunde in den Sand. Die Ebene beginnt am Fuß des Berges, dehnt sich, dehnt sich endlos und entschwindet. Inmitten ihrer Einsamkeit finden größere und kleinere Dörfer, verlorene Nomadenzelte und sich nirgends kreuzende Wege Unterschlupf. Wie der Tod sickert die Stille von den Rändern her ein und lagert über der Steppe. Nach dem Wald ganz unvermittelt eine andere Welt.

Der Regen ist gekommen.

Plötzlich ist er losgebrochen. Völlig unerwartet durchstanzt er die Erde und lockert sie auf, schüttelt die Äste, poliert alles Grün mit seiner Nässe, lässt zuletzt wieder eine strahlende, starke Sonne, einen glühenden Mittag oder einen melancholischen Nachmittag, violett, traurig, mit zarten violetten Dunstschwaden, hervorbrechen.

Mehrere Jahreszeiten erlebt an einem Tag der Berg.

Mehrere Jahreszeiten erlebt an einem Tag der Wald.

Mehrere Jahreszeiten erlebt an einem Tag der Mensch.

Diese Jahreszeit, vor allem wenn sie schon fortgeschritten ist, vervielfacht sich. Sommer, Herbst, Winter gehen hier ineinander über, wirken gleichzeitig und vergehen. Die Jahreszeiten im Wandel, im Übergang, verändern auch den Berg und den Wald und den Menschen …

Die Krakelschrift des Regens macht den aufgewühlten Erdboden unleserlich, die Spuren sind verwischt und verwirrt. Darum macht diese wechselvolle Jahreszeit den Jägern das Leben schwer. Diese Jahreszeit steigert noch jenes feindselige, giftige Vergnügen im ungeduldigen Herzen der Jäger, die unbekannte Spur zu verfolgen. Diese geheime Wollust wächst und wächst und krallt sich fest.

Der Regen hat gerade begonnen.

Durch Regen und Sonne wird immer alles wie neugeboren. Regen und Sonne haben die Kraft zur Erneuerung.

Er war verletzt, offensichtlich. Hatte er viel Blut verloren? Vielleicht würde er sterben. Ohne nochmals die Augen zu öffnen, stumm, ohne von seinen Schmerzen zu sprechen, sprechen zu können. Ja, ohne einen Namen zu nennen. Ohne den auszuliefern, der auf ihn geschossen hatte. Ohne letzte Worte, ohne seinen letzten Wunsch irgendjemandem sagen zu können.

Warum denn? Warum hatte ihn diese kleine, verstohlene Freude ergriffen, als er ihn fand? Diese Freude, die sich nicht einmal dem Besitzer des Herzens, das sie spürte, erklären konnte. Diese geheimnisvolle Helligkeit, die in ihm leuchtete wie das tastende Bündel von Lichtstrahlen auf seinem Gesicht. Beide waren herbeigeschwebt und hatten ihn im größten Dickicht des Waldes erwischt. Beide waren gleichzeitig aufgeblitzt.

Er lächelte lange und wusste selbst nicht warum.

Dann huschte ein feines, spitzes, wildes Funkeln über seine Augen, die Freude wurde zum Schauder. Ein wundersamer Schauder. Auch er war ein Kind dieses Landes der Epen, das den Zufall als glückliche Fügung erlebt. Er war wild und ungezähmt genug, um noch den Zauber eines solchen Augenblicks zu spüren. (Seine Wunde pocht wie der Pulsschlag. Das Pochen des Waldes! Pochen des Waldes!) Wer eines dieser kleinen, kurzatmigen Leben lebt, dem kündigt jedes Ereignis wie ein Freudenbote ein nächstes an. Die grandiose Düsternis des einsamen Berges und das Pochen des Waldes erinnerten ihn an seine wilde Kindheit. Dass das, was sich in seinem Innern regte, Freude war, merkte er eine ganze Weile nicht. Er kannte seine Gefühle nicht, er wusste sie nicht zu benennen. Er hatte sie nicht gelernt. Man hatte sie ihm nicht beigebracht. Er konnte sie nicht verstehen.

Dieses unerklärliche Leuchten auf seinem Gesicht plötzlich. Als sei es aus seinem Inneren hervorgequollen.

Als hätte sich die Sonne durch die undurchdringlichen Äste und Blätter wie ein Bandit herangeschlichen, um ihm eine Falle zu stellen. Ein altes Spiel war das, dieses Spiel mit der Sonne, er hielt sich an die Regeln! Ein Spiel der Einsamkeit: Man spielt es nur in den Bergen, im Wald. An den Orten, die der Sonne am nächsten sind, sich vor der Sonne verstecken ... Wer wird gewinnen? Im Wald ist nie klar, wer wen besiegt! Wer gewinnt? Eine Frage, so alt wie der Wald, so dunkel wie der Wald.

»Ich flüchte in den Wald, aber du willst ja überall sein. Los, fang mich!«

So begannen Temirs Kindheitskämpfe, Kämpfe mit der Sonne. Er zog sich in die einsamsten, dichtesten Gegenden des Waldes zurück.

Temir war darin ein Meister: Er konnte im Schatten der Bäume seinen Weg gehen, ohne sich von der Sonne erwischen zu lassen.

Der Verwundete, der da auf dem Boden lag, hatte ihn die Sonne vergessen lassen. Er rannte zu ihm, erreichte ihn, kniete nieder, und schon hatte sie ihn erwischt!

Das hatte er nicht gedacht. Dass sie ihn erwischen würde, während er etwas fand; jetzt hatte er die Wette verloren, das hätte er nie gedacht.

Der Mensch war verwundet, die Sonne war der Tod.

Der Wald war ein alter Wald. Der älteste Wald.

Jetzt liegt in seinem Schoß der Kopf eines Fremden, mehr noch, eines Verwundeten. Dessen dunkle, dichte Haare durchkämmt er mit den Fingerspitzen. Diese Hand führt sonst die Herden durchs Land.

Sorgfältig verbindet er die Wunde. Als sei das Schicksal des anderen mit seinem verkettet, ist in diesem Moment sein einziger Gedanke: Dieser Mann soll leben, dieser Verwundete, der ihm ausgeliefert ist, der nur unregelmäßig atmet, dessen Namen er nicht weiß, den er nicht kennt, der leblos vor ihm liegt. Mit aller Kraft und mit ganzem Herzen möchte er ihn dem Tod entreißen. Sorgfältig verbindet er die Wunde, zumindest kann er das Blut stillen. Er hat viel Blut verloren, das sieht man.

Der Falke. Da, wieder ... Ganz plötzlich. Immer dieser Falke ...

In der Ferne hört man vage die Flügelschläge eines Raubvogels. Schon im ersten Augenblick, als er ihn gefunden hat, hat er ihn an jenen Falken erinnert. An den stolzen Vogel, der auf seinen Flügeln die Berggipfel erreicht. Er war in den Schatten eines Baumes gestürzt und atmete unregelmäßig. Er konnte nicht fliegen.

Die Augenlider heben sich, zunächst ganz langsam, mühsam. Dieses Licht, das Temirs Gesicht getroffen hat, fällt, weil er sich tief herabbeugt, auf das Gesicht des anderen, das Gesicht dessen, den er im Schoß hält. Aus der Tiefe seiner Pupillen erhebt sich ein schwaches Leuchten, doch da schließt er – wie ein Fisch, der sich abmüht, an die Wasseroberfläche zu gelangen – plötzlich wieder seine Augenlider. Er hat Temir gesehen. Er hat gespürt, dass dieser seine Wunden verbunden hat. Vielleicht ist er vor lauter Schmerz wieder zu sich gekommen, fühlt sich deshalb wie ein Fisch, der versucht, zur Wasseroberfläche zu gelangen. Sein Kopf liegt in den Armen eines anderen. Er strahlt die innere Ruhe dessen aus, der sich einem Menschen anvertraut hat. Man hat ihn gefasst, aber nicht getötet. Ob ihm das lieber ist? Gefasst, aber nicht getötet, ist ihm das ein Trost? Wer kann wissen, was jemand denkt, den der Tod gestreift hat?

Sein todesfahles, grüngelbes Gesicht strahlt einen Augenblick auf, kurz nur, als wolle er lächeln. Lächeln ... Aber seine Kraft reicht nicht einmal, um die beiden Falten in den Augenwinkeln, die beiden Grübchen zu beherrschen. Dann liegt er wieder völlig besinnungslos da, alles Licht auf seinem Gesicht ist erloschen. Das Wasser wird dunkel, der Fisch taucht wieder ab.

Viel später erst verstand Temir, warum er nicht gewollt hatte, dass der Mann starb. Sehr viel später. Als er ihn mit all seiner Kraft heilen und dann wieder mit all seiner Kraft töten wollte.

Er hat ihm den Arm fest verbunden und das Blut gestillt, er blickt von der Wunde auf. Jetzt muss er ihn nur noch in seine Höhle tragen. Das ist der sicherste Ort. Er nimmt den Verletzten auf den Rücken, macht sich auf. Im dichten Wald findet er nur mit Mühe seinen Weg.

Die Flügel des Falken ... Er bringt sie nicht aus dem Sinn.

Hatten sie auch Flügel? Natürlich hat der Mensch keine Flügel. Aber bekam er nicht wenigstens, wenn er starb, wenn seine Seele zum Himmel stieg, Flügel? Wie ein Falke? Er entschwebt doch in die Höhen, sagt man ...

Langsam erhob er sich, flatterte mehrmals auf, sank wieder herab, drehte über Temirs Kopf einige Runden, dann aber öffnete er weit seine Flügel und schraubte sich, wie Temir zum Trotz, in die Höhe, höher und höher und verschwand.

Ist der Tod ein Land? Ein Land da oben, ganz weit oben.

Als sie in seiner Höhle ankommen, ist Temir außer Atem. Der Schweiß fließt in Strömen seinen Rücken herunter.

»Sicher ist jemand hinter ihm her«, geht es ihm durch den Kopf. »Aber selbst der Teufel findet diesen Ort nicht.« Er trägt dürres Gras in die Höhle, einen Arm voll nach dem andern, auch Gestrüpp. Dann zündet er das Feuer an. Durch einen Hohlraum in der Tiefe der Höhle zieht der Rauch ab, in die Ferne; niemand würde wissen, woher er kam, er würde ihn nicht verraten. Er erhitzt die Messerklinge im knisternden Feuer und holt die Kugel aus der Wunde. Der Fremde wirft sich herum, stöhnt, beißt sich auf die Lippen. Temir streicht reichlich Salbe auf die Wunde. Die Essenz von tausendundeinem Heilkraut reibt er in die eitrige Wunde, fest wickelt er den Arm und das Bein ein.

Dann taucht der Verwundete in einen langen, tiefen Schlaf. Solange der Verwundete hilfsbedürftig war und schlief, liebte er ihn, aber als er beginnt, sich herumzuwerfen und zu stöhnen, verliert Temir alles Interesse an ihm. Doch er denkt darüber nicht nach, nimmt es nicht einmal wahr.

Wer ist denn fähig, jedwedes seiner Gefühle zu unterscheiden?

Vom Eingang der Höhle schaut Temir in die Tiefe. »Der Sommer steigt vom Berg herab«, schießt ihm durch den Kopf. Am Fuß des Berges sammeln sich die Wolken, die letzten Karawanen des Herbstes durchqueren die Ebene. Unter seinen Füßen ziehen die Wolken vorbei. Bald ist der Abend da. »Wenn dieser Mann ein Bandit ist und die Gendarmen hinter ihm her sind, dann ist er den Winter über gerettet. Von jetzt an wird niemand mehr in diese Berggegend kommen.«

In den Bergen ging auch die Zeit der Banditen zu Ende.

Aber vielleicht ist der dort gar kein berühmter Bandit, sondern ein gewöhnlicher Dieb? Dieser Gedanke beunruhigt ihn. Nur die schroffsten Felsen können den Banditen Unterschlupf gewähren. Doch bald würde kein Berg mehr einen Banditen aufnehmen. Diesen Gedanken verscheucht er sofort aus seinem Kopf. Er hat ihn verwundet gefunden, er kann also nicht irgendein Bauer vom Dorf, kein gewöhnlicher Dieb sein, nein, gewiss nicht. Bald ist für niemanden mehr Platz auf den Gipfeln. Das weiß der Verwundete, der da schläft, am besten. Die Zeit der Banditen im Gebirge ist vorbei. Also in die Ebene herabsteigen? Nicht auszudenken. Also lieber in den allerhöchsten Gipfeln den Tod finden wie in den Legenden? Noch ragen die letzten nie eingenommenen Berggipfel wie Festungen empor. Oder sich aufgeben, den Schwanz einziehen, zwischen die Beine klemmen und fünf bis zehn der besten Jahre im Knast verrotten? Noch jetzt leben in den Bergen ein paar letzte Banden, die sich gegen den unaufhaltsamen Lauf der Geschichte stemmen. Sie haben sich die Gipfel, wohin kein Soldat, kein Gendarm, keine Maschine kommt, und die Schluchten, in die sie nie hinabsteigen können, zur Heimat gemacht.

Zwischen ihnen herrscht ein unerbittlicher Krieg.

Wozu ein Bandit sein, wenn man nicht der mächtigste, größte, ruhmreichste Bandit ist? Inzwischen weiß jeder, dass Banditen nicht die Welt beherrschen.

Aber wie ein gefangener, verwundeter Löwe auf den Dorfplätzen, in den Straßen der Bezirksstädte herumstreifen, nachdem man endlich aus dem Kerker entlassen ist? Kann man leben von der Erinnerung an die hohen Berge, die rauen Winde, die violett verschleierten Wolken? Der Verwundete, den er gefunden hat, würde lieber sterben als kapitulieren.

Noch immer ist im Schoß der Berge Platz für die Leidenschaft und die Liebe. Die sehnsüchtigen Lieder von Gesetzesbrechern, Räubern und Deserteuren, ihren spitzenverzierten Schnupftüchern und silbernen Tabaksdosen hallen noch lange als Echo von den Felswänden zurück. In der stählernen Stummheit der Bergnacht kann man die Leidenschaft und Sehnsucht wie ein leises Pfeifen erlauschen. Während die letzten Banditen einer nach dem anderen fallen, steigen fast täglich neue Legenden aus den Bergen in die Dörfer, gehen bei den Nomadenstämmen von Mund zu Mund und finden offene Ohren.

Die Heldenepen leben weiter.

Nur diesen Räuberlegenden ist es zu danken, dass der Glaube an die Kraft und den Mut des Menschen bewahrt wird.

Die Karawane der dahinziehenden Herbstwolken hüllt Temir jetzt ein. »Vielleicht ist er gar kein Bandit, sondern ein Liebender«, denkt er. »Vielleicht hat eine wilde Leidenschaft sein Herz zerrissen. Vielleicht hat er niemanden, vielleicht ist er hungrig, arm und verlassen.« Zusammen mit dem Mitleid bemerkt Temir eine seltsame Gleichgültigkeit in sich wachsen. »Ist er verliebt, so ist er selbst schuld; er hätte sich eben nicht verlieben sollen. Liebe ist nichts für Schwächlinge! Liebe ist ohnehin nichts als Schwäche!« Er erinnert sich, dass er diese Worte irgendwo aufgeschnappt hat. Jedes Wort, das ich sage, habe ich einmal von irgendjemandem gehört. Hab ich denn keine eigenen Wörter? Plötzlich wird er fröhlich. Nein, dass Liebe Schwäche ist, das sind meine eigenen Worte!

Eine innerliche Freude kommt über ihn wie ein Herzjagen. Er steht auf und räumt die Höhle auf, trägt wieder Heu herbei, Kleinholz, ein paar Holzscheite, er facht das Feuer an. Der Mann liegt in der Ecke. Er betrachtet die Schatten, die das Feuer an die Höhlenwände wirft. Das ist etwas, was ihm immer wieder Spaß macht. Ihn insgeheim aber auch erschreckt. Er spürt, dass in diesen Schatten rätselhafte Dinge verborgen sind. Ein Geheimnis, ein Zauber, eine Magie. In der Höhle ist noch jemand. Eine andere Welt schafft er sich nachts aus den Schatten, aus den Schatten der Flammen. »Hinter ihm ist jemand her«, denkt er. Die Nässe auf der Stirn des anderen wird deutlicher, wenn die Flammen aufflackern. »Vielleicht sogar mehrere.« (Auf der Matte ausgestreckt, atmet er regelmäßig im tiefen Schlaf.) »Wie auch immer, er hat es gut überstanden. Er sieht stark aus. Der ist nicht unterzukriegen. Ja, der ist tapfer.« (Noch nie war bislang jemand bei ihm in der Höhle gewesen.) »Der ist gesund wie ein Fels.« Felsen ... Felssporne ... Der Falke ... Die Wut der Steppensonne. Ihre Gluthitze. Als wolle sie sich an der Welt rächen. Ihre vergebliche Rache seit dem Tag, als die Welt erschaffen wurde ... »Kerngesund ist er. Wie ein Berg.« Noch nie war jemand bei ihm gewesen. Die Flammen auf seiner Stirn. Die Einsamkeit ist verschwunden. Der andere schläft. Eine innerliche Freude, wie Herzflimmern. »Ich will mich aufmachen und nach der Herde schauen«, sagt er sich. Er muss nur einen Hang hinuntersteigen und findet die Herde dort, wo er sie zurückgelassen hat. Seine riesigen Hirtenhunde halten die Herde zusammen. Auch sie warten auf den Abend.

Die Herde liegt auf einem weiten, leicht abfallenden Feld und wartet auf den herabsinkenden Abend, der sich wie Trauer auf sie legt.

Er weiß, wenn er zurückkehrt, wird er den anderen in der Höhle finden, wartend, schlafend.

Zum ersten Mal kommt ihm der Abend nicht wie etwas Trauriges vor.

»Dieser Hirte«, denkt er, »wird mit den größten Herden alleine fertig. Mit Herden, von denen man weder Anfang noch Ende sieht, steigt er auf die Berggipfel. Dieser winzige Bursche bietet den Bergen, den Wölfen, den Herden die Stirn. Kaum fünfzehn Jahre ist er alt und hat schon alle Berge erobert. Er ist wie du. Er ist dir ganz ähnlich. Die großen Dörfer vertrauen ihm ihre Herden an. Die Schaf- und Ziegenherden der mächtigsten Herren treibt er von Berg zu Berg, von Weide zu Weide. Auf den weiten Wiesen hütet er ganz allein all diese Tiere. Man sagt, dass die Tiere ihn fürchten. Kein einziges Schaf, kein einziges Lamm hat er an die Wölfe, an die Raubvögel verloren. Der berühmteste aller Hirten ist er geworden; mit fünfzehn! Wenn er die Flöte spielt, bluten die Herzen. Geh nicht zurück, Sohn, ich rate dir: Geh nicht zurück!«

Der Ton der Flöte ist zu hören, eine sachte Andeutung nur. Eine feine, durchdringende Melodie, in der Wut mitschwingt, eine wimmernde, sanft klagende Melodie. Seine Augen sind geschlossen, klar, er ist entrückt, in einer anderen Welt. Wie durch einen Nebel hört er ab und zu diesen feinen Ton, dann sinkt er wieder in die Tiefe des Schlafes. Noch einmal entkommen, geht ihm durch den Kopf, niemand hat mich fassen können. Diese schreckliche Jagd, diese blutige Verfolgung ist zu Ende, geht ihm durch den Kopf. Das spitze Stechen der Wunde spürt er mit Befriedigung. Als lasse dieser Schmerz ihn spüren, dass er lebt. Als würde er in Kürze auf die Beine springen und rufen: »Alle Berge gehören mir!« Wer hätte je gedacht, dass eine Wunde so viel Glück schenken kann! Und dieses schmerzhafte Stechen begleitet jene wimmernde Melodie.

Wenn sich die Banditen zurückziehen und verschwinden aus der uralten Geschichte der Berge, er wird bleiben. Als letzter Bandit dieser Berge. Der letzte Herrscher über diese violetten, diese trauervioletten Berge. Nie jemandes Untertan, vor niemand sich ducken und beugen, der Zeit trotzend, wird er als Bandit sterben. Zusammen mit dem Schmerz geht ihm das durch den Kopf.

Er liegt bewusstlos da.

Temir weiß, dass er diesen schweigsamen Verwundeten noch eine Weile mit hilflosen Augen anschauen wird.

Temir liegt bewusstlos da.

»Temir!«, ruft er. »Mein Temir! Mein Junge, öffne deine Augen, mein Kleiner, meine verwundete Gazelle, öffne deine Augen. Schau, wenn du sie nicht aufmachst, sterbe ich auch! Mensch, mach die Augen auf, sage ich! Mach sie schon auf! Möchtest du mich durch meinen eigenen Kummer umbringen? Mach die Augen auf, du Hund!«

Temir macht seine Augen nicht auf, seine vom Blut verklebten Haare, schwarz, pechschwarz, verbirgt er unter seiner Achsel. Geborgen im warmen, wohligen Nest unter seiner Achsel hört er ihm zum ersten Mal zu, glückselig, aufgewühlt. Er hört zu wie bewusstlos, als würde er seine Augen nie mehr öffnen, nie mehr öffnen können. Das Stechen in seinen Wunden ist wohltuend geworden. Das ist kein Schmerz mehr.

»Was es heißt, die Berge zu erobern, weißt du am besten. Wer könnte es besser wissen? Diesen Trotz, diese Stumpfheit und Beklemmung hast du sicher gefühlt. Den Gipfel dieses Bergs teilst du mit niemandem. Du weißt, was es heißt, trotzig auf diesem Berggipfel zu bleiben, allein zu leben; du spürst es in jeder Faser. Dieser Junge ist Hirte. Hirte zu sein, bedeutet lange Gefangenschaft ... Tage der Sehnsucht nach einem Menschengesicht ... Endlose Tage ... Ewig gleiche Tage zwischen Sonnenaufgang und Sonnenuntergang ... Die kennen keine fünfzig Wörter ... Und beim Reden vergessen sie auch die noch ... Der Junge ist schon als kleines Kind mit alldem zurechtgekommen. Hat sich an den Berg, an die Einsamkeit, an den Zauber des Alleinlebens gewöhnt. Dieser Junge lehrt einen das Fürchten. Mir scheint, der weiß Dinge, die wir nicht wissen, spürt Dinge, die wir nicht spüren. Er jagt den Menschen Angst ein. Was fühlt er, was denkt er; was schießt ihm durch den Kopf? Niemand weiß es. Vor einem Menschen, der so viel schweigt, fürchte ich mich. Ja, wer so schweigt, dem geht man lieber aus dem Weg, sage ich. Wenn du mich fragst, Sohn: Geh nicht zurück. Geh nicht zurück!«

Er liegt bewusstlos da.

Er spürt, dass er bald sterben wird. Er spürt, dass sich alles Leben aus seinen Füßen, seinen Beinen, seiner Hüfte, seinem Körper davonmacht, wie Wasser, das aus dem Brunnen gepumpt wird. Es kommt ihm vor, als sammle sich alles in seinem Kopf, in seinem Mund, und als würde er mit dem nächsten Atemzug auch sein Leben ausstoßen. Er ist bewusstlos, aber seine Gedanken sind kristallklar. Eigentlich seltsam: der Atem ... Er ist eher ein Leben der Seele und nicht des Körpers. Der Körper atmet nicht. Das Leben in uns atmet. Darum sagt man auch: der letzte Atemzug ... Etwas, das von den Zehen bis zum Kopf unseren ganzen Körper durchwandert und uns dann mit dem letzten Atemzug verlässt. Der Tod. Er fällt zurück in die düsteren Arme des Schlafes, und seine Gedanken verlieren ihre kristallene Klarheit, trüben ein. Die Flöte ist verstummt. Oder aber er kann sie nicht hören.

Er stößt den Kopf in seinen Armen nicht zurück. Ruhig, geborgen, bewusstlos, warm. Solches hat er noch nie erlebt, noch nie kennen gelernt. Kann ein Mensch Sehnsucht nach Dingen haben, die er nicht kennt? Ganz sicher kann er. Er sträubt sich. Dann spürt er Lippen auf seiner Stirn. Mehrmals spürt er sie.
»Temir, mein Sohn! Mach deine Augen auf, du!«

Er konnte nicht fliegen. Von seinen Flügeln tropfte das Blut. Er erinnerte sich: Auf einen der Flügel war ein dünner Strahl Sonnenlicht gefallen, der es geschafft hatte, die Äste zu durchdringen, er machte die Wunde noch größer, leuchtete sie aus. Der Falke konnte nicht fliegen. Er verband ihm die Wunden, aber er ließ den Falken nicht ziehen. Er hielt ihn zurück. Es wurde eine lange Gefangenschaft. Er und der Falke lebten eine Zeit lang zusammen. Als alle seine Wunden versorgt waren, sperrte er den Falken in einen Käfig und brachte ihn langsam um. Natürlich war das grausam, aber es kümmerte ihn nicht.

War es wirklich ein Falke? Oder hatte er jetzt, nach so langer Zeit, einfach Freude daran, sich einzubilden, dass es ein Falke war? Manchmal denkt Temir, dass es ihn nie gegeben hatte. Ja, so lautlos wie er gekommen war, so lautlos war er wieder gegangen. Vielleicht war er gar nicht wirklich. Nie wirklich gewesen. Wie seine Mutter, wie sein Vater, die waren auch nie wirklich gewesen. Immer nur Schweigen, lauter Schweigen. Er hatte ihn erfunden, das war wieder eine der Geschichten, die er sich allein ausgedacht hatte, in einer seiner einsamen Nächte, als er nicht schlafen konnte, als er versuchte einzuschlafen. Die

Geschichte vom verwundeten Falken. Wirklich oder nicht, egal. Aber ein großer, ein sehr großer Vogel war es. Er war ihm in die Hände gefallen. In seine Hände gefallen. Verwundet. Er hatte seinen Herzschlag unter den Händen gefühlt, Salbe auf seine Wunde gestrichen, seine Schmerzen gestillt. Das braune Blut, das seine Flügel befleckte, wischte er ab, er reinigte, verband. Tagelang umsorgte er den Falken. Er heilte ihn. Zuerst ungewollt, dann gewollt quälte er das arme Tier. Wie litt es? Wo beginnt Leid? Er hatte beobachten wollen, wie ein anderes Lebewesen Schmerzen empfand. Wie werden Schmerzen ertragen? Kann man sich in einem anderen selbst sehen? Sich erkennen wie im spiegelnden Wasser?

Dazu musste er diesen Falken beobachten. Er hatte keine andere Wahl, das war besonders quälend.

Eines Tages entdeckte er den Falken wartend an der Käfigtür, die er aus Versehen offen gelassen hatte. Er hatte dem Falken, als es ihm besser ging, einen Käfig gebaut. Die Zweige hatte er mit einem Stichel sorgfältig geglättet, seine ganze Schnitzkunst hatte er beweisen wollen, als wolle er in diesem Käfig etwas ein Leben lang aufbewahren. Der Falke also wartete auf seine Rückkehr. Der edle Herrscher der Gipfel wollte nicht davonfliegen ohne Rache, er hatte ihm in die Augen schauen wollen, bevor er zum Flug ansetzte. In seinem Blick, der scharf war wie eine Felskante am Rand des Abgrunds, lag tiefschwarze Nacht. Schwarze Rache. Nie würde Temir diesen Falkenblick vergessen. Nie. Es war der Blick der Grausamkeit, der Blick eines Peinigers.

Damals erkannte er, dass er sich vor dem Falken immer gefürchtet hatte. Dieser Gedanke ritzte wie ein Messer mit einer kleinen, feinen Klinge sein Hirn.

Furcht ist so beschämend.

Jetzt war es Temirs Herz, das klopfte. Wie damals das Falkenherz, an jenem ersten Tag. Damals lag er hilflos am Boden, ein Nichts von einem Vogel. Als er ihn packte, um ihn vom Boden aufzuheben, spürte er auf seinen Handflächen den schneller werdenden Herzschlag. Mit dem schneller werdenden Herzschlag öffneten sich seine Augen. Langsam hoben sich seine Augenlider. Wie viel Schwärze, was für eine Nacht lag in seinem Blick. Er schaute Temir in die Augen. Als sehe er in den Tod. Als habe er verstanden, dass ihn nichts vor dem Tod retten konnte.

Doch jetzt war sein Blick ganz anders. Endlich war er stark. Ganz allein war er. Er hatte sein einsames Leben gerettet. Er konnte fliegen. Keine Gitterstäbe konnten seine Flügel mehr aufhalten. Er konnte fliegen. In seine von Abgründen umstellte Heimat, ins Herz der Felsmassive konnte er zurückkehren. Mit urwüchsiger Wucht öffnete er langsam die Flügel, schloss sie, öffnete und schloss sie wieder, offensichtlich bereitete er sich auf den Flug vor. Er musste zuerst die Kraft seiner Flügel prüfen. Bevor Temir kam, bevor er zurückkehrte. Vielleicht war er in die Lüfte aufgestiegen, hatte einige Runden gedreht, war dann aber wieder zu seinem Käfig zurückgekehrt, um auf Temir zu warten.

Er würde ihm direkt in die Augen schauen, wenn er sich davonmachte.

Auch er würde gehen, hieß das.

Wie seine Mutter, wie sein Vater, wie seine Brüder würde auch er gehen. Wieder würde Temir allein zurückbleiben. Allein mit seinem Berg, seinem Wald, seiner Herde. Außer seinem Filzumhang hatte er kein Zuhause. Heimat und Fremde war für ihn dieser Umhang aus Wollfilz.

Einen Augenblick war ihm danach zu rufen: »Flieg nicht!«
»Flieg nicht! Geh nicht!« Er sagte es nicht. Er konnte es nicht.

Zu niemandem, gar niemandem: Ich werde dich nie wieder quälen. Keinen Menschen, kein Tier, nicht einmal einen Vogel, anbetteln: Ich werde dich nicht foltern. Betteln war das Unwürdigste. (Du bist kein gewöhnlicher Mensch. Du bist fremd. Du wirst wieder gehen.) Nur Hunde betteln. Um einen Bissen Brot, einen nackten Knochen. (Kein einziges Schaf, kein einziges Lamm habe ich bis heute verloren, weder an einen Wolf noch an einen Raubvogel. Aber du. Deine Flügel.) Na und, soll er doch fliegen, soll er sich doch davonmachen. Er sagte es nicht. Er konnte es nicht.

Als wäre er nie gekommen. Als hätte es ihn nie gegeben.

»Damals wusste er noch nicht, dass das Grausamkeit war.« Den düsteren Sinn seiner verworrenen, beängstigenden Gefühle konnte er erst später, viel später, als er selbst verwundet war, beim Namen nennen: Ich werde dich nie wieder quälen, ich werde dich nicht foltern ... Seine Augen waren halb geöffnet. Er hatte Schmerzen. Über seinen Körper krabbelten Insekten, Ameisen, Bienen.

»Ich werde dich nie wieder quälen, ich werde dich nicht foltern, Temir. Ich weiß, ich habe einen Fehler gemacht, ich hab dich nachgemacht, ich hab dem Teufel gehorcht, ich habe mich wie ein kleines Kind benommen, es war ungehörig; ich weiß.«

Er löste die Stricke, die Temir fest an den Baum banden, einen nach dem andern.

Unter dem Baum fiel Temir zu Boden.

Er nahm ihn in die Arme und trug ihn bis in die Höhle.

Aber du. Solche Flügel, du bist kein Wesen wie die anderen. Na, dann flieg doch, mach dich davon. Nichts sagte er. Nichts konnte er sagen.

Langsam stieg er empor, flatterte mehrmals hoch, fiel wieder herab, drehte über Temirs Kopf einige Runden, dann aber öffnete er weit seine Flügel und, Temir zum Trotz, schwebte er in die Höhe, immer und immer höher, und entschwand.

War der Tod ein Land?

Ein Land ganz weit oben.

Als alles das vorüber war, stand Temir wie festgewurzelt, wo er gerade war. Der Zauber des Falken hatte ihn erschreckt. Der Käfig war keine Sicherung, kein Schutz.

Während sie um Temirs Kopf kreisten, schoben sich die Flügel einige Augenblicke zwischen ihn und die Sonne. Als dieser Flügel verletzt war, hatte eine Hand voll Licht die Wunde noch größer gemacht. Jetzt spannte er sich zwischen Temir und die Sonne. Temir war im Schatten.

Schließlich zog sich der Falke auf die unerreichbaren Gipfel des Bergs zurück. Dort, wo die Felsmassive von Abgründen umstellt sind.

Temir weinte die ganze Nacht, es ging ihm schlechter und schlechter.

Lange schaute er ins Hirtenfeuer, das glänzte wie ein Falkenauge. Dann warf er den Käfig ins Feuer. Knisternd verbrannte er, der Käfig wurde zu Asche. Er wusste, der Falke würde nicht wieder zurückkehren; er hatte ihn wieder zum Leben erweckt, von den Toten zurückgeholt, aber ihm gleichzeitig Schmerzen bereitet. Er hatte ihn gequält. Ob er sich auch davongemacht hätte, wenn er ihn nicht gequält hätte? Wer weiß …

Das Licht des Feuers flammte wegen des Käfigs auf, knackte und knisterte. Er starrte wie ein verletzter Falke ins Feuer, in den Wald, die Welt. Er schaute und schaute und schaute.

Dann schloss er langsam die Augenlider, versank im Schlaf.

Er wusste jetzt: Wenn er am Morgen aufwachte, würden der Käfig wie auch der Falke verschwunden sein.

Als sie in seiner Höhle ankommen, ist Temir außer Atem. Über seinen Rücken fließt der Schweiß in Strömen. »Entweder ist er hinter jemandem her, oder es ist jemand hinter ihm her«, denkt er. Lange schaut er dem Verwundeten ins Gesicht. Dann entscheidet er sich: »Sicher ist jemand hinter ihm her.«

3

Der Regen hat gerade begonnen.
Sein Name ist Binali.
Die Berge sind in Aufruhr.
Wie viele Feuerkreise hat er durchbrochen und durchschritten! Er darf nicht sterben. Alle Banden, ob groß oder klein, die in den Bergen lebten, sind hinter ihm her, verfolgen seine Spur.

Die Männer seiner eigenen Bande sind verstreut. Ums Leben gekommen, verwundet, geflohen, versteckt. Auf der Suche nach ihm. Auch seine Bande verfolgt die Spur.

Die Gendarmerie, die alle Banditen aus den Bergen vertreiben sollte, ist hinter ihm her. Auch die Gendarmerie verfolgt die Spur.

Avar und seine Männer sind hinter ihm her. Wie lange hat er ihn in Ruhe gelassen, sein Leben und sein Hab und Gut geschützt. Sie haben einander immer Hilfe geleistet, sie verdanken einander ihr Leben. Auch Avar verfolgt die Spur.

Er darf nicht sterben.

Der Regen hat gerade begonnen. Die Spur zu verfolgen, wird schwerer, Binalis Freunde, Binalis Feinde sind gleichermaßen hilflos.

Für Temir ist er ganz einfach ein Verwundeter. Etwas, das er in der Hand hat. Für das er sorgt, das er beschützt, das er behütet. Er weiß nur, dass der Mann lebt. Dass er meistens regelmäßig, aber manchmal auch unregelmäßig atmet, dass er ab und zu mit Mühe versucht, die Augenlider zu öffnen, dass seine Wimpern zittern, dass sein Bart wächst.

Temir spürt Selbstvertrauen. Vielleicht ist er auch darum von der Idee besessen, er könne ihn vor der ganzen Welt beschützen. Dass so viele hinter ihm her sind, kümmert ihn nicht. Den Ort hier werden sie keinesfalls finden.

Binali ist ein gewalttätiger Bandit, der in die Berge gegangen war. Aus welchem Grund, blieb ungewiss. Es gab widersprüchliche Gerüchte. Manche sagten, wegen einer Liebesleidenschaft, für die er im Gefängnis hatte büßen müssen, andere, es sei wegen einer Bluttat, wegen Ehrenhändeln, wegen Streits um Land oder einer Ungerechtigkeit des Grundherrn. Er hatte die unzugänglichen Berge zu seinem Zuhause gemacht, hatte einige große Banden verdrängt und ausgeplündert, war aus den Kämpfen, die er geführt hatte, um der Größte in den Bergen zu werden, stets siegreich hervorgegangen und hatte es geschafft, immer auf den Beinen zu bleiben.

Lieder feierten ihn, Geschichten über ihn machten in der Gegend die Runde. Nur an dem Tag, da Temir ihn gefunden hatte, hatte ihn der Solidaritätspakt einiger kleiner Banden in die Enge treiben können, aber es war ihm gelungen, die Feuerlinie zu durchbrechen. Danach war er geradewegs den Gendarmen in die Hände gefallen. Doch er hatte es geschafft, auch diesen zu entkommen.

Nachts, in den Schatten der Flammen, wirkt sein dunkles, langes Gesicht mit dem herabhängenden Schnurrbart noch größer. Lange schon betrachtet Temir nun nicht mehr die Schatten an der Wand, sondern Binalis Gesicht, sein im Feuer strahlendes Gesicht.

Er denkt darüber nach, was das wohl für ein Mann ist.

Draußen Regen. Lange anhaltendes Grollen. Das Prasseln des Feuers. So lange schon hat Temir nicht mehr geschlafen.

Als sei Binali in einem Brunnenschacht gefangen, geweckt durch den Ton einer Flöte, aufgeschreckt durch einen Ruf ... Immer wieder wird sein Schlaf gestört. Aber er kann sich nicht aufraffen, er kann nicht aufstehen, er spürt irgendwo einen feinen Stich, ein leichter Druck liegt auf seinem Ohr, als spiele er mit dem Tod Blindekuh.

So lange schon hatte Temir nicht mehr geschlafen.

Für den Brunnenschacht in Binalis Träumen, für seine inneren Kämpfe im Dunkel ist Temirs Flöte verantwortlich, sie wiegt ihn in seinen schmerzhaften, qualvollen, langen Träumen, lädt ihn zu den Wachträumen dieser Welt ein.

So lange schon ist Temir mit seiner Flöte verwachsen. Ihrem Ruf, ihrer Tyrannei ausgeliefert, ohne es zu merken. So viele Jahrhunderte schon weiß jeder, dass die Flöte das Herz des Hirten zum Sprechen bringt. Die Macht eines Flötenrufs ist magischer denn je.

»Wasser«, sagt Binali. »Wasser!« Er erkennt seine eigene Stimme nicht. Als steckten in seinem Hals verästelte Disteln. Steppenblumen. Die Steppe in seinem Innern blüht auf. Sein Hals reißt auf.

Temir springt hoch. Er schnellt in die Höhe. Das ist es, worauf er schon so lange gewartet hat. Er schleudert die Flöte weg und rennt zu ihm. »Nimm, Herr«, sagt er und reicht ihm eine Schale Wasser. Die runde, verzinnte Schale strahlt im Mondlicht, das in die Höhle fällt. Temir versucht, seinen Blick aufzufangen, als glaube er erst an die Genesung, wenn er die Augen des anderen offen sieht.

In Binalis Augen ist dieses Licht wie das erste der Welt. Er versucht aufzustehen, sich aufzurichten. Eine Schale so kühl wie Eis ist ihm jetzt das ganze Leben. Seine Wunde sticht ... Die auf seinen Handflächen klebende Kühle brennt, die hohlen Hände werden geröstet. Von seinen Lippen zum Kinn herunter rinnt Wasser, Tausende von Erinnerungsfetzen ergießen sich über seine Handflächen. Dass er lebt, begreift er in diesem Augenblick erst, als er Schmerzen spürt ... Die Wunde sticht ... Die vage Erinnerung an die Welt und seine Vergangenheit bricht auf zusammen mit dieser Wunde.

»Es war einer der Tage, an denen wir auf die Rebhuhnjagd gingen. Wir waren in eine Ebene gekommen, in der sich der Wald lichtete, als plötzlich eine Gazelle mir entgegensprang. Ich erschrak, aber ich freute mich auch, und überrumpelt wusste ich nicht, was tun. Mein Herz war wie aufgewühltes, trübes Wasser. Ich war verwirrt, mein Kopf umwölkt. Sie war mir ganz nah. Wenn ich meine Hand ausgestreckt hätte, hätte ich sie berühren können, wenn ich abgedrückt hätte, hätte ich sie töten können. Wir standen uns Auge in Auge gegenüber. Blieben Auge in Auge stehen. Ich hätte sie packen können, wenn ich zwei Schritte nach vorne gemacht hätte. Meine Überraschung lähmte mich; wohl deshalb konnte ich nicht zum Gewehr greifen. Weil wir zu einer Rebhuhnjagd aufgebrochen waren und nicht an Gazellen gedacht hatten. Aber man konnte ja auch Gazellen jagen.

Sie kam mir zuvor, begann zu fliehen. Da legte ich an und schoss. In mir spürte ich eine Leere, ich konnte mich überhaupt nicht freuen, ich war nicht etwa stolz, weil ich zu den vielen Rebhühnern jetzt noch eine Gazelle erbeutet hatte. Innerlich nur diese Leere, als ob mein Herz ausgelaufen sei und eine Steppe meinen Brustkorb ausfüllte. Ich weiß nicht, warum ich so traurig war, ich stand hilflos da; den Kopf habe ich mir darüber nicht so sehr zerbrochen, ich wollte vergessen. Damals habe ich den Grund nicht verstanden.«

»*Du kennst ihn nicht, diesen Bastard! Er bringt dich um, er lässt dich nicht am Leben. Wenn du gehst, um ihn zu töten, dann geh! Aber wenn du gehen willst, um mit ihm zu sprechen, dann geh nicht! Mit dem kannst du nicht sprechen. Dafür reichen die Worte nicht aus. Dafür gibt es keine Sprache. Sprechen, was soll das? Und sag, was wirst du mit ihm besprechen? Ja, was wir Wasser nennen, nennt er auch Wasser, was wir Gras nennen, nennt er auch Gras, aber er, er lebt in einer anderen Welt. Auch er spricht vom Wasser, auch er spricht vom Gras, und doch sind es andere Worte. Wie soll ich es dir erklären? Ich weiß nicht wie ... Schau, dieser Junge ist ganz allein aufgewachsen. Überleg dir einmal, was das heißt, ganz allein ... Niemand hat dieses Kind betört, niemand hat ihm geschmeichelt, niemand hat ihm Lügen erzählt. Die Kinder, die du kennst, wollen umgarnt werden, wollen spielen. Dieses Kind hat kein Spiel gespielt, niemand hat mit ihm gespielt, niemand hat es beschwindelt. Der Junge hat die Welt nackt erlebt. Nackt kennen gelernt. Versuche dir einmal vorzustellen, was das bedeutet. Ein Mensch, der niemanden hat, verwildert, wird zum Tier, zum verletzten Tier. So einer krallt sich mit seinen Pranken an der Welt fest. Da reicht deine Räuberei nicht aus, um dich auf einen Kampf mit ihm einzulassen ...*

Das sage ich nicht, weil ich an deinem Mut zweifle. Ich weiß, wie geschickt du bist, ich weiß es am allerbesten, aber dieses Kind lebt in einer anderen Welt, spricht eine andere Sprache. Wenn du ihm unterliegst, dann aus diesem Grund. Weil du es nicht kennst, weil du sein Herz und seine Zunge nicht verstehst.«

Nachdem er ihm zu trinken gegeben hat, tastet Temir lange sein Gesicht ab. (Wenn er Flöte spielt, gehen ihm Dinge durch den

Kopf, die dem, was er fühlt, sehr nahe kommen ... Dinge, von denen er nicht weiß, nicht wissen kann, was sie bedeuten.) Er ist also wieder zum Leben erwacht. Er atmet hörbar. Seine Füße stehen wieder auf dieser Welt. Er hat ihn geheilt, gesund gemacht. Er hat seinen Ruf, seine Melodie beantwortet. Doch warum seine erste Freude so schnell vorbei ist, begreift Temir nicht. So als hätte dieser, als er zum Leben erwachte, die Hälfte von Temirs Kraft an sich genommen. Als er unbewusst in sich hineinhorcht, um zu verstehen, warum seine Freude erloschen ist, klammert er sich wiederum an Binalis Blicke.

In die Höhle hat sich eine schwere, klebrige Luft herabgesenkt. Zum ersten Mal lebt eine zweite Person in dieser Höhle. Was in dieser Situation zu tun ist, weiß Temir nicht, zum ersten Mal lebt er mit einer anderen Person zusammen. Die Luft wird dicht und drückend.

Binali mustert seine Umgebung. Er mustert sie besitzergreifend.

Temirs Ruhe ist verschwunden. Der Zauber der Nacht hat sich aufgelöst, sie hat ihre Wunder verloren. Das Mondlicht ist nur noch Mondlicht. Es schimmert trübe am Eingang der Höhle.

Als verstehe Temir: Diese Blicke erinnern ihn an etwas, das er gar nicht mag, vielleicht sogar an viele Dinge, die er nicht mag.

Als er seine Augen von der Umgebung abwendet, sein Gesicht wieder Temir zudreht, begreift Temir plötzlich, dass auch der andere seine Freude verloren hat. Die Genesung, das Erwachen hat irgendeine schwere Last auf seine Schultern geladen. Wie ein sehr kurzer Frühlingsregen hatte er sich aufgehellt und dann wieder verfinstert.

Als sei alles besser gewesen, als der andere noch verwundet, wie tot war.

Binali benimmt sich, als seien Genesung und Freude seine natürlichen Rechte, als sei es sein natürliches Recht, von Temir gefunden und gerettet zu werden, gepflegt zu werden, geheilt zu werden, kuriert zu werden. Er benimmt sich, als habe er ein gutes Recht aufs Leben samt allen Annehmlichkeiten. Er gehört zu denen, die gegenüber niemandem, überhaupt niemandem eine Verpflichtung verspüren. Es ist, als wolle er sagen: Ich bin gesund geworden, ich habe mich gefreut, jetzt aber habe ich anderes zu tun. Seine ganze Freude hat er durchlebt, als er diese Schale Wasser trank, danach hat die Trockenzeit begonnen. Diese Trockenzeit, die Temir nicht benennen kann, nie würde benennen können.

»Wie heißt der Ort hier?«, fragt Binali.

»Die Felsigen Brunnen«, sagt Temir und verstummt. Dann: »Wir sind auf allen vier Seiten von Abgründen umgeben.« Er will, dass der andere sich unsicher fühlt. »Kennst du den Ort hier?«

»Ich kenne ihn.«

»Ich habe dich im Wald im Dickicht gefunden. Du hast viel Blut verloren.«

»Danke. Wo ist meine Waffe?«

»Ich habe sie in Sicherheit gebracht. Du hattest sie umklammert. Mach dir keine Sorgen, sie werden den Ort hier nicht finden. In diesen Höhlen kann man mit dem Teufel Versteck spielen.«

»Wie heißt du?«

Er atmet tief ein, und als er ausgeatmet hat, sagt er: »Temir.« Er mustert das Gesicht des anderen. Darin bewegt sich nicht ein Fältchen; er mustert es noch einmal lange. Der hat seinen Namen also nie zuvor gehört. Er interessiert sich nicht einmal dafür. Temir ist verärgert.

»Ist es lange her?«

»Ist was lange her?«

»Seit du mich hierher gebracht hast?«

»Drei Tage ...«
»Allein?«
»Allein. Nur ich.«
»Es gab doch niemanden, der es sah ...«
»Es gab niemanden. Sonst hätte ich ihn getötet.«
»Wen? Den, der es gesehen hat?«
»Ja klar. Den, der es gesehen hat.«
Binali schweigt. Eine Zeit lang ist er wie erstarrt. In seinem Kopf rast das Rauschen der Wälder. Dann, wie in einer Ebene, in der die Bäume lichter werden, hört das Lärmen auf.
»Hast du noch nie einen Menschen getötet?«
»Was soll die Frage?«
»Nichts! Ich bin neugierig. Du hast es gesagt, als sei töten leicht.«
»Ja, klar ist es leicht. Töten ist das Leichteste.«
»Du hast auf meine Frage nicht geantwortet.«
»Nein, ich habe noch nie einen Menschen getötet, aber ich kann töten.«
»Und eine Gazelle? Hast du noch nie eine Gazelle erschossen?«
»Gazellen erschießt man nicht! Die Gazellenleiche verflucht den Menschen.«
»Wovon lebst du?«
»Hast du nicht gehört? Als du gerade eben gefragt hast, habe ich gesagt, dass ich Temir heiße. Hier kennt mich jeder, mein Name ist überall, wo Wiesen und Weiden sind, bekannt. Jeder weiß, dass ich Hirte bin ... Warum grinst du so, habe ich etwas Falsches gesagt?«
»Es gibt hier niemanden, der noch nie von mir gehört hat, hast du gesagt ...«
»Ja, habe ich gesagt, was ist damit? Natürlich gibt es niemanden, der noch nie von mir gehört hat.«

»Genau, Schätzchen. Und drum habe ich kurz gelacht.«
»Ich mag Lachen nicht, überhaupt nicht. Und den, der lacht, mag ich auch nicht. Darf ich dir mal etwas sagen? Dein Blick passt mir auch nicht. Du schaust auf die ganze Welt, als gehöre sie dir. Das passt mir nicht, überhaupt nicht.«

»Später dachte ich, dass ich den Abzug erst gedrückt habe, nachdem sie begonnen hatte zu fliehen. Aber damit belüge ich mich selbst. Ich habe den Abzug schon früher gedrückt; vielleicht war sie nur darum geflohen. Ich weiß es immer noch nicht. Ja, warum habe ich sie denn erschossen? Ich hatte doch nie an Gazellenjagd gedacht. Wenn ich es nicht getan hätte, wäre sie einfach davongesprungen, wäre frei gewesen. Wir sind uns einfach dort, in der Lichtung in diesem Wald, begegnet. Am Rand dieser Lichtung. Hinter mir der Wald, vor ihr die Lichtung. Nie hatte ich die Absicht, sie zu töten. Später begriff ich, dass sich, vor ihrer Flucht, als wir uns noch Auge in Auge gegenüberstanden, ihr Blick verändert hatte. Da begriff ich, dass sie fliehen würde, dass sie gleich loslaufen würde. Als ich das erkannte, drückte ich den Abzug. Gerade als sie begann zu springen, war ich bereit, sie zu töten. Sie war mir in den Weg getreten, und sie hatte gewagt zu fliehen. Nein, das konnte nicht ungestraft bleiben. Plötzlich stand sie vor mir, hat mich überrumpelt, hat mich unvorbereitet erwischt. Aus meiner Verwirrung konnte ich mich nur retten, indem ich sie tötete. Nicht einmal den Zeitpunkt konnte ich selbst bestimmen: Sie änderte den Blick, worauf ich den Abzug drückte.«

Beleidigt und grollend verbringt Temir eine schlaflose Nacht. Der Verwundete soll so bald wie möglich auf die Füße kommen, aufstehen, gehen! Diese schwere, klebrige Luft in der Höhle wird von Tag zu Tag stickiger. Temir kann kaum mehr atmen. Er fühlt sich ständig beobachtet.

Die ganze Nacht hat der andere gehustet, gestöhnt, im Schlaf geredet. Eine mit der Hand greifbare Unruhe liegt jetzt in der Höhle.

Der Morgen ist schwierig. (Jeder Morgen ist schwierig.) Als er den Verband wechselt, begegnen sich ihre Blicke. So böse wie letzte Nacht sind ihre Blicke nicht, aber es liegt noch ein Rest Bösartigkeit darin.

Temir umwickelt, um nicht wehzutun, die Wunde außerordentlich behutsam.

»Wo ist meine Waffe?«, ist Binalis erstes Wort.

»Mach, dass du fortkommst, sobald es dir besser geht.«

»Wo ist meine Waffe, habe ich gefragt!«

»Ich habe sie in Sicherheit gebracht, habe ich gesagt. Du bist an einem sicheren Ort, habe ich gesagt.«

Binali atmet tief durch. Er reckt sich, in seinen Augen liegt deutlich ein beleidigender Ausdruck. »Ich habe nicht gefragt, wo ich bin«, sagt er.

Temir hat nicht gefragt, wer er ist. Das, was ihn eigentlich am meisten interessiert. Als hätte er, kaum war der andere wieder zu sich gekommen, begriffen, wer er war. Oder hat er sich gleich so benommen, dass es keinen Zweifel mehr gab? Ja, kaum erwacht, hat er so deutlich klar gemacht, wer er war, dass er Temirs ganze Neugier gestillt hat. Da all das in Temirs Kopf automatisch geschah, hat er sich darüber gar keine weiteren Gedanken gemacht.

Mit einer Kraft, die in der Stille anwuchs, noch zorniger, noch bestimmter wurde, hallt seine Stimme: »Ich bin Binali.«

Eine tiefe, dröhnende Stille erfüllt die Höhle.

Temirs Kindheit wird wieder lebendig, seine kaputte, schäbige Kindheit, in der er umhergestoßen, schikaniert und erniedrigt worden war, seine verletzte Kindheit. Den Namen dieses Mannes, der die Bewunderung und den Hass aller jungen Männer auf sich gezogen hat, hört er nun aus dessen eigenem Mund: Binali!

Wohl hat er gedacht, dieser müsse jemand sein, der mit seiner Macht die Berge und Felsen beherrscht, ja, er hat es sich sehnlichst gewünscht, und doch ist er nicht auf die Idee gekommen, dass es wirklich Binali sein könnte.

»Deshalb kanntest du mich nicht«, sagt er. »Weil du Binali bist.«

Wie immer, wenn er seinen eigenen Namen ausspricht, ist Binali jetzt von Ruhe erfüllt. (Schon seit Jahren bedient er sich der magischen Wirkung der Worte, die über seine Lippen kommen. Und das Wort mit der größten Zauberkraft ist immer sein eigener Name.) Dabei wäre noch manch anderes zu sagen gewesen. Denn als er soeben gesagt hat: »Ich bin Binali«, wollte er damit die Lage unter Kontrolle bringen, Temirs Bewunderung und Angst auf sich ziehen.

Er behandelt die Welt, die Berge, die Menschen stets, als seien sie sein Eigentum. Wie etwas, worauf er ein Recht hat. Hat er sich nicht mit starker Hand, mit rücksichtsloser Faust die ganze Welt erobert? Er muss die endlose, unbegrenzte Macht des Herrschens spüren, sonst kann er nicht leben. Bevor er gesagt hat: »Ich bin Binali«, war Unruhe in ihm gewesen, doch danach ist ihm eine schwere Last von den Schultern gefallen; wie er sich mit seiner Waffe gürtete, hat er sich mit seinem Namen gegürtet.

Er ist gerüstet.

Binali ...

Für ihn wie für die anderen ist dieser Name ein Zauberwort. Undenkbar, freiwillig auf diese Magie zu verzichten. Sein ganzes Leben lang hat er darangesetzt, diesen Nimbus zu schaffen. Niemals, unter keiner Bedingung wird er ihn aufgeben. Ohne dieses »Binali« ist er ein Nichts.

Binali ...

Auf die Macht seines Namens kann er bauen. Er ist die sicherste Festung. An jedem beliebigen Ort konnten sogar seine Männer sagen: »Wir sind Binalis Männer«, und das fließende Wasser stand still. Jetzt steht er wieder unter dem Schutz seines Namens. Er ist wieder ein Gigant, ein sagenumwobener Held auf dem Krankenlager.

Temir grübelt und grübelt. So oft hat er sich, als der damals noch fremde Kranke im Schlaf lag, über ihn gebeugt und seine Züge gemustert. War dieser Mensch Binali gewesen? Im Schlaf sind alle Menschen Brüder. Wie oft, von wie vielen Leuten hat er Geschichten über Binali gehört, die Hälfte davon alte Geschichten, die von Mund zu Mund gingen ... Jeder kannte sie, hörte sie wieder und wieder. Wie alle anderen empfand er dabei Bewunderung und in gleichem Maß Abscheu. In den Geschichten über Binali gab es etwas, das jeden jungen Mann direkt ins Herz traf, seinen Männerstolz bedrohte, schmälerte. Die Geschichten über Binali entlarvten seine eigenen Fehler, seine eigenen Schwächen.

Binali behandelt Temir, als sei dieser verpflichtet, ihn zu pflegen, als sei er einer, der unter seinem Befehl steht, einer, dem er an seiner Haustüre Almosen gibt. Er behandelt ihn einfach wie Luft. In Binalis Verhalten liegt etwas, das Temir zu Boden wirft und erdrückt zurücklässt; und obwohl Binali auf dem Krankenlager liegt, ohne sich rühren zu können, ist es, als siege er bei jedem Ringkampf, den sie anfangen. Temir kann es nicht beim Namen nennen, er kommt nicht klar mit dem Gedanken, aber er fühlt, aber er spürt in sich eine wachsende Unruhe und weiß: Sie hat mit Binalis Zauber zu tun.

Binali ist jetzt eine Last, die auf seine Schultern drückt. Er will, dass er so schnell wie möglich gesund wird und geht. Sonst wird er sich mangelhaft, unvollkommen fühlen, völlig unzulänglich ... Weil er nie so sein kann wie Binali ...

Ein Wort, das er noch im Ohr hat, tausende von Worten, die er noch im Ohr hat, es werden immer mehr, sie schwirren durch die Nacht.

Weil er nie so sein kann wie Binali …

Ja, was ist seine Bestimmung? Binali werden oder ein Nichts.

Was bringt es schon, dass du ein Mann geworden bist, aber nicht der Beste, der Stärkste hast werden können? Binali liegt nicht wie ein Kranker auf seinem Lager, er kann es nicht, seine Legende lässt ihm keine Ruhe, seine Legende lässt auch Temir keine Ruhe, denn in Binalis Verhalten liegt etwas, das ihn immer daran erinnert. Jedes Mal erwacht Temirs Kindheit von neuem zum Leben, seine von Erzählungen über Binali geprägte Kindheit, in der er angerempelt und schikaniert wurde, eine bedrückende Kindheit. Es kommt Temir vor, als sei Binali verantwortlich für seine Kindheit, für seine Armut, sein Ungenügen; das verstärkt Temirs Wut, seinen Hass.

Keine Dankbarkeit für das Leben zu empfinden, war eines, aber auch gegenüber Temir zeigt Binali keine Spur von Dankbarkeit. Klar, in seinen Augen hat Temir einfach nur seine Pflicht getan. Er ist nicht nur zutiefst undankbar, er putzt obendrein Temir ständig herunter, weil der immer irgendetwas versäumt.

Er ist ganz von der Magie des Befehlens hingerissen. Auf die Autorität des Herrschens hat er seine Macht gebaut, wie er es immer und überall gewohnt war. Er weiß es nicht anders, hat sich sein Leben lang genau so gegenüber anderen verhalten; Temir jedoch ist nie mit anderen zusammen gewesen. Jetzt stehen sie sich in dieser dunklen Höhle gegenüber.

Mit allem, was sie gelernt haben, und mit allem, was sie nie gelernt haben.

Alles, was Binali in permanenter Todesgefahr, und alles, was Temir vom Hörensagen gelernt hat.

Binali ist klar, dass er Temir nicht restlos beikommen kann, deshalb ist er unruhig. Er gehört zu der Sorte Mensch, die nur dann eine Beziehung haben können, wenn sie mit dem anderen fertig werden. Binali kann Kamerad sein, kann Freund sein, kann alles sein, solange er dominiert. Er ist einer, der die Beute beobachtet, der die Beute umkreist, der die Beute am Leben lässt, wenn er dominiert, sie dann aber in seinen Dienst stellt. Er ist gewohnt, mit seinen Zähnen, mit seinen Pranken die ganze Welt, alle Menschen, alle Berge festzuhalten.

Er denkt darüber nach, warum Temir sich ihm nicht völlig ausgeliefert hat. Hat das vielleicht damit zu tun, dass er ans Lager gefesselt ist?

Innerlich, an einem Ort ganz tief in seinem Innern, spürt er eine Dankbarkeit, er weiß, der andere hat ihn gerettet. Aber diese Dankbarkeit verwandelt sich in Hass und Zorn. Dieses Gefühl macht Binali zum Tyrannen, als wolle er, sobald er gesund wird, Temir dafür büßen lassen.

Die Nacht verbringen beide schlaflos. Als gäbe es etwas zu tun. Als würden beide vom Gewicht dieser Sache, von der sie nicht wussten, was es war, erdrückt. Als warteten beide auf eine erste Bewegung von der anderen Seite. Diese giftige, schwere Luft, welche die Höhle ausfüllt, wird immer dicker, immer drückender, macht beiden das Atmen unglaublich schwer. Diese Spannung, diese Last können sie nicht mehr aushalten. Diese drückende, dreckige, klebrige Luft wird ihnen beiden zu viel.

Eine Schale Milch hat er an jenem Morgen gemolken. In dieselbe verzinnte Schale ... Er hat einen Sirup aus Kornelkirsche zubereitet. Als er in die Höhle zurückkehrt, erwischt er Binali, wie er im Bett auf den Knien alles, was er um sich herum erreichen kann, durchwühlt. Temir begreift, dass er seine Waffe sucht. Seine Wut flammt wieder auf, er hat das Gefühl, verraten worden zu sein. Er fühlt sich wie ein Opfer von Treulosigkeit.

Binali ist nichts anzumerken. Auf seinem Gesicht liegt nicht der Ausdruck eines auf frischer Tat Ertappten, sondern vielmehr der sture Ausdruck eines Kranken, der zornig über einen pflichtvergessenen, nachlässigen, saumseligen Pfleger ist, die gequälte, erschöpfte Miene eines Kranken, der die Arbeit selbst übernehmen muss.

Temir packt die Wut. Er geht und holt die Waffe von dort, wo er sie versteckt hat. »Hast du das hier gesucht, Binali Ağa?«, sagt er. Seine Stimme ist hart, bestimmt und machtvoll. In seiner Stimme liegt etwas, das die lastende Spannung in der Höhle – diese seit Tagen eingesickerten, dichten Schwaden, diese durch feine Spannung verbrauchte Luft, diese mit dem Druck des Regens belasteten Wolken – vertreibt, zerreißt. Die Demonstration einer Furchtlosigkeit, einer Herausforderung, einer Wut, einer Kraft.

Binali hat die in Temirs Stimme verborgene Drohung bemerkt und wird trotzig. Mit derselben Härte und befehlendem Ton ruft er: »Gib sie her!«

»Warte, ich werde sie dir geben«, sagt Temir. Langsam öffnet er seinen Hosenbund, die Pluderhose rutscht auf seine Beine herunter. Binali ist verblüfft, versucht zu verstehen, was Temir vorhat.

»Das ist deine Waffe, nicht wahr, Binali Ağa?«, sagt er.

Dieses Mal gibt Binali keinen Laut von sich. Zum ersten Mal schaut er Temir aufmerksam ins Gesicht, als wolle er verstehen, als wolle er ihn kennen lernen. Als sähe er ihn zum ersten Mal.

»Das ist die Waffe des großen Binali, des bekanntesten Banditen in den Bergen, dessen Name die Dörfer zittern lässt, der alle zum Fürchten bringt, nicht wahr? Die Waffe, die Binali zu Binali macht!«

Temir lässt seine Unterhose herunter. Nimmt seinen dünnen, langen Schwanz, um den gerade der erste Flaum wächst, in die

Hand, hält ihn über die Waffe und beginnt zu pissen. Seine Augen flammen, sein Gesicht strahlt.

Er hat wieder sein gewohntes Gesicht. Die Wolken in seinen Augen haben sich verzogen, die drückende Luft in der Höhle hat sich verzogen.

Binali wirkt, als hätte ihn eine Gewehrkugel getroffen. Nachdem er die erste Verblüffung überwunden hat, bricht ein langer, langer Schrei aus ihm heraus. Er brüllt wie ein Tier. Zwischen seinem schwarzen, herabhängenden Schnurrbart und dem seit Tagen gewachsenen Bart verwandelt sich der Schrei, der zunächst einem wilden Heulen glich, in das Brüllen eines Löwen. Er spürt einen stechenden Schmerz und weiß: Er liegt auf diesem Lager wie festgenagelt und kann nicht heraus. Die quälende Last, jemanden zu brauchen, auf jemanden angewiesen zu sein, hat sich auf ihn gelegt. Er ist hilflos, er hätte sich nie eine solche Situation vorstellen können. Jetzt aufstehen können ... Er hätte diesen Bastard, der ihm gegenübersteht, zerfleischt, sein Fleisch in kleine Stücke gerissen, Becher für Becher sein Blut getrunken.

Als er mit dem Pissen fertig ist, schüttelt Temir seinen Schwanz ein paar Mal, spritzt ein paar letzte Tropfen auf den Lauf. Er wendet sich Binali zu, der Schaum vor dem Mund hat, von einem Anfall erfasst vor Zorn zittert. »Möchtest du immer noch deine Waffe?«, fragt er.

Binali schaut mit blutunterlaufenen Augen, als wolle er ihn zerfleischen, Temir an. Temir aber wirft ihm mit Schwung die Waffe zu.

Der Kampf hat also begonnen. Temir hat ihn herausgefordert. In der Höhle weht jetzt ein leichter, leiser Wind.

Temir fühlt sich allein und stark wie früher. Er holt die Milch, die er gemolken hat, und stellt sie auf die Pritsche. »Milch«, sagt er. »Ich habe sie für dich gemolken. Du brauchst dir keine Sorgen zu machen, ich habe nicht hineingepisst.«

An jenem Tag verbindet er die Wunde nicht. Er kommt erst spätnachts wieder in seine Höhle zurück. Obwohl er nicht nachschaut, weiß er, dass der andere nicht schläft.

»Alles, was ich gerade erzählt habe, habe ich nicht an einem Tag begriffen. Erst langsam löste sich der Knoten in meinem Kopf, ganz von selbst. Beim Sterben, beim Töten begann ich immer mehr zu verstehen. Während ich im Hinterhalt lag, auf der Hut war, mich versteckte, mich verbarg, während ich floh, während ich verfolgte, nahm ich es immer deutlicher wahr. Nachdem ich jene Gazelle erschossen hatte, konnte ich die Ödnis, die sich in mir ausbreitete, nicht mehr loswerden. Diese bedrängende Leere hat mich plötzlich gelähmt, als mein Finger am Abzug lag. Wenn ich an jenem Tag nicht auf Rebhuhnjagd gegangen wäre, sondern auf Gazellenjagd und am selben Ort dieselbe Gazelle gesehen und erlegt hätte, hätte ich darüber natürlich nicht so lange gegrübelt. Hätte ich über das Töten nicht gegrübelt. Darüber, was töten, was sterben heißt. Es war nur ein Augenblick. Alles, was in einem Augenblick Platz hat. Alles passiert in diesem einen Augenblick. Du siehst auf einmal, dass du getötet hast. Schau, ich habe viele Menschen erschossen. Viele Treulose, viele Unzuverlässige, viele Verräter habe ich getötet. Ich habe viele umgebracht. Aber nie zuvor habe ich eine solche Leere empfunden wie die, als ich diese Gazelle erschoss. Über keinen habe ich lange gegrübelt, mir über keinen den Kopf zerbrochen. Wer töten will, zeigt keine Reue. Eine Gazelle, die in dieser Lichtung, in dieser Ebene, wo der Wald etwas lichter wird, plötzlich auftauchte, hat in meinem Leben, das ich für eine uneinnehmbare Festung gehalten hatte, irgendetwas verändert, das ich nicht kannte. Sie hatte mir etwas entrissen. Ich würde nie mehr der alte Binali sein. Ich würde nie mehr einen Menschen, ohne mit der Wimper zu zucken, erschießen können. Ich habe danach wieder geschossen, aber ich habe angefangen, zuerst einen Augenblick nachzudenken. Mein Finger am Abzug begann sich zu verkrampfen. Wenn ich eines Tages gehen werde, so werde ich aus diesem Grund gehen; weil ich jetzt gelernt habe, was es heißt zu töten. Wer ein Bandit ist, lebt wachsam, lebt an der Grenze zum Tod. Er lebt so, als könnte hinter jedem raschelnden Baum, hinter jedem sich bewegenden Grashalm der Tod hervorspringen. In jedem Schatten entdeckt er das Bild des Todes, jedes Mal schießt er eine Kugel in die Dunkelheit. Immer habe ich so auf den Tod gewartet. Ich wusste nicht, ich konnte nicht wissen, dass der Tod mir in Gestalt einer Gazelle erscheinen würde. Dass ich den Tod töten würde, wusste ich nicht.«

Wenn er am Rand des Abgrunds herumstreifte, wenn er dem Tod am nächsten war, fühlte sich Binali so. Er spürte, dass sein Körper leer war, und seine Eier zitterten. Die Höhen machten ihm seit je Angst. Doch das Schicksal hatte ihm die Höhen bestimmt, in die Höhe, in immer höhere Höhen hatte er sich zurückgezogen. Wenn er an die äußerste Kante der Felsen kam und nach unten, in die Schluchten, in die Abgründe schaute, wurde ihm immer schlecht, schnürte es ihm immer die Eier ab, spürte er immer einen fürchterlichen Schmerz, wurden ihm immer die Knie weich. Von dieser Angst ließ er niemanden wissen, das durfte niemand ahnen.

Diese Angst, nachdem er so oft in die Höhe geklettert war, warum?, wozu? Als würde dieses Leben in unserem Innern, dieses Leben, das nicht zu unserem Körper gehört, ununterbrochen zittern, wie eine Kerzenflamme, die jederzeit ausgehen kann …

Kurz nachdem Temir auf seine Waffe gepisst hatte, war es genauso. Wie damals, als er am Rand der Felsen vor dem Abgrund stand. Als Temir auf die Waffe pisste, blieben Binalis Blicke zwischen Temirs Schenkeln hängen. Er war rasend vor

Wut, versuchte aufzustehen, schlug ununterbrochen um sich. Er spürte, dass die Haare an seinen Eiern zitterten. Da er die Beine zusammendrückte, waren seine Muskeln müde, verspannt.

Für Binali war von nun an Temir der, der auf seine Waffe gepisst hatte. In diesem Moment hatte er ihn wahrgenommen. In diesem Moment hatte er ihn erkannt. In diesem Moment hatte er begriffen, dass er nicht einer von denen war, die in seinen Diensten arbeiteten, dass er anders war als die anderen. Ein selbstständiger Mensch. Erst wenn einer sich gegen ihn stellte, rebellierte, erst dann nahm er ihn wahr. Also war, wer nicht aufbegehrte, in seinen Augen ein Nichts. Erkannte er als einzige Daseinsform auf dieser Welt das Aufbegehren an? War so die Seele eines Banditen? Konnte ein Bandit nicht anders denken, nicht anders handeln? Nahm er deshalb die Banden, deren Feindschaft Tag für Tag wuchs, die ihm Tag für Tag gefährlicher wurden, nicht wahr, nahm er sie deshalb nicht ernst, spürte er deshalb ihre insgeheim erstarkte Wut, ihren Hass nicht? War er deshalb zunächst über alles so schlecht informiert? Er hatte sie nie ernst genommen, sogar unterschätzt, ihre Entwicklung, ihr langsames Wachsen ignoriert. Erst als sie direkt vor seiner Nase standen, als sie aufbegehrten, als sie ihn herausforderten, als sie die Waffen präsentierten, nahm er sie wahr. Als sähe er sie zum ersten Mal. Durch Gewalt lernte Binali. Erst wenn Gewalt im Spiel war, erkannte er etwas an. Bis zu jenem Moment, bis zu jenem Moment der Gewalt lag alles hinter einem Schleier, hinter Wolken, hinter Rauch. Blieb alles verborgen.

Jetzt hatte sich dieses Jüngelchen namens Temir auf die Hinterbeine gestellt – und war in seinen Augen zum Mann geworden. (Was hatte dieser fünfzehnjährige Bastard für einen langen Schwanz.) In diesem Augenblick verstand er, dass Temir ein Gesicht, Augen, Hände, Wut hatte. Ein selbstständiger Mann war ...

Menschen existierten für Binali nur als Feinde. Deshalb war er in den Bergen. Deshalb war er Bandit.

Diese schwere, klebrige Luft in der Höhle hat sich auch für Binali verzogen. Jetzt sind sie offene Feinde, zwei Feinde, die nach dem Blut des anderen dürsten. Die mit Wollust aufgeladene Heftigkeit dieser Feindschaft hat beide befallen, bringt ihr Blut zum Kochen. Sie hassen sich mit ganzer Kraft. Der Kampf hat begonnen ...

Als Temir am nächsten Tag die Wunde verbindet, vermeiden sie es, einander in die Augen zu schauen ...

Ein verstecktes Schamgefühl befällt Binali. Dass er diesen Bastard braucht, befleckt sein Selbstgefühl, seine Kraft, seine Ehre. Voller Wut darüber stößt er hervor: »Warum hilfst du mir? Warum versteckst du mich?«

Ohne aufzublicken, antwortet Temir: »Ich weiß es nicht.« Er denkt eine Weile nach, dann sagt er: »Ich weiß sowieso viele Dinge nicht.«

»Ich habe nicht vergessen, was du getan hast«, sagt Binali.

»Was?«, fragt Temir und hebt seinen Kopf. »Dass ich dich gerettet habe oder dass ich auf deine Waffe gepisst habe?«

Binali stockt. Er ist erschrocken. Er spürt, dass dieses Kind etwas besitzt, das ihn erschreckt. Etwas, das er nicht erwartet hat, etwas Überrumpelndes.

»Beides«, sagt er. Seine Stimme ist weich geworden, ängstlich geworden.

Genau so ist es; einer wie Binali wird beides nicht vergessen. Ja, beides. Aber als er eben sagte, »Ich werde nicht vergessen, was du getan hast«, hat er nur das Zweite gemeint. Darum die versteckte und ernste Drohung in seiner Stimme.

»Vergiss es nicht«, sagt Temir. »Schau, Binali Ağa, ich fürchte mich vor niemandem außer vor Gott. Und manchmal fürchte ich mich nicht einmal vor ihm. Vergiss auch das nicht!«, sagt er. Es klingt, als würde er die Worte ausspucken. Abrupt zieht er an der Binde, mit der er die Wunde verbunden hat. Binali stößt einen Schrei aus, der einem Heulen gleicht.

»Deine Wunde ist in meiner Hand, du bist in meiner Hand, vergiss das nicht, ja, vergiss das ja nicht!«

»Du Hund! Drohst du mir etwa? Mensch, wer bist du, dass du dem mächtigen Binali ...«

»Ich bin der Köroğlu dieser Berge.«

Ein jähzorniges, wütendes, fast einem Brüllen ähnelndes Lachen stößt Binali aus: »Du, der sagenhafte Held Köroğlu, ja? Schaut euch diesen Köroğlu an! Köroğlu! Köroğlu!«

Temir gibt mit äußerster Kraft und mit dem Handrücken Binali eine Ohrfeige. Binali ist ganz gelähmt. Sein Gesicht verzerrt sich zur Unkenntlichkeit. Er ist verblüfft. Mehr als die Ohrfeige, die er eingefangen hat, lähmt ihn die Tatsache, dass ihm jemand eine Ohrfeige gegeben hat, hat geben können.

»Lach nicht! Lach nicht, habe ich gesagt!«

Binali begreift, dass gegen Temir das Lachen eine Waffe ist.

»Ich möchte dich nicht noch einmal lachen sehen! Du sollst nicht lachen! Du wirst überhaupt nie mehr lachen!«

Seine offene Wunde sticht. Binali ist jetzt kraftlos und hilflos. Weil er spürt, dass er klein beigeben muss, überfällt ihn der Zorn und die Wut, die sonst stets andere verbrannt hat, und dörrt ihn nun selbst aus. Vor Wut schäumt Binali. Wut. Tief sitzende Männerwut. Banditenwut, unerschrockene Wut, mit Tod verquickte Wut, wild, als würde sie sich niemals legen, niemals aufhören können. Die Wut, die ihn schon so lange in den Bergen hält, zum Banditen machte.

Doch das Stechen seiner Wunde besiegt seine Wut. Seine Wut läßt nach, seine Stimme wird leiser. »Was willst du damit erreichen, Temir?«

»Nichts will ich damit erreichen. Du sollst von jetzt an nicht mehr lachen, und damit basta!«

Binali kann sich nicht entscheiden, was er machen soll. Er hat die Fassung verloren, so verblüfft ist er. Sollte etwa ein kleiner Junge ihn so hilflos machen, nein, unmöglich. Zum ersten Mal in seinem Leben fühlt er sich so hilflos. Er hat keine Kraft, aus dem Bett aufzustehen, die Wunden, die begonnen haben zu heilen, ihn aber trotzdem noch ans Lager fesseln, erlauben es nicht.

Er hat seine Waffe nicht bei sich. Dass er treffsicher auf fünfhundert Meter ist, ist hier keine fünf Para wert. Die Fäuste kann er in seinem Zustand auch nicht sprechen lassen. Von seinen Männern, die auf seinen Befehl töten oder auf seinen Befehl am Leben lassen, ist auch keiner in seiner Nähe.

Und was er in einer solchen Situation machen soll, weiß er einfach nicht, an so etwas hat er bis heute nicht einmal gedacht. Bislang hat er in jeder schwierigen Situation den Knoten mit seiner geballten Faust durchschlagen. Immer hat er dank seiner Kraft, seiner Härte, seiner Größe, seinem Namen seinen Mann gestanden. Doch das hier ist ein ganz anderer Knoten. Keines der Mittel, die er kennt, hilft bei der Lösung. Doch jetzt sind ihm alle seine Waffen geraubt.

Dermaßen fremd ist ihm das, dermaßen hilflos fühlt er sich, dass er Angst hat, er könnte alles tun, was dieser Bastard verlangt. Ein Mensch kann nie wissen, wie weit er in einer solchen Situation geht.

Wer nie besiegt worden ist, wer immer nur mit der Waffe, mit der Faust seinen Mann gestanden hat, kann, wenn ihm eines Tages alle Waffen genommen sind, an einem so abgeschlossenen Ort, beispielsweise in einer solchen Höhle, gegenüber einem so erbärmlichen Typen, der selbst nicht weiß, was er will, den vielleicht nur nach Macht dürstet, nicht wissen, was er noch alles tun wird. Er glaubt: Einmal besiegt heißt alles verloren ... Einmal, nur ein einziges Mal besiegt zu werden, ist für ihn wie der Tod. Und wenn man alles verliert, verdient man den Tod, glaubt er.

Und darum kann er nicht wissen, wie weit er gehen wird. Ohne es selbst zu merken, setzt er alles und alle aufs Spiel.

Das kommt daher, dass er seine eigene Niederlage für das Ende der Welt hält. Das kommt daher, dass er denkt, mit seiner eigenen Niederlage ende eine Epoche, sei ein Prozess verloren.

Binali erlebt in diesem Moment genau das. Die Gewalt seiner Wut kommt daher, dass er sich zum ersten Mal derart unsicher fühlt, vor sich selbst und vor einem anderen.

Aus der Unsicherheit aber wächst das Verlangen zu vernichten, der Wunsch zu töten.

Temir greift plötzlich an Binalis Hose. Binali ist ziemlich überrascht. »Was machst du?«, schreit er.

»Ich möchte deinen sehen.«

»Und was machst du, wenn du ihn siehst?«

»Nichts! Ich möchte ihn einfach sehen. Du hast meinen gesehen, als ich gepisst habe. Jetzt möchte ich deinen sehen.« Schnell macht er dem anderen die Hose auf und reißt die Unterhose runter. Dann steht er mit einem lauten Lachen auf: »Meiner ist größer als deiner! Meiner ist größer als der von Binali, dem Größten der Berge.«

»Du mochtest Lachen doch nicht.«

Temir wundert sich. Hört auf zu lachen. »Klar ... Ich mochte es nicht ...«

»Tut es weh?«, fragt Temir.

»Ein wenig«, sagt Binali.

Temir drückt seinen Finger etwas stärker auf die Wunde. Noch einmal fragt er: »Jetzt?«

»Etwas mehr.«

Temir drückt stärker mit seinem Finger. »Und jetzt?«

Binali hebt seinen Kopf und schaut aufmerksam in Temirs Gesicht. Er glaubte zunächst, Temir untersuche seine Wunde, aber tatsächlich treibt er seinen Spaß mit ihm, und er selbst fühlt sich wie ein Hund, dem ein Blechnapf an den Schwanz gebunden wurde. Einen Augenblick lang will er ihm ins Gesicht spucken, voll Hass will er ihm direkt ins Gesicht spucken. Dann überlegt er es sich anders, zwingt sich dazu, es zu unterlassen. Bis zu diesem Augenblick hat Binali seine Wut nie zurückgehalten, seinen Zorn nie gezügelt. Aber jetzt fühlt er sich nicht stark genug, um seinem Zorn freien Lauf zu lassen. Zum ersten Mal fühlt er sich wie jemand anders und versucht entsprechend zu handeln. Aber die Wut, die sich in ihm anstaut, bricht erneut hervor, die Spucke, die sich in seinem Mund ansammelt, unter der Zunge, auf der Zunge, wandert im Mund umher und wird immer mehr. Er ist unentschlossen. Die Wunde liefert ihn dem anderen aus. Bis es ihm besser geht, bis er aufstehen kann, muss er sich diesen Jungen vom Leib halten, muss seinen Mund halten, darf ihm kein Haar krümmen.

Wie kann man mit diesem Kind reden? Wie macht man das bloß? Wie ihn sich vom Leib halten, obwohl man ihn doch so sehr braucht? Obwohl man hilflos, wie mit gebundenen Händen und Armen daliegt? Zum ersten Mal in seinem Leben sucht er neben Töten und Getötetwerden einen dritten Weg.

»Wenn du Anstand im Leib hast, dann benimm dich wie ein Mann und erschieß mich! Schieß und rette uns! Rette dich und mich!«

Nur ja kein Freiwild für die sein, die seine Spur verfolgen. Dann lieber als Opfer dieses armseligen Hirten sterben. Wenigstens wird er dann nicht zum Futter für die Tierweiber hier in den Bergen, wenigstens bekommen die Gendarmen dann keine Prämie. Still und leise wird er sterben.

Seine größte Furcht ist, hier geschnappt zu werden. An seinem Tod darf niemand etwas verdienen, weder Geld noch Ruhm, nichts. Nichts soll von ihm zurückbleiben. Kein Bandit soll über seinen Leichnam herfallen und sich dadurch hier in den Bergen einen Namen machen, aufsteigen. Aber auf der anderen Seite gibt es eine Banditenehre: Sein Leben so einem namenlosen Hirten auszuliefern, wird den eigenen Namen beflecken, den eigenen Ruhm überschatten. Man wird erzählen, dass der mächtige Binali von einem kleinen Jungen um die Ecke gebracht wurde.

Auch seine Leiche gehört zu seiner Legende. Vor allem seine Leiche bringt den anderen Ruhm. Sie wird anderen den Weg nach oben öffnen, das weiß er. Deshalb sind ja auch alle hinter ihm her. Jeder weiß, wer Binali erschießt, wird in diesen Bergen das Erbe von Binali antreten. Manchmal erbt der Feind vom Feind wie der Sohn vom Vater.

Binali sucht, mehr noch als für seinen lebendigen Leib, einen Herrn für seine Leiche. Er rackert sich jetzt ab, den Ruhm seines Leichnams zu schützen.

Doch er war dem Tod noch einmal von der Schippe gesprungen, sicherlich wird es ihm bald besser gehen, sicherlich wird er wieder aufstehen, sicherlich wird das Gewehr, der Abzug, der Ruhm wieder fest in seiner Hand liegen. Dann, ja dann …

Er schlägt sich aus dem Kopf, sein Leben diesem armseligen Hirten auszuliefern, er schlägt sich aus dem Kopf, ihn um Anstand anzuflehen.

»Tut es hier auch weh?«, fragt Temir.

Er schluckt die Spucke, die sich in seinem Mund angesammelt hat.

»Nachdem ich die Gazelle erschossen hatte, konnte ich nie mehr der Alte sein. Weil ich einmal den Tod getötet hatte … So lernte ich den Tod kennen.«

»Bist du verliebt?«, fragte Temir.

»Bin ich nicht«, antwortete Binali. »Warum fragst du?«

»Du hast den Tod ja wie die Liebe geschildert ... Ich bin neugierig, ist, was du den Tod nennst, männlich oder weiblich?«

»Es muss ein Mann sein«, sagte Binali. »Wie Gott, wie der Teufel, auch er muss ein Mann sein.«

»Warum erzählst du mir das?«, fragte Temir.

»Als du mich gerade anschautest, hast du wie jene Gazelle geschaut«, sagte Binali. »Du hast eben mit diesem veränderten Blick geschaut, den sie hatte, kurz bevor sie zur Flucht ansetzte.«

»Ja, hätte ich dir die Waffe gegeben, hättest du dann auch mich erschossen? So wie du die Gazelle erschossen hast?«

»Ich weiß nicht«, sagte Binali. »Kann ich nicht wissen.«

Binali erzählte das alles in der letzten Nacht.

Dass es die letzte Nacht war, wusste er selbst nicht.

Die Vertrauen einflößende Stimme der Flöte hört er eine Weile, immer wieder unterbrochen hört er sie. Er spürte diese leise klagende Melodie in seiner Wunde. Es kommt ihm vor, als falle er immer wieder von einer Felsklippe, als stürze er in die Abgründe, seine Eier werden schwach, ein Zittern erfasst ihn zunächst im Traum, dann wacht er zitternd auf. Kurz beleuchtet ein grelles Licht sein Bewusstsein, er hört sich und die Flöte. Wieder versinkt er in Schlaf, in die dunkle Tiefe. Bis er wieder anfängt, um sich zu schlagen, liegt er dort, in der Tiefe, mit dem Flötenton zusammen, der ihn ab und zu ruft.

Dieses Mal bleibt er lange wach.

Als er die Flöte zum letzten Mal hörte, war er wieder ganz zu sich gekommen, öffnete die Augen, zitterte mit seinen Wimpern, gewöhnte seine Augen an die Dunkelheit der Höhle, schnell verließ er das Dunkel der Bewusstlosigkeit und tauchte in das der Höhle ein. Am Eingang der Höhle sah er Temir, der die Nacht, die Sterne und den von Wolken verschleierten Mond im Rücken hatte. Er war selbstvergessen in sein Flötenspiel vertieft, in eine lang andauernde Melodie versunken. Im Hintergrund war der Ton kleiner Glocken zu hören, offenbar lagerte irgendwo in der Nähe eine Herde. Eine Zeit lang rührte sich Binali nicht, hörte der Flöte zu, blieb wach, dieses Mal konnte er ihr lauschen. Er glaubte jetzt fest daran, dass er alles überstanden hatte. Er war also gerettet. Er dankte Gott, dass er davongekommen war, er dankte Gott, dass er nicht erwischt worden war.

Durch den Kopf gingen ihm Fragen: Wo war er, wie lange war er schon hier, mit wem? Dann: »Wasser«, sagte er. »Wasser!«

Er erkannte seine eigene Stimme nicht. Als steckten in seinem Hals verästelte Disteln. Steppenblumen. Die Steppe in seinem Innern blühte auf. Dorn für Dorn blühte sie auf.

Temir sprang von seinem Platz auf. »Nimm, Herr«, sagte er und reichte ihm eine Schale Wasser. Als er sich anstrengte aufzustehen, stach seine Wunde. Er hatte starke Schmerzen. Dass er lebte, merkte er in diesem Augenblick zum ersten Mal, als er diese starken Schmerzen hatte …

4

»Sag schon, wem gehören diese Berge?«

»Dir.«

»Lass nichts weg, sonst schütt ich's aus und lasse dich den Boden auflecken.«

»Dir, Herr.«

»Ha, gut so.«

»Genau so, Herr.«

»Wer ist der Größte in diesen Bergen?«
»Du, Herr.«
»Wer ist zuständig für diese Berge?«
»Du, Herr.«
»Wer ist der Herrscher dieser Berge?«
»Du, Herr.«
»Kann ich dich töten, wenn ich wollte?«
»Du kannst, Herr.«
»Wenn ich dich töte, kann ich dich dann in Stücke reißen?«
»Du kannst, Herr.«
»Wenn ich dich in Stücke reiße, kann ich dich dann den Wölfen und Vögeln zum Fraß vorwerfen?«
»Du kannst, Herr.«
»Kann ich deinen Kadaver den Hunden hinwerfen?«
»Du kannst, Herr.«
»Küsst du meine Hand und meinen Fuß?«
»Ich küsse sie, Herr.«
»Bettelst du, wie die Hunde an meiner Türe?«
»Ich bettle an deiner Tür, Herr.«
»Großer Herrscher, Freund der Armen, sag mir doch: Der Größte dieser Berge ist wer? Binali? Temir?«
»Temir, Herr.«
»Wenn es Temir gefällt, kann er dann Binali zur Strecke bringen?«
»Er kann, Herr.«
»Ha, gut so, nimm doch diese Schale Milch, einen Bissen von dem Fladen, du Hund!«
»Ich bin ein Hund, Herr.«

Binali spült seinen ausgetrockneten Mund mit Milch, seit zwei Tagen hat er nichts mehr in den Magen bekommen. Seine Zunge und sein Gaumen sind trocken, er ist schwach geworden, das wiederum schwächt seine Hoffnung auf Rettung.

Temir schaut Binali zu, der sich wie ein hungriger Wolf auf das, was Temir ihm gibt, stürzt. Binali ist nicht mehr zu halten, beobachtet Temir. Wie die riesigen Bissen, die Binali schluckt, den Schlund hinunterrutschen. Er denkt, dass das dunkle Gesicht, während Binali isst, noch dunkler wird, dass dieser dabei noch mehr einem Hund gleicht.

»Als ich dich fand, hattest du das Gesicht eines kleinen Kindes«, sagt Temir. »Je besser es dir geht, desto mehr ähnelst du einem Hund!«

Binali bleibt der Bissen im Hals stecken, dann beginnt er wieder zu kauen.

»Mit vollem Bauch ist das Befehlen leicht, nicht wahr, Binali Ağa? Mit leerem Magen ist es schwierig, nicht wahr?«

Er ist jetzt im grenzenlosen Land des Bösen. Diesem Hirtenlümmel fallen aus der Fülle seiner Einbildungskraft tausend Bösartigkeiten ein.

Er bringt keinen Ton heraus. Jetzt hat er es endlich begriffen. Nach großer Anstrengung, nach viel Plackerei begreift er, dass er in Gefangenschaft geraten ist. Von Tag zu Tag haben seine Kräfte abgenommen, täglich erleidet er neue Niederlagen. Temir hat ihn besiegt, hat alle Waffen auf seiner Seite. Ihm bleibt nichts, als zu schweigen und den Nacken zu beugen. Er ist hungrig, verwundet und kraftlos. Er ist in Temirs Hand; er ist ihm ausgeliefert. Um sich selbst zu überzeugen, um die Tatsache zu akzeptieren, wiederholt er es für sich immer wieder.

Andererseits weiß er auch, dass er eines Tages gesund sein wird, dass er sich davonmachen wird. Temir wird er für das büßen lassen, was er ihm angetan hat. Wie einen Hund wird er ihn mit den Füßen treten. Langsam sammelt er Hass an. In der Wut seines Herzens dickt sich unbemerkt ein Rachegift ein.

Plötzlich versteht Binali, was diese Lautlosigkeit bedeutet. Diese Lautlosigkeit, die er jahrelang nicht verstanden hat. Die

Kraft dieser Lautlosigkeit. Was sich alles in dieser Lautlosigkeit ansammelte.

Die Lautlosigkeit derer, die ihm jahrelang Hass entgegengebracht haben, die seine Feinde sind, die Mühe, die er hatte, sie zu verstehen, versteht er jetzt. Er versteht sie, jetzt, da er schwach ist, hilflos ist, wie sie; das allgegenwärtige, heimliche Rachegefühl der Sklaverei ...

Jahrelang hat er befohlen, geherrscht und nichts verstanden. Jetzt versteht er auf einmal. Soviel es auch ist, er versteht es alles auf einmal ... Die, welche ohne ersichtlichen Grund, obwohl er ihnen nichts angetan hatte, seine Feinde waren, alle, alles versteht er auf einmal ... Seine eigene erdrückende Macht sieht er zum ersten Mal mit den Augen der anderen.

Wie lange ist es schon her, dass er sich entschlossen hat: Er würde alles machen, was Temir sagt. Und schon bevor er diesen Entschluss gefasst hat, machte er alles, was dieser sagte. Er war unbesiegt gewesen und auf einmal besiegt worden. Wie weit wird er gehen? Er kennt die Grenzen, die das Ehrgefühl setzt, nicht; er hat sie auch nicht gekannt, als er herrschte.

Es ist ja in beiden Fällen dasselbe. Im Herrschenden wie im Sklaven sind Stolz und Demütigung von gleicher Art; immer, überall ...

Wie viele Tage liegt es zurück: Widerstreitende Gefühle suchen ihn heim. Sein Lager aus Heu ist ein Dornenhaufen für seinen verwundeten Körper. Die Nächte dehnen sich heimtückisch aus, der Schlaf flieht ihn, Temir wird von Tag zu Tag tyrannischer. Vom Schlucken trocknet seine Kehle aus. Er schweigt, schweigt ständig und schluckt.

Temir aber hat begriffen, dass Binali jeden Tag einen Schritt zurückweicht, und er treibt ihn in die Enge. Er möchte bis an dessen Grenzen kommen. Seine Grenzen erreichen. Doch er weiß nicht, dass er selbst keine Grenze hat. Und dass auch Binali sich gerade wie er selbst in einer Schwindel erregenden Grenzenlosigkeit bewegt.

Wer durch Gewalt lernt, wer mit Gewalt lebt, wer durch Gewalt existiert, kennt keine Grenze. Wer einmal den Kampf begonnen hat, treibt die Gewalt immer weiter.

Was Temirs Grausamkeit verstärkt, ist, dass Binalis Gesicht schon seit einiger Zeit ausdruckslos geworden ist. Es ist Binali gelungen, seine Gedanken, seine Gefühle zu verbergen. Die Gefangenschaft hat ihn das gelehrt. Seine Blicke haben sich verändert, haben sich versteckt. Auch der befehlende Ausdruck der ersten Tage, später dann diese fassungslose Wut ist einer toten Leere gewichen. Eine Leere hat sich auf Binalis Gesicht breit gemacht. Diese erschreckende Unbestimmtheit, diese beängstigende Ausdruckslosigkeit macht Temir rasend. So lange schon kann er Binalis Gefühle, Gedanken, Reaktionen nicht mehr verfolgen. Spürt nicht mehr, was Binali machen wird. Binali hat sich in die Leere, in die Höhle seines Gesichts geflüchtet, hat sich dort versteckt. Hat sich dort verborgen, ist dort auf der Hut.

In der Höhle ist Binalis Gesicht zu einer zweiten Höhle geworden. Sie suchen einander, sie jagen einander; Binali in Temirs Höhle, Temir in Binalis Höhle. Es hat sich ein Gleichgewicht hergestellt, wodurch das Geheimnis des Kampfes noch undurchdringlicher wird.

Dass der große Binali wie ein verwundetes Tier in seiner Hand ist, dass er jede seiner Forderungen erfüllt, macht Temir rasend vor Wut. Genau das nämlich bedroht seinen Stolz. Dass Größe derart leicht zu bezwingen ist, dass eine Legende in der Abgeschiedenheit einer kleinen Höhle wie nichts zerbröckeln kann, trifft seine Mannesehre im Innersten. Er wartet darauf, dass Binali seinem großen Namen Ehre machen möge, und sei es nur ein kleines bisschen. Sonst ist ja alles sinnlos, völlig leer, genau wie Binalis Gesicht.

Wenn das so ist, kann man sich an nichts mehr halten.

Auch Binali ist in seiner dunklen Abgeschiedenheit in Gedanken versunken, er wälzt Pläne, er sucht nach Wegen der Rettung, er plant, er konstruiert. Er versucht seine Schwäche, seine Niederlage zu verdauen.

Er denkt: Was zwischen ihnen passiert ist, wissen nur zwei Leute. Nur er selbst und der andere kennen den Kampf zwischen ihnen beiden. Dass Binali um eine Schale Sirup, um einen Brocken Fleisch, um einen Fladen Brot stundenlang gebettelt hat, dass er sich erniedrigt hat, dass er derart seine Ehre verspielt hat, wissen nur sie beide. Der da, dieser Temir, wird ohnehin sterben, wird mit absoluter Gewissheit sterben, ohne mit irgendjemandem über all das sprechen zu können, wird krepieren ... muss krepieren! Selbst wenn er darüber sprechen könnte, wer würde ihm glauben? Wenn er es wagen würde, das zu erzählen, so würden sie ihn auslachen, ihn verspotten, ihm nicht glauben. Das gibt es doch nicht ... Unmöglich ... Der hat wohl den Verstand verloren, werden sie sagen. Nein, der große Binali, der so viele Jahre Berg und Stein zum Zittern gebracht hat, der soll einen kleinen Jungen angefleht, angebettelt haben? Sogar als Leiche wird Binali diesem Temir auf den Fersen sein, ihn schließlich zur Strecke bringen. Ist er denn etwa grundlos Binali geworden? Selbstverständlich wird jeder so denken ... So muss man denken.

Ja, dieses Zweipersonengeheimnis wird zusammen mit Temirs Leiche in der dunklen Geschichte der Berge begraben sein. Bis es mir besser geht, bis ich wieder auf den Beinen stehe, soll der da ruhig mit mir machen, was er will, sagen, was er will, mich nachsprechen lassen, was er will, jede Folter anwenden, die ihm in den Sinn kommt; aber wenn ich mich erst einmal von hier gerettet habe, werden die Berge vor mir zittern wie nie zuvor. Bis heute wusste ich selbst nicht, was die Wut eines Banditen ist, der die Niederlage gekostet hat. Ich muss wie ein Mann sterben. Wie ein Bandit ... Mein Tod muss einen Namen haben, eine Geschichte, ein Klagelied. So muss es sein. Mit ehrenvollen Zeremonien muss die Totenklage für mich begangen werden. Nachdem ich all diesen marodierenden Banden das Maul gestopft habe, nachdem ich einen nach dem anderen wie ein Insekt zerdrückt und allen bewiesen habe: Mensch, dieser Kerl hat tausend Leben! Ich werde töten und sterben wie der letzte Bandit dieser Berge. Mit meiner Herrschaft muss die Zeit der Banditen zu Ende gehen, wenn es denn für Banditen keinen Platz mehr auf der Erde und keinen Unterschlupf in diesen Bergen geben soll. Mit meinem Tod geht all das zu Ende.

Ich muss wie ein Mann sterben; was macht es schon, wenn ich hier wie ein treuloses Weib gebettelt habe? Keiner weiß es, keiner hat es gesehen, kein Dritter hat ein einziges Wort von dem, was ich gesagt habe, gehört. Wenn ich den hier kaltgemacht habe, ist alles in bester Ordnung. Hier, in einer versteckten, dunklen, einsamen Höhle bin ich vor einem halb verrückten Kind auf den Knien gerutscht, na und? Mensch, der ist nicht einmal ein richtiger Mann. Ein Hirte. Ein Hirte, der Flöte spielt, wie alle Hirten. Der sich für Köroğlu hält, der sich für den Herrscher der Berge, für den Herrn der Berge hält. Und der sehr bald krepieren wird.

»Sag: Ich will dein Sklave sein, Herr.«

»Ich will dein Sklave sein, Herr.«

»Sag: Ich will der Hund sein, der an deiner Türe wacht, Herr.«

»Ich will der Hund sein, der an deiner Türe wacht, Herr.«

»Sag: Ich will das Opfer für die Erde sein, auf die du trittst, Herr.«

»Ich will das Opfer für die Erde sein, auf die du trittst, Herr.«

»Dann, dann sag: Ich bin eine Hündin, die du aufgezogen hast. Wenn du nicht für mich sorgen würdest, würde ich krepieren.«

Gefühllos und monoton klingt seine Stimme. Keine Wut, keine Aufregung, überhaupt kein Gefühl liegt in ihr. Als tue er einfach seine Pflicht.

Dann nimmt er den Brotfladen, den Temir übrig gelassen hat, und fängt an zu essen.

Nach dem Essen verbindet Temir ihm wieder die Wunde und trägt frische Salbe auf. Sie ist stärker verkrustet, die Umgebung der Wunde juckt leicht und angenehm. Binalis Miene leuchtet auf; um sein Strahlen vor Temir zu verstecken, beugt er den Kopf nach vorne.

Temir sagt, als er sich gerade schlafen legen will: »Binali!« Zu fortgeschrittener Nachtstunde ist das, als das Feuer erlischt, als der Regen stärker wird.

»Das Opferfest kommt näher«, sagt er.

Ein Zittern zwischen Binalis Beinen.

»Mir ist, als müsste ich alle Opfertiere hüten. Du gehörst auch dazu, Binali.«

Der dunkle Schatten, der am Eingang der Höhle auftaucht, lässt Binali das Herz in die Hose rutschen. Ist das Temir?, denkt er, ist er vielleicht früher zurückgekommen? Aber Temir tritt nicht so in die Höhle, die Schritte von dem, der da kommt, sind ängstlich, besonnen, und er versucht auch, seine Augen an die Dunkelheit zu gewöhnen. Nein, das ist jemand anders. Im Licht, das durch den Eingang in die Höhle eindringt, zeigt sich sein Umriss, aber das Gesicht bleibt verborgen. Binali weiß, dass er jetzt hoffnungslos in der Falle sitzt. Hinter ihm tauchen andere am Eingang der Höhle auf. Sie sind bewaffnet. Sie verfolgen offensichtlich eine Spur. Vielleicht werden sie gleich wieder verschwinden, vielleicht sind sie zufällig vorbeigekommen, wollen sich nur etwas umsehen. Binali kauert in seiner Ecke und macht sich ganz klein. Ja, vielleicht sind sie etwas übereifrig, nur aus Neugier in die Höhle geraten, wollen sich nur etwas umsehen und dann wieder gehen. In dieser undurchdringlichen, rabenschwarzen Finsternis sieht man ohnehin die Hand vor den Augen nicht; außerdem ist es schon Stunden her, seit das Feuer ausgegangen ist. Doch der Vorderste ist entschlossen, geht mit entschlossenen Schritten voran, als wolle er in die Tiefe der Höhle vordringen. Binali denkt plötzlich an Temir, wünscht sich, dass er in diesem Augenblick da wäre, mit einem sonderbaren Gefühl von Freundschaft denkt er an ihn, mit Sehnsucht. Das versteht er selbst nicht. Der Vorderste hat seine Augen an die Dunkelheit gewöhnt, kommt näher, findet Binali in der Ecke, in der er zusammengekauert sitzt. Eine Zeit lang schaut er genau hin, dann kommt er näher. Plötzlich erkennt er ihn; als er sicher ist, zündet er ein Streichholz an. Ja, er ist es.

»Binali«, sagt er. »Ich wusste es! Ich wusste, dass ich dich finden würde!«

»Du bist ein Mann, nicht wahr, Binali? Du bist der Größte in den Bergen, nicht wahr?« Eine Schale Milch, einen Fladen Brot in seiner Hand, kam er herein. Jetzt steht er vor ihm. »Nicht wahr, Binali?«

Verlegen steht er Binali gegenüber. »Grausamer Herrscher, Freund der Armen, der Berge mächtigster Bandit, Binali, auf, noch mal von vorn!«

Binali ist am Ende, Binali ist erschöpft.

»Sag schon, wem gehören diese Berge?«

»Dir.«

»Lass nichts weg, sonst schütt ich's auf den Boden und lasse dich den Boden auflecken.«

»Dir, Herr.«
»Ha, gut so. Wer ist der Größte in diesen Bergen?«
»Du, Herr.«

5

Der Bach rinnt wie ein dünner, stechender Schmerz. Der Himmel ist überschwemmt von Sternen. Die Bergwinde singen den Bäumen ein Wiegenlied. Überall das Getuschel von Blättern. Wenn der Wind aber schweigt, schneidende Stille. Die trockene Kälte der Nacht, die noch nicht zu Kräften gekommen ist, dringt langsam in die Menschen ein.

Einen Teil von sich hat er dort am Baum zurückgelassen; die Hälfte seiner Gedanken ist jetzt dort. Nachdenklich, versonnen, den Kopf in beiden Händen, singt er sich selbst ein Wiegenlied. Die feine, leise Stimme des Baches hört er, immer wenn der Wind schweigt.

Sein Herz; das Pochen des Waldes ...

»Ich werde wohl älter«, geht es ihm durch den Kopf. »Ich werde doch älter. War ich früher auch so? Wie es mir gerade einfiel, so habe ich es auch gemacht, bin nachher nicht dagesessen und habe wie eine Turteltaube drüber gegrübelt. Über jeden Schritt denke ich tausend Mal nach. Ständig mache ich mir Vorwürfe. Denn ich habe Angst um mein Leben. So viele Gedanken sind nicht gut, sie machen einen Mann unbeweglich. Nageln ihn fest, wo er steht. Lähmen ihn, höhlen ihn aus, engen ihn ein. Ja, ich werde älter, daher die Schwere des Herzens. Ich bin besiegt, ja, ich bin besiegt. Es ist aus.«

Seine Männer sind um ihn verstreut, manche schlafen, wo sie Stellung bezogen haben, manche wachen. Er lauscht dem Atmen der Nacht. Dem Puls des Berges, des Waldes ...

»Wo werde ich noch hinklettern?«, geht es ihm durch den Kopf. »Auf der anderen Seite des Gipfels ist der Tod ...« Wenn man ihn ließe, würde er sich auf sein Fleckchen Erde zurückziehen, sein Feld bestellen, ohne sich in die Angelegenheiten von irgendjemand anderem einzumischen, sich um seinen Boden kümmern, sein Leben leben. Aber jetzt ist es für alles zu spät.

Er ist bei einem der kleinen Bäche angekommen, die sich in die Felsigen Brunnen ergießen. Den Grillen hört Binali zu. Der Nacht hat er sich hingegeben, müde, erschöpft, mit krampfartigen Schmerzen. Nie hat er sich so müde gefühlt, seine Schultern hängen, seine Knie sind weich. Was er getan hat, lässt ihm keine Ruhe, hat sein inneres Knäuel nicht entwirrt, im Gegenteil, alles durcheinander gebracht.

Ratlos, nachdenklich, niedergeschlagen.

Er erkennt sich nicht wieder. Was stürzt ihn so in Panik? Er möchte der Binali sein, den er kennt, der ihm vertraut ist, an den er sich gewöhnt hat. Er kommt sich selbst komisch vor.

Er betastet sein Herz. Sein Herz ist nicht abgekühlt. Im Gegenteil, es flammt auf; doch dieses Mal gilt seine Wut nicht allein Temir, sondern auch sich selbst; er verbrennt sich selbst.

»Der Kleine hat viele Schläge bekommen. Mit Schlägen, Prügeln, Demütigungen ist er aufgewachsen. Er hat in fremden Ställen übernachtet, mal hier, mal dort. Den hat nie jemand umarmt. Die Menschen haben ihn entweder bemitleidet oder geschlagen. Die Menschen hat er durch Ohrfeigen, Fußtritte und Flüche kennen gelernt. So einen kannst du nicht besiegen, indem du ihn schlägst und beschimpfst. So kannst du dich bei ihm nicht verständlich machen. Das kennt er ja schon. Das wirkt bei ihm nicht. Wenn du schon gehst, um ihn zu suchen, dann bring ihn einfach um, sobald du ihn gefunden hast, und damit basta. Der Junge wird ohnehin zur Plage für diese Berge. Nur mit Schaf-

hüten begnügt der sich nicht. Lass ihn nur etwas älter werden, etwas heranwachsen, dann genügen ihm diese Berge nicht mehr, zur Plage wird er werden, zur Plage, am besten, du knallst ihn ab, und basta. Seine Kraftproben kennen keine Grenzen. Fürs Erste hat er damit angefangen, sich gegen dich aufzulehnen, das wird er auch zu Ende bringen. Bevor er nicht zur Legende geworden ist, will der nicht sterben. Ein Habenichts. Aber berühmt will er werden. Um jeden Preis. Vor allem einen legendenumrankten Namen wollen solche Typen. Wem nie etwas geschenkt wurde, der will sich alles selbst erobern. Und kaum hat er sich etwas erobert, kennt seine Tyrannei keine Grenzen. Sich die Welt ohne fremde Hilfe zu verdienen, ist nicht leicht; das weißt du. An deiner Stelle, Binali, würde ich ihn zur Strecke bringen, unverzüglich; so wirst du gerettet, und die anderen auch. Die Welt wird unter diesem Jungen sonst noch sehr leiden, sehr leiden ...«

Der klirrende Frost wird schärfer. Er grübelt über den Wind, über den Wind dort unter dem Baum.

Die Nacht ist für ihn widerliches Gift. In seinem Mund breitet sich ein bitterer Tabakgeschmack wie Gift aus.

Er spuckt auf den Boden.

Spuckt noch einmal.

Als er wieder in den Wald zurückkehrt, sagt er: »Mein eigentlicher Kampf beginnt erst jetzt.« Kerzengerade steht er auf den Beinen, seine Wunden sind völlig geheilt. Seine Wut und seine Lust auf Rache haben ihn rasch kuriert. Unverrückbar wie ein geschworener Eid steht er jetzt vor dem Berg. Das ist die größte Jagd seines Lebens.

Als er Temir findet, schlägt sein Herz wie wild. Noch nie hat ihn ein gestelltes Beutetier so sehr erregt. Die letzten Tage hat er ständig mit Temirs Traumbild zusammen gelebt. Was er erlebt hat (was Temir ihn hat erleben lassen), richtet ihn wieder und wieder auf, entfacht seine Wut, hält seinen Hass und seine Lust auf Rache am Leben. Er hat sich aus dessen Tyrannei gerettet, aber er hat sich nicht vor ihm und seinem Traumbild retten können. Zwischen ihnen ist noch eine Rechnung offen. Und bis er Temir findet und sich an ihm rächen kann, wird die Rechnung offen bleiben.

»Mit dieser Niederlage kann ich nicht leben! Mit dieser geheimen Schmach! Ich werde mich selbst zernagen, am Ende werden sie meine abgenagten Knochen unter einem Baum finden. Temir muss dafür büßen, muss seine Strafe bekommen. Es gibt keinen anderen Weg, es gibt keine andere Möglichkeit. Sonst wird es für mich aus sein mit den Bergen, mit dem Wald, sonst werden sie mir zu eng, werden für mich zum Kerker.«

Spuren, die von vermodernden Blättern bedeckt sind, machen es denen, die der Spur folgen, enorm schwer. Jedes neue Blatt, das von seinem Ast fällt, bedeckt ein Zeichen. In diesen letzten Tagen der Jahreszeit fallen die Blätter und Äste zu Boden. Binalis Männer, alle gemeinsam, suchen Temir überall.

»He, Köroğlu der Berge! Schau her!«

Temirs Gesicht ist kreidebleich, als er sich langsam umdreht. Er kauert an einem der Abhänge, der sich in die Ebene öffnet, wo der Wald lichter wird. (Es heißt: Nur der Tod verleiht dem Menschen Flügel.) Ja, jetzt haben sie ihn erwischt. Endlich haben sie ihn erwischt. Jetzt hat dieses ständige Herzklopfen ein Ende. (Er möchte Flügel haben und davonfliegen, keiner soll ihn berühren, keiner ihn stellen können.)

Sie stehen sich jetzt Auge in Auge gegenüber.

Binali und Temir.

Weil Binali mit Temir kämpfen will.

Vor Temirs Augen kreisen endlos die Flügel dieses Falken. Die Welt dreht sich endlos. Temir möchte ein Baum sein, ein Vogel, möchte Erde sein, möchte aufhören zu existieren.

Wie ein vom Wind durchgeschüttelter Baum vibriert Binali vor Freude, zittert. Seine eigene Freude jagt ihm Angst ein; er spürt, dass ihn diese Freude überwältigt. Er kann den Schlägen seines Herzens nicht mehr folgen. Temirs Gesicht dagegen ist wie eine Hand voll Asche ... Als habe ein Bergwind alles aus seinem Gesicht getilgt. Dieses kreideweiße Gesicht verstärkt Binalis Freude noch, steigert das Vergnügen an der Beute, die in die Falle getappt ist. Er nimmt die Waffe zur Hand, zielt langsam und beginnt, Temirs Umgebung mit Blei zu pflastern. Auf allen Seiten hagelt es Kugeln. Unter seinen Füßen spritzen die Kugeln. Temir hopst und springt. Rechts und links schlagen Kugeln ein. (Der Tod ist ihm auf den Leib gerückt.) Von den Ästen, von den Bäumen, von den Felsbrocken in der Umgebung sprengen die aufschlagenden Kugeln kleine Splitter ab. Unter den Geruch der Bäume, der Blumen, des feuchten Grases, der trockenen Blätter mischt sich ein starker Pulvergeruch.

Binali grinst zufrieden über den furiosen Beginn seines Kampfes, ein feuchtes, klebriges Lächeln setzt sich in seinen Mundwinkeln fest. Die Wollust der Folter, mit der er gleich beginnen wird, füllt ihn ganz aus und macht ihn blind. Als sei ein langer Traum Wirklichkeit geworden. Als lasse er die Beute, die sich jetzt in seiner Pranke windet, den Rausch seiner Macht spüren.

Temir langsam umzubringen, ist jetzt der einzige Sinn seines Lebens. Seine Nasenflügel beben, sein Atem reicht nicht, das Herz anzutreiben ... Sein Körper beginnt zu zucken ...

»Auf, lass uns anfangen, Temir Ağa«, sagt er. »Lass uns ganz von vorne anfangen. Ich werde mit dir genau das machen, was du mit mir gemacht hast. Bis wir quitt sind. Womit sollen wir anfangen, was meinst du? Soll ich dich erst verwunden und dich dann vor dem Tod retten? Oder fängst du gleich an zu betteln?«

Einige weitere Kugeln zischen direkt an seinen Beinen vorbei, wieder springt Temir.

»Wo soll ich dich verletzen? Wo möchtest du die Wunde haben? Natürlich werden wir deine Wunde dann sorgsam pflegen, wir werden sie verbinden, umwickeln. Wohin soll ich die Kugel feuern? Auf, such dir deine Wunde aus, such aus, wo du sie haben willst. Du weißt unsere Güte hoffentlich zu schätzen. Wenigstens so viel Gerechtigkeit sollst du von uns bekommen.«

Eine weitere Kugel feuert er in die Luft.

»Jetzt fängt mein Kampf mit dir an, Temir. Schau gut zu, wie man einen Mann zum Betteln bringt, wie man Rache nimmt! Was du mit mir gemacht hast, werde ich tausendfach mit dir machen ... Dir einfach so mit einer Kugel das Leben nehmen, kommt nicht infrage, wie ein Hund wirst du auf dem Boden kriechen und krepieren ... Langsam, langsam werde ich dich umbringen ... Los, fang an zu betteln, zeig, wie du bettelst ...«

Temir steht mit aufrechtem Kopf da, schaut Binali direkt in die Augen. »Um mein Leben bettle ich nicht, schieß, dann ist es vorbei«, sagt er.

Binali steht verdattert da. Das hat er nicht erwartet, damit hat er nicht gerechnet. Er hat sich der Wollust der Wut hingegeben und gedacht, alles werde so geschehen wie in seiner Vorstellung. Zu denen, die ihre Träume für das wahre Leben halten, gehört auch Binali.

»Was heißt das, du wirst nicht betteln, Mensch! Natürlich wirst du betteln! Du wirst wie ein Hund betteln, und wie du betteln wirst!«

»Ich bettle nicht«, sagt Temir. »Es gibt ja nur ein Leben. Nimms und verschwinde ... Fertig.«

Binali erstarrt. Alles, was er über den Menschen, seinen Mut und seine Ehre weiß, schießt ihm durch den Kopf. Er feuert noch eine Kugel ab. Jeder Mensch, ganz egal wer, wird in einer hilflosen Situation betteln, flehen, sich erniedrigen. So ist das Menschengeschlecht. So und nicht anders. Und jetzt dieses Jüngelchen, warum ist der so standhaft? Warum leistet er Widerstand? Warum ist er so selbstbewusst?

Während ihm das durch den Kopf geht, feuert er noch eine Kugel ab. »Bettle, Mensch! Bettle! Heule! Los, mach schon!« Genau zwischen den beiden Beinen schlägt die Kugel ein. Als Temir nach hinten ausweicht, stürzt er rücklings zu Boden. Als er wieder aufsteht, schlägt direkt daneben noch eine Kugel ein.

Ja, warum habe ich gebettelt? Warum habe ich so sehr gebettelt? Warum habe ich nicht gesagt, bring mich um, dann bin ich gerettet? Warum habe ich es nicht sagen können? Ich, Binali …

Noch eine Kugel, gerade als Temir sich aufrichten will …

Vielleicht weil er auf nichts vertraut. Ich, der berühmte Binali … Mag sein, doch er hat Leben in sich. Das Leben ist lieb und teuer, niemand gibt es gern her. Vielleicht wenn einer wirklich tapfer ist, ein wirklich tapferer Mensch …

Noch eine Kugel; weil dieser Gedanke Binali rasend macht.

Dieses Mal gelingt es Temir aufzustehen. Sein Gesicht ist wieder weiß, aber nicht vor Furcht dieses Mal; vorher war er weiß aus Furcht, doch jetzt ist er über die Furcht hinaus. Er hat den Tod akzeptiert, das Weiß auf seinem Gesicht ist Vorbereitung auf die Reise. Die letzte, weite Reise …

Mit jeder Kugel versinkt Binali tiefer in seinen Überlegungen. Mit jeder Kugel drehen sich seine Gedanken schneller.

Wenn dieser Temir nicht bettelt, wenn er den Bastard nicht zum Betteln bringen kann, ist er verloren, wird er nicht Rache nehmen können … Ihn nur zu töten, genügt nicht. Das Töten kann Binalis Ehre nicht retten; im Gegenteil, es wird sie schmälern. Wenn er seiner Wut erliegt und ihn tötet, wird dieser Bastard ihm etwas rauben, zusammen mit seiner Leiche davontragen. Etwas, das er nie mehr zurückbekommen wird …

Plötzlich die Antwort auf jene Frage. Die Antwort kann Binali jetzt geben. Jetzt weiß er es: »Nein«, sagt er sich. »Nein, ich hätte nicht geschossen. Als ich damals ›Ich weiß nicht‹ sagte, wusste ich es wirklich nicht. Jetzt aber weiß ich es. Ich hätte trotzdem nicht schießen können. Auch wenn er mir die Waffe gegeben hätte, hätte ich nicht schießen können. Der Mensch kann den Tod nicht zweimal töten.«

Binali schaut in Temirs Augen.

So, als wolle er fliehen, schaut Temir nicht.

Temir muss betteln, flehen, klagen, sich um seine Beine klammern. Wenn er das nicht macht, ist Temir der Sieger in diesem Kampf. Selbst wenn er stürbe, würde dieser Kampf über den Tod hinaus dauern.

»Ha, ich habe verstanden«, sagt Binali. »Du glaubst es nicht, nicht wahr? Dass ich dich zerhacke. Dass ich deine Leiche den Hunden verfüttern werde. Du glaubst es nicht. Deshalb bist du so dickköpfig und stur.«

Erst wenn Temir fleht und flennt, wenn er seine Hände, seine Beine umklammert, ist auch Binali reingewaschen, vor sich selbst gerechtfertigt. Dann wird die Scham, die er vor sich selbst empfindet, nachlassen. Dann ist das alles nur menschlich gewesen, und er kann aufatmen.

Aber Temir steht einfach so da. Sein Gesicht ist leer. Eine grenzenlose Leere. Als würde er gleich Flügel bekommen und davonfliegen. So steht er da, um zu sterben.

»Halt«, sagt Binali. »Halt, das ist noch nichts; ich habe dich noch gar nicht richtig leiden lassen, ich habe dir nur etwas Angst eingejagt. Es ist noch gar kein Blut geflossen, es wurde noch gar kein Fleisch zerfetzt. Warte nur, du wirst betteln wie ein Hund, schau, wie du mir vor die Füße fallen wirst.«

Er nähert sich Temir. Temir steht ihm gegenüber wie ein Berg, der den Weg nicht freigibt.

Den ersten Faustschlag setzt Binali ihm mitten ins Gesicht. Blut spritzt.

Der Wind legt sich, die Stimme des Baches dröhnt in seinen Ohren. Die Nacht verfinstert sich. Leere. Kälte. Die Steppe in ihm. Alles wird übermächtig. Nachdem er aus der Höhle befreit worden war, verbrachte er jede Nacht mit Gedanken an Temir. Mit dem Traum von dem Augenblick, in dem er ihn findet, wachte er jeden Morgen auf. Wie viele Nächte fanden seine Augen gar keinen Schlaf. Er lebte durch die magische Gewalt dieses Augenblicks. Jetzt, in der ersten Nacht, nachdem er ihn gefunden hat, denkt er wieder darüber nach. Er hat sich nicht vor ihm retten können. Wenig später unter einem Baum ... Auf der ersten Ebene, auf der anderen Seite dieser Anhöhe ...

Temir kann Binalis Hartnäckigkeit nicht verstehen. Diesen Eifer, ihn zu beugen und zu knicken, ihn zum Betteln und Flehen zu bringen, ihn zu erniedrigen, Temir versteht es nicht. Er glaubt, er wolle schlicht und einfach Rache nehmen. Nur um seine Wut abzukühlen, seine Tyrannei auszuüben. Doch Binali muss sich selbst retten, seine eigene Schwäche wieder wettmachen. Was er Temir entreißen, wegnehmen will, ist etwas anderes, das einzig und allein in seinem eigenen Innersten liegt.

Natürlich kann Temir das nicht verstehen. Er ist sein eigener Herr, keine Spur von Zweifel, er besteht darauf.

Auch in diesem Kampf verstehen sie einander falsch. Was den anderen antreibt, ist beiden weiterhin etwas Unbekanntes. Außerdem können sie, obwohl sie sich so ungemein nah sind, obwohl der Faustschlag, der Fußtritt des einen das Gesicht, den Körper des anderen derart zerfleischt, das Blut strömen lässt, das Fleisch aufreißt, überhaupt nicht zum Ausdruck bringen, was sie bewegt. Ihre Feindschaft bringt sie keinen Schritt weiter. Sie haben sich in Überlegenheitsdünkel und Angriffslust verstrickt. Und beide Seiten wissen es nicht einmal, können es schon gar nicht ausdrücken.

Temir sehnt sich nach einem Paar Flügel. Nach dem Ort, wohin der Falke und die anderen Vögel fliegen.

Es war, als hätte er alles begriffen, als er ihn nicht an seinem Platz fand. Der andere fehlte, er nahm das Alleinsein mit Sehnsucht wahr. Gedanken brachen über ihn herein. »Warum habe ich ihn nicht getötet?«, fragte er sich. »Warum? Aber wenn ich ihn getötet hätte, hätte ich mich noch mehr nach ihm gesehnt. Jetzt lässt er mich nicht mehr leben.« Die Tage vergingen zwischen Fliehen (wohin?, warum?) und Bleiben.

Seine Leute hatten ihn gefunden. Binali war geflohen.

Er hatte sich entschieden.

»Das war noch nichts, Temir Ağa. Wir werden uns mit dir noch etwas mehr vergnügen. Fang nicht schon beim ersten Faustschlag an zu stöhnen. Nennst du das einen Faustschlag? Der Schmerz geht schnell vorbei.«

Binali packt Temir, der hingefallen war, am Kragen und an der Hüfte. Mit dem zweiten Faustschlag trifft er ihn im Magen. Als Temir zusammensackt und sich vor Schmerzen windet, löst Binali mit einer plötzlichen Bewegung Temirs Gürtel. Der Gürtel knallt mit blitzartiger Geschwindigkeit immer wieder auf Temirs Rücken. Unter den Hieben fängt Temir an sich vor Schmerzen zu winden. Fausthiebe und Fußtritte folgen unmittelbar aufeinander.

»Du wirst also nicht flehen, du Hund!«

Temir hebt den Kopf. In seinen Augen flammende Wut ... Als zeigten die Schläge, die er abbekommen hat, keine Wirkung. Mit in Speichel erstickter Stimme sagt er: »Ich bin nicht wie du, Binali. Ich flehe nicht um das Leben, dieses verdammte Leben. Ich flehe niemanden an. Wer ein Mann ist, fleht nicht. Nur ein Hund fleht.«

Binali ist rasend vor Wut. Vom Scheitel bis zum Zehennagel fühlt er jetzt seine Ohnmacht. Er spürt, dass er mit diesem Kind nicht abrechnen kann, nicht wird abrechnen können.

Einsamkeit, völlige Einsamkeit. Er kann nicht glauben, was geschehen ist.

Das heißt, nicht alle Menschen handeln in so einer Situation gleich. Hilflosigkeit erklärt nicht alles. Das heißt, Binali ist allein, mutterseelenallein. Oder nein, nicht Binali, sondern Temir ist allein. Er ist es, der von Grund auf wirklich allein dasteht. Binali verhält sich wie die anderen Menschen, wie alle Menschen. Temir ist es, der anders ist. Weder durch Schläge noch durch Flüche, durch Folter, durch den Tod, durch nichts kann man seiner Herr werden.

Vielleicht bezieht er seine Kraft auch aus seiner Einsamkeit.

Der Gedanke, dass Temir eine Kraft besitzt, die er nie und nimmer bezwingen kann, macht Binali rasend. Als kämpfte er nicht gegen einen schwarzen, schwachen Hirten, sondern gegen einen unsichtbaren Giganten.

Das Hemd und die Hose, die er vor sein feines Messer bekommt, zerfetzt er mit einem Hieb und wirft sie weg. Eine feine Linie aus Blut läuft über Temirs Körper.

»Los, bettle, du Hund! Sag: Ağa, hör auf um Gottes Willen, bitte um Gnade, fall mir zu Füßen, küss meine Hand, küss meinen Saum, zeig Reue. Was glaubst du, wer du bist? Hast du geglaubt, dass du mit all dem, was du gemacht hast, durchkommen würdest?«

Der Abend rückt näher. (Auch dieser Tag hat einen Abend.)

Die Sonne ist bereit, sich hinter den müden Berg zurückzuziehen. Die Blätter und Zweige bieten nicht mehr denselben Schutz wie früher. Die Zeit verrinnt. Der Herbst bricht an. Regen drückt auf die Wolken. Es ist die Jahreszeit des Regens.

Temir hebt, wo er zusammengekrochen liegt, den Kopf.

Ein Hieb mit dem Messer reißt ihm die Unterhose von den Beinen. Es ist, als würde eine feine Linie aus Licht sein Gesicht, die Leere in seinem Gesicht erfassen. Er zuckt zurück.

Der Blinde, mit dem die Sonne Blindekuh spielt, ist nun er. Er sieht nicht, er ist geblendet. An das Spiel, an sein Spiel mit der Sonne erinnert er sich nur von fern, wie an etwas in seiner Kindheit.

Binali macht die Hose auf, holt seinen Schwanz heraus. Er nähert sich Temir, der am Boden zusammengekrümmt liegt, und beginnt auf ihn zu pissen. Über seinen Nacken, seine Haarwurzeln fließt die Pisse in Bächen auf seine Schultern, seinen Rücken. Temir schlägt mit den Händen um sich, versucht zu fliehen, wird mit Füßen getreten. Die Sonne beleuchtet mit einem Bündel goldgelben Lichts Binalis Pisse … Nachdem er die letzten paar Tropfen hat abtropfen lassen, bindet er sich die Hose wieder zu. Dann packt er Temir an den Haaren und schleift ihn am Boden hinter sich her.

Temir zittert, er versucht sich vor den trockenen Zweigen, den Gräsern, den Dornen zu schützen, die an seinem Körper hängen bleiben, die seine Haut zerreißen, in seine Wunden eindringen.

Unter einen hohen Baum bringt er ihn. Mitten in einer Ebene. Er stellt Temir auf die Beine. Bindet ihn mit einem dicken Strick, den er von seiner Taille gelöst hat, das Gesicht an den Baum gepresst, fest an. Die Arme hält er ihm hoch über den Kopf und presst seinen ganzen Körper fest an den Baum. Dann wickelt er den Strick mehrmals um ihn. Zum Abschluss macht er einen festen Knoten.

Temir zittert, nicht nur wegen des abendlichen Windes, der eben einsetzt. Temir möchte schluchzend und zitternd weinen. Er erinnert sich an seine Kindheit. Diese Kindheit. Die Einsamkeit schmerzt ihn zum ersten Mal, so stark wie noch nie. Ausgerechnet als er glaubt, erwachsen geworden zu sein. Als er so sehr glaubte, ein Mann geworden zu sein. Als er voll Blut, voll Pisse, voll Wunden, voll Striemen splitternackt an einen Baum gebunden ist.

Binali schüttet eine Schale Milch, eine Schale Scherbett über ihm aus. »Alle Ameisen, Bienen, Insekten werden auf dir kriechen. Bis zum Morgen hier, unter diesem Baum. Die Zähne des kalten Windes sollen dich überall beißen, und die Insekten werden an dir knabbern. Mal sehen, ob du keinen anflehst, zeig uns, wie du standhaft bleibst, du tapferster aller Männer. Mal sehen, wie lange deine Kraft reicht. Du bist in meiner Hand, bis zum bitteren Ende.«

»Die ganze Nacht lassen wir dich in Ruhe, Temir. Verbring sie ungestört, nur mit den Insekten. Ha, beinah hätt ich's vergessen, eine Wunde wollen wir dir noch zufügen. Bis zum Morgen soll ein bisschen Blut aus dir heraussickern.«

Er berührt mit der spitzen Messerklinge Temirs Rücken. Temirs Rückenhaare sträuben sich. Die Klinge wandert langsam auf seinem Rücken herum. Tastet langsam weiter nach unten, sucht sich einen Platz an seiner Hüfte, entscheidet sich schließlich für die Rundung seiner Pobacken; ein großes, dunkles Muttermal hat er auf seiner rechten Pobacke, die Klinge dringt auf dem Muttermal ein paar Zentimeter ein. Binali bohrt mit dem Messer ein wenig. Temirs Schrei bringt den Baum zum Zittern.

»Wir sehen uns morgen früh, Temir«, sagt er. »Falls du morgen früh noch hier bist, sehen wir uns.«

Temir dreht seinen Kopf auf die andere Seite. Wendet ihn wieder, von links nach rechts. (Nur den Kopf kann er bewegen.) Sonne, die letzte Sonne in seinen Augen … Plötzlich … Wieder erwischt sie Temir. Da schüttelt er sich vor Weinen. Weil ihn auch die Sonne erwischt hat.

In der Ferne Vögel, die er nicht kennt … Grillen … Dass er die Namen der Blumen und der Vögel nie hat lernen können, geht Binali durch den Kopf. Die nächtlichen Melodien des Waldes, eine hört auf, die andere fängt an. Der Reichtum der Dunkelheit. Ununterbrochen horcht Binali in sein Inneres hinein. Er findet keine Ruhe.

»Ich bin besiegt«, sagt er. »Dieser Kampf ist zu Ende. Er hat gewonnen. Er ist tapfer gewesen, tapfer bis ins Mark. Manche Menschen schaffen es also, jeder Tyrannei Widerstand zu leisten. Und warum wurde ich besiegt? Warum habe ich gebettelt und gefleht? Warum habe ich mich erniedrigt? Aber warte nur, das ist der erste Tag, am dritten Tag wird er sich beugen … Nein, nein, er ist unbeugsam. Im Auge dieses Bastards flackert ein seltsames Licht. Er ist also tapferer als wir, mutiger. Dieser Junge bettelt nicht; er stirbt, aber er bettelt nicht. Und wie lange dauert das noch? Wie lange kann ich dieses Foltern noch ertragen? Wie lange kann ich die Folter aushalten?

Ob etwa Binali, der ihn eben noch gefoltert hat, erkennt, dass er nun niedergeschlagen dasitzt und grübelt und grübelt – anstatt befriedigt mit lautem Schnarchen zu schlafen?

Wer war ich eigentlich, heute, während dieses Tages? Ein Mensch? Warum habe ich das alles gemacht? (In seinem Gesicht herrscht eine solche Leere, er stirbt, aber er bettelt nicht.) Ich finde keine Ruhe. In meinem Innern immer diese Leere, immer diese Steppe, wenn ich schreie, hallt ein Echo. Mein Herz ist kein Herz, es ist ein Furunkel. Es tut so weh. Warum eigentlich musste ich ihn so quälen, so erniedrigen, so foltern? Ob auch er, als er schließlich allein war, so über das, was er getan hat, nachgedacht hat? (Ich weiß nicht. Ich weiß wirklich nicht. Auch er kann es nicht wissen. Man kann einander nicht kennen, wenn man allein ist.) Hat er mit sich selbst gerungen? Wir haben nicht miteinander gesprochen, ja, überhaupt nicht miteinander gesprochen … Was war da zwischen uns, das uns beide so schrecklich handeln ließ? Seit meine Augen die Welt wieder sehen, ringen wir miteinander, stellen wir uns gegenseitig auf die Probe. Aber ich kenne ihn nicht, und er kennt mich auch nicht.«

Binali spürt einen Stich. Die trockene Kälte breitet sich aus, erfüllt den ganzen Wald, erfasst den ganzen Berg. Das Tuscheln der Blätter wird lauter, die Stimme des Baches undeutlicher. In einsamem Schmerz erstarrt Binali. Es kommt ihm vor, als seien seine Männer weit von ihm weg, sehr weit von ihm weg.

»Das heißt, ich bin wohl nicht tapfer gewesen. Ich bin wohl nicht so tapfer gewesen, wie ich geglaubt habe. Zweimal habe ich einen Fehler gemacht. Damals habe ich einen Fehler gemacht; und jetzt auch ... Das war nicht, was man Tapferkeit nennt, bewährte, erprobte Tapferkeit. Kann man denn einen kleinen Jungen, einen halb verrückten Hirten derart foltern? Jetzt verstehe ich es, der Junge hat mit mir gespielt, einfach gespielt. In seinem Leben gab es ja nie zwei Menschen ... Und ich, was habe ich gemacht? Eine Tortur habe ich mir überlegt, die nicht einmal angebracht ist, wenn man einen unbarmherzigen Feind erwischt. Sicher habe ich auch in den Augen meiner Männer Ansehen verloren. Sicher haben sie nicht begreifen können, warum ich diesen Jungen so sehr suchte und dann an einen Baum band und in der Kälte der Nacht zurückgelassen habe. Haben meine Feindschaft nicht nachvollziehen können. Sie wissen sehr gut: Auch die Feindschaft hat ihren Wert. Auch die Feindschaft hat ihre Würde. Sie gehört zum Menschen. Man empfindet sie nicht für nichts und wieder nichts. Das darf nicht sein. In ihren Augen erscheint diese Feindschaft viel zu groß. Warum ich diesen Hirten so verfolgt habe, warum ich ihn so gehasst habe, haben sie sicher nicht verstanden. Sie dachten wohl, ich sei völlig außer mir. Sie haben wahrscheinlich sogar darüber nachgedacht, ob da etwas anderes dahinter steckt.

Aber wie wäre es anders möglich gewesen? Wie hätte ich ihn dafür, was er mir angetan hat, sonst zahlen lassen können? Hätte ich ihn straflos lassen können? Ich habe gebettelt, habe gefleht, aber es gab etwas, was ich schützte, was ich hütete, was ich für mich behielt. Meinen Namen, meine Mannesehre habe ich aufs Spiel gesetzt. Um noch ein kleines bisschen zu leben, habe ich auf das alles in der Dunkelheit der Höhle verzichtet. Er nicht. Er hat überhaupt nichts. Oder doch. Er hat mehr als wir alle. Deshalb kann er auch den Tod so herausfordern. Über den Tod hinausgehen.

»Wie soll ich an ihn herankommen? Wir sind so weit voneinander entfernt ...«

Bis zum Morgen windet sich Binali in seinen zwiespältigen Gefühlen. Er bemüht sich, sein in zwei Teile gespaltenes Ich wieder zusammenzufügen.

»Wieder diese Steppe«, sagt er. »Wieder diese Steppe in mir ... Meine Kraft, meine Stärke macht mich nur noch einsamer. Ist dieses Gefühl Reue? Wegen allem. Gegenüber allen. Das ist es also! Um das alles zu gewinnen, habe ich mich geopfert. Eine einzige Kugel, eine einzige Nacht kann also ein Menschenleben so stark verändern.«

Jetzt schämt er sich vor sich selbst, so wie noch nie.

»Wenn er doch wenigstens ein einziges Mal gebettelt hätte. Wenn er doch nur ›Schieß nicht! Tu es nicht!‹ gesagt hätte. Er hätte mich nicht so allein lassen dürfen. Nichts hätte mich so sehr getröstet. Wo er auch ist, ich werde hingehen, und ›Bettle, bettle mich an!‹, werde ich betteln. Wieder und wieder werde ich betteln.«

Morgenröte. Binali hat nicht geschlafen. Es dämmert. In der eisigen, bis ins Mark eindringenden Kälte der Morgenröte steht Binali auf. Sogar beim Aufstehen bin ich spät dran, geht ihm durch den Kopf. Die Nacht hat nichts in ihm gelöst, alles ist noch wie zuvor. Was geschehen ist, kann er nicht mit sich in Einklang bringen.

»Was ist aus dem großen Binali geworden!«, sagt er. »Nicht

als ich schwach war, als ich stark war, habe ich mich verloren.« Diese Nacht hat ihn das gelehrt.

»Als ich schwach war, lag es nicht in meiner Macht, meine Kraft zu schützen, zu bewahren (wenigstens nicht so, wie ich gedacht hatte), doch als ich stark war, lag es in meiner Hand; bis zum Schluss lag es in meiner Hand. Doch der Starke irrt stärker. Ich wurde vom Rausch meiner Macht gepackt, dieser Rausch ließ mich alles vergessen. Ich habe etwas verloren. Dieser Kampf ist zu Ende. Ich bin besiegt. So ist es.«

Er verlässt den Ort, wo er die ganze Nacht gesessen hat, und marschiert auf die Anhöhe zu. Oben angekommen, sieht er ganz nahe vor sich mitten in der Ebene den hohen Baum und den am Stamm des Baumes klebenden, nackten Körper von Temir. Schwerfällig beginnt er sich Temir zu nähern.

Temirs Körper hängt leblos da.

»Er ist tot«, sagt er. Er erkennt seine eigene Stimme nicht. Als steckten in seinem Hals verästelte Disteln. Steppenblumen … Sein Hals reißt auf. Seine Stimme blutet.

»Er ist tot«, sagt er.

Temirs Kopf hängt nach einer Seite herunter. Als sei er jetzt ein Teil des Baumes. Des Baumes, des Waldes, der Erde. Des Nichtseins.

In Binali ist eine Steppe so schneidend wie ein Pfeifen. Er geht näher und bleibt vor Temir stehen.

Sein ganzer Körper ist von Fliegen bedeckt, von Insekten, der Körper eines erwürgten Menschen, aufgeschwollen, aufgedunsen. Das Blut, das von seiner Pobacke herunterlief, ist auf seinen Beinen eingetrocknet. Insekten, deren Namen er genauso wenig kennt wie die der Vögel und Blumen, krabbeln auf diesem getrockneten Blut herum.

Er sieht ein kaum merkliches Zucken in Temirs Körper. Er atmet langsam, aber mit Kraft.

Eine wahnsinnige Freude überschwemmt Binali. Wie ein Sturzbach den Wald überschwemmt, wie der Regen die Berge. Sein Inneres wird reingewaschen. Zum ersten Mal fühlt sich Binali nicht wie ein Mörder.

Der Tag bricht an.

»Ich werde dich nie mehr quälen, ich werde dich nicht foltern.« Er löst die festen Stricke, die Temir an den Baum binden, einen nach dem anderen.

»Ich weiß, ich habe einen Fehler gemacht, ich habe dich nachgemacht, ich hab auf den Teufel gehört, ich habe mich wie ein kleines Kind benommen, es war ungehörig; ich weiß.«

Unter dem Baum fällt Temir zu Boden. Bewusstlos liegt er da.

»Temir!«, ruft Binali. »Mein Temir! Mein Junge, öffne deine Augen, mein Kleiner, meine verwundete Gazelle, öffne deine Augen. Schau, wenn du sie nicht aufmachst, sterbe ich auch! Mensch, mach die Augen auf, sage ich! Mach sie schon auf! Möchtest du mich durch meinen eigenen Kummer umbringen? Mach die Augen auf, du Hund!«

Temir macht seine Augen nicht auf, seine vom Blut verklebten Haare (schwarz, pechschwarz) begräbt er unter seiner Achsel; in dem warmen, liebevollen Nest unter seiner Achsel hört er Binali zum ersten Mal mit glücklichem, zutiefst aufgewühltem Herzen zu. Er hört zu, als sei er bewusstlos, als würde er seine Augen nie mehr öffnen, nie mehr öffnen können. Das Stechen in seinen Wunden spürt er mit Befriedigung. Sie schmerzen überhaupt nicht.

Binali küsst Temirs Haare. Aus ihnen dringt ihm der Geruch der eigenen Pisse in die Nase. Er schämt sich, möchte vergessen, was geschehen ist. Dann bückt er sich und hebt ihn auf.

Er nimmt ihn in die Arme, trägt ihn bis in die Höhle. »Der Kampf ist zu Ende«, sagt er.

6

Es ist die Zeit danach, die Zeit danach, über die viele Geschichten von Mund zu Mund gehen.

Tagelang pflegte er Temir. Er wusch seinen Körper, massierte ihn, rieb ihn mit Salbe ein, heilte seine Wunden. Er war ihm ein Vater. Endlich waren sie zwei.

Zum ersten Mal lernte Temir die Liebe kennen. Zum ersten Mal lernte er liebevolle Fürsorge kennen. Er war sich dessen nicht bewusst, aber er begann, Binali bettelnd anzuschauen. Wenn er etwas wollte, wenn er etwas fragte, wenn er etwas wissen wollte, das hatte es noch nie gegeben … Eine verspätete Kindheit durchlebte er, ohne es zu merken. Seine stählernen Augen waren weich geworden. Er blickte nicht mehr mit Hass auf die Welt.

Einige Zeit später erst stachelte Binali der Teufel an, der in ihm saß und niemals schlief. Die ihm ausgelieferte Unschuld Temirs stachelte seinen grausamen Männerstolz an.

Wieder die Rachegedanken. »Der Kampf fängt von neuem an, Temir«, sagte er sich. »Mit einer Waffe, die du kanntest, die du sehr gut kanntest, haben wir den Kampf begonnen; du hast mich besiegt. Dein Hass wog schwer. Kein Hass konnte sich mit dem deinen messen, keine Sturheit konnte sich mit der deinen messen. Deshalb warst du ein Berg. Aber ein Berg mag so hoch sein, wie er will, er kann doch bezwungen werden. Ich habe entdeckt, wie du besiegt werden kannst. Mit einer Waffe, die du überhaupt nicht kennst. Von der du gar nicht weißt, dass es eine Waffe ist. Bis ich begriff, dass ich dich damit besiegen kann, wusste ich es selbst nicht. Du siehst ja, sogar diese Erkenntnis verdanke ich dir. Du siehst, wir sind einander so viel schuldig; mit so viel Schulden können Menschen nichts anderes sein als Freunde, Temir.«

»Die Liebe ist diese Waffe. Du hast sie nie kennen gelernt.«
»Der Kampf fängt deshalb von neuem an.«
»Heimlich, ganz heimlich wirst du sterben. Mit jedem Tag etwas mehr.«

Eine Zeit lang bemerkte Temir gar nicht, dass das ein Kampf war. Er merkte nur, dass er langsam, langsam starb. Dass er langsam, langsam getötet wurde. Er merkte, dass Binali Tag für Tag immer mehr einem listigen Fuchs glich, mit seinen Blicken, mit seinem Lächeln, mit seiner Freundschaft. Er merkte, dass Binali nicht mehr der alte Binali war. Und doch überstrahlte sein Ruhm, wie früher, jeden anderen. Der Name Binali war wie ein Siegel, das jeden Mann zum Ehrenmann machte, der es trug.

Später begriff Temir, dass Binali, ohne dass er selbst es gemerkt hatte, wieder mit dem Kampf begonnen hatte. Und er begriff, dass das, was ihm als Liebe beigebracht worden war, nichts anderes war als das, was er von Anfang an kannte, was er als Einziges kannte, die Gewalt nämlich. Sie fühlen sich beide gleich an. Deshalb kostete es ihn wenig Überwindung, nach Binalis Waffe zu greifen und, als er ihn in der Einsamkeit des Waldes allein erwischte, den Abzug zu drücken.

Das war etwas, woran er immer geglaubt hatte. Er war wieder auf das zurückgekommen, woran er immer geglaubt hatte. Deshalb fiel es ihm nicht schwer.

Binali aber hatte einen Augenblick gezögert.

Als Temir rief: »He, schau einmal hierher, Binali Ağa!«, und dieser sich umdrehte, war ihm alles klar aufgrund der Leere in Temirs Gesicht. Sein Gesicht war wie damals leer gefegt, eine Leere, so weiß wie der Tod, hatte sich darauf gelegt. Einen Augenblick, einen kurzen Augenblick dachte Binali nach. Ein Blinzeln …

Temirs Zeigefinger verkrampfte sich. »Jetzt sind wir nicht mehr zu zweit«, sagte Temir. »Ich bin allein.« Und ohne ein weiteres Wort drückte er den Abzug.

Eine weite, alte, scharf pfeifende Steppe in Binalis Innerem fand ihr Ende. Sein Inneres war leer. Binalis Gesicht war leer.

Temir hob den Kopf und schaute in die Äste, die nackten Äste, die Bäume. Es gab keine Sonne, es gab keine Blindekuh mehr. Der blinde Himmel war leer. Oder vielmehr Berge von Wolkenknäueln, die nichts weiter bedeuteten als Leere. Der lange Sommer war nun vorbei.

Als Avar ihn fand, war er tot. Dem Wald lag er an der Brust (gestürzt, lang gestreckt).

»Ich habe es ihm immer wieder erklärt«, sagte er. »Wie oft habe ich es erklärt, ohne müde zu werden, ohne genug zu bekommen. Geh nicht, habe ich gesagt. Er hat nicht darauf gehört. Bring ihn um, habe ich gesagt. Er hat nicht darauf gehört. Seit dem Tag, an dem ich ihn in jener Höhle fand und ihm zur Flucht verholfen habe, habe ich mit ihm immer über diesen Jungen gesprochen. Binali hatte keinen Sohn, Temir hatte keinen Vater. Jeder lechzte nach dem Tod des anderen.«

Avar kam und blieb vor dem Toten stehen.

»Ich hatte es ihm gesagt, ich hatte es ihm doch gesagt. Was hat es genützt? Er wollte nicht hören. Das gehört also auch zu den Lehren, die man mit dem Leben bezahlt.«

Muradhan und Selvihan

Wenn ich es erzähle, wird man es nicht glauben, Sohn, man wird sagen, das ist ja nur ein Märchen. Die Menschen glauben nicht an Märchen, sie hören den Märchen nur zu, als würden sie die Wahrheit kennen, als hätten sie das Geheimnis der Wahrheit ergründet. Glaubt an die Wahrheit, wer nicht an Märchen glaubt?

Ein kugelrunder Kristallpalast stand ganz oben auf jenem Berg.

Von wegen Berg; das ist kein Berg, wie man Berge sonst kennt. Schließlich gibt es Berge, die tanzen den Halay, haken sich beim nächsten ein, drängen sich dicht aneinander, bilden eine Kette, lassen keinen zwischen sich durch. Manche Berge stellen ihren Fuß auch auf andere Gipfel, schauen herab auf andere Bergrücken, erheben sich über alle Höhen.

Dieser war nicht so. Einsam und verlassen stand er inmitten einer öden, endlosen Steppe. Die Einsamkeit machte ihn groß. Groß und erhaben. Bei keinem Hügel, keinem Gipfel hatte er sich eingehakt, nirgends lehnte er sich an, auf keinen Rücken eines anderen Berges setzte er seinen Fuß. Besonnen, solide, selbstsicher wuchs er stetig in die Höhe. Als habe er es nicht eilig, als stehe er dort bis zum Jüngsten Tag, als könne ihn keine Sintflut erreichen. Steile, scharfe Felsenhänge, die schroff abfielen, sich zu Abgründen auftaten, hatte er nicht. Mit seinen schrägen Gipfeln, seinen schmiegsamen Abhängen erhob er sich gemächlich. Genau darum verband sich seine Majestät und Würde mit Bescheidenheit.

Die Menschen glaubten, wenn sie ihn sahen, dass sie ihn mit Leichtigkeit erklimmen könnten, dass sie eines Tages hingehen und ihn besteigen könnten. Diese geheime Hoffnung nährte der Berg.

Er war groß, aber nicht zornig. Früher, in seinen hitzigen Jugendjahren, hatte er sein ganzes Feuer ausgespien. Jetzt lag die Jugend zu seinen Füßen, in den abgekühlten, kleinen, wie mit weit ausgebreiteten, fein geklöppelten Spitzen verzierten Hügeln. Das war jetzt Vergangenheit. Sein Zorn war verflogen. Seine Wut war nur ein verzweifeltes Aufbäumen der Jugend gewesen.

Ihn umgab eine kristallklare Schönheit. Den weißen Firn auf seinem Gipfel umrahmten schneeweiße Wolken. Die Schneewechten bildeten die Schwelle zu den Wolken. Die Farbe des Schnees strahlte in die Wolken, die Farbe der Wolken auf den Schnee. Wenn die Sonne dazwischen kam, zerschmolz das Schneeweiß, versank im Dunst flüchtiger Farben.

Der Berg lebte in allen vier Jahreszeiten gleichzeitig. Es gab keinen Menschen, der nicht dorthin gehen wollte. Jeder hegte und pflegte den Traum, einmal in seine Nähe zu kommen, ihn zu erklimmen, doch die meisten starben, ohne diesen ewigen Traum zu verwirklichen, ohne ihn je bestiegen zu haben, zu keiner Zeit … Eine nie verwirklichte Hoffnung, ein unausgelebter Traum, eine immer wieder aufgeschobene Reise … Dabei blieb es.

Manche kehrten auf halbem Weg um, brachen die Reise ab. Als Besiegte, die die Wirklichkeit des Berges erfahren hatten. Der Berg war nicht zu erklimmen. Sie hatten für den Rest ihres Lebens etwas sehr Wichtiges gelernt. Etwas, das nicht zu lernen war, bevor man nicht die Reise gewagt hatte. Sie hatten den Berg herausgefordert, aber am Ende hatte er sie auf die Probe gestellt. Sie würden von nun an die Hoffnung fahren lassen, in ihrem Leben irgendwann einmal diesen Berg zu bezwingen.

Was du Berg nennst, ist ein Feuerball, du denkst, dass er mit der Sonne ringt. Er hüllt sich in die flammenden Farben des Kampfes. Blumen in feurigem Violett überfallen ihn im Frühling. Wie unter die Flügel eines Vogels geflüchtet, zieht er sich in den Schatten zurück. Die eine Flanke liegt in den Flammen des Lichts, die andere im Schatten der Wolken. Ring für Ring umfängt ihn der Nebel. Die Ringe liegen zuerst eng und dicht, bis dann einer aus dem anderen heraussteigt, Schicht für Schicht, schmal und zierlich bis zum Gipfel. Zuletzt schweben sie als Wolkenbällchen über seiner Spitze. Vom Gipfel aus sinken sie als feiner Tüll wie ein Brautschleier über den nie abschmelzenden Schnee. Als undurchsichtiger Tüll.

Der Berg ist die Wiege der Blumen. Nur der Blumen? Auch des Wassers, der Quellen, aller Heilkräuter. Die Bäche, die den Flüssen Leben geben, reißt er sich aus dem Herzen. Wie dünne Silberfäden plätschern sie durch die Täler nach unten, als wollten sie niemanden kränken, erschrecken oder stören. Wenn ihr zu den Quellen gelangt, die den Bächen Wasser spenden, werdet ihr staunen. In jede der Quellen kannst du deine Hand halten, und sie wird zu Eis gefrieren, tauche eine Blume ins Wasser, und sie wird zu jeder Jahreszeit frisch bleiben. Feine Spitzen aus Eis umgeben jede Quelle ... Vom Wasser gestickt, vom Wasser geklöppelt, Eisspitzen.

Gazellen klettern herunter bis zum Fuß des Berges. Jede ihrer Regungen ist reine Anmut, ob sie springen oder verharren, ihr Anblick verzaubert.

Winterseen nennt man dort die Seen, im Sommer hältst du sie für Wolken, die auf die Wiese gestürzt sind. Jeder Vogel, der durch den Himmel fliegt, findet dort sein Ebenbild, sinkt herab, berührt mit den Flügeln das Wasser. Über das ganze Gefieder sprüht dann Silberstaub, und danach ziehen die Flügel eine silbrige Spur durch die Luft.

Im Winter bedeckt die Seen eine dünne Eisschicht. Gefrorenes Silber. Auf den See senkt sich Nebel herab. Qualmender Silberdampf. Die Blätter verschleiern sich mit Schneewolken, das Grün der Bäume und die Tannennadeln hüllen sich in Tüll.

Der Ritus der Vögel beginnt am Morgen. Der Himmel vibriert von Flügelgeflatter.

Neun Bergseen halten dem Himmel den Spiegel vor. Die Gazellen, die zu den Seen herabklettern, verlieben sich in sich selbst.

Wenn sie in den Wald zurückkehren, sind sie mit einem Makel behaftet. Er wird ihnen von nun an immer anhaften. Ein Teil ihres Gesichts, ein Teil ihres Herzens ist auf dem eisklaren Gesicht des Sees zurückgeblieben. Vergeblich durchsuchen sie den Wald. Ein Teil ihres Gesichts ist verloren. Eine Gazelle, die zum See herabklettert, findet nie mehr Ruhe, wird zur unsteten Vagabundin. Der eisige See flimmert vor ihren Augen, trübt ihren Blick wie Nebel, wie Dampf. Sie wird von jetzt an überall, wo sie hinschaut, nach ihrem Jäger suchen.

Im Sommer löst sich der Gletscher des Sees auf; die Gazellen aber sind schon lange fortgezogen.

Jede Leidenschaft ist eine Sinnestäuschung.

Dass Grün die Farbe des Paradieses ist, zeigt der Berg dem ganzen Erdkreis mit seinen siebentausend Grüntönen ... Blumen, die keiner kennt oder gesehen hat und die einzig auf diesem Berg heimisch sind, stehen zu beiden Seiten des Weges aufgereiht, um den Wanderer zu grüßen.

Der Weg kriecht den Berg hinauf wie eine frisch gehäutete, zu weißem Marmor erstarrte Schlange, die einer Flöte aus dem fernen Inderland lauscht, sich ziert, kokettiert und sich majestätisch den Berg hinauf windet, bis ans Tor des Kristallpalastes. Dort angelangt, bläht sie sich wogend auf wie weißer Schaum und verschmilzt mit den langen, behauenen Steinen zum Wasserfall der Treppen.

Mit schaumigen Stufen endet der Weg. Endet die Schlange. Wo der Schaum endet, steht ein nachtblaues Kristalltor. Nachtblau.

Dieser bestürzend erhabene Weg heißt nicht jeden Reisenden freundlich willkommen. Als würde er Gäste, die er nicht liebt, die ihm missfallen, abwerfen. Als würde er sich aufbäumen und schütteln wie eine Schlange. Mehr ein nach oben fließender Fluss ist dieser Weg. Als ob er ewig fließen würde. Wie versteinert. Wie beim Klettern gefroren, erstarrt.

Ein auf die Stirn des Berges geschriebener langer, schmaler Weg. Ein Schicksalszeichen, das nur jene passieren lässt, die sich hier ihrem Schicksal stellen.

Alles umrankende Efeuwurzeln. Fein geäderter Marmor. Aus tausend Steinbrüchen zusammengetragen, mit unendlicher Sorgfalt ausgelegt. Der Klang von Hufeisen hinterlässt ein langes Echo und macht den Kristallpalast auf den Reisenden aufmerksam, der auf dem Rücken des Weges daherkommt.

Die Schönheit spricht tausend Sprachen.

Der Berg ist ein in tausend Sprachen geschriebenes unendliches Märchen.

Schau dir den Palast genau an, er ist doch ganz und gar aus Glas, wirst du denken. Man hat ihn aus Lawinen geformt, die vom Schneegipfel des Berges losgebrochen sind, wirst du sagen. Du kannst durch seine Mauern schauen und die einzelnen Zimmer sehen. Ist er ein Traumbild? Du weißt es nicht. Er wirkt wie aus einer Traumwelt hierher versetzt.

Die Sonnenstrahlen lassen den Palast auflodern, in der Abenddämmerung schimmert er im Grün des Waldes. Er erscheint dir wie eine imposante Platane, sprießt aus sieben Wurzeln empor, verzweigt sich in siebentausend Arme, die alle in die Tiefe des Waldes ausgreifen, eine großzügige, mächtige Platane.

In der Schwärze der Nacht ist er die Träne, die vom Mond herabtropft. Die aber, in des Berges Kälte, zu Eis gefriert, erstarrt. Sobald der Mond aufhört zu weinen, ist auch die Zeit des Palasts zu Ende.

Wenn am Morgen die Sonne aufgeht, wird er zum Zwilling der Sonne, ihr magischer Spiegel, in dem sie ihr Geheimnis sieht. Er hält ihr das Ebenbild vor.

Man sagt, Tausende hätten geschuftet, um den Palast zu bauen; von keinem ist der Name bekannt. Die riesige Träne, der Schweiß ihrer Stirn seien zu Kristall gefroren, erzählt man.

In den Regengüssen des Herbstes werden die Mauern des Palastes nicht nass, als würden die Tropfen sie nicht berühren – und doch spüren sie Reinigung und Erquickung.

Lange, spitze Türme hat der Palast. Der Mond spielt dahinter Verstecken. Die Türme haben runde, magische Kuppeln. Sie schlucken das Echo, bergen das Geheimnis. An den Rundbogenfenstern ziehen lange Kerzen vorüber, bleich, zitternd. Man denkt, die Kerzen spazieren von allein von einem Fenster zum andern. Die Hände, die sie halten, bleiben unsichtbar.

Die Judasbäume färben den Abend blutrot, über dem zitternden Licht der Kerzen schwebt verloren Judasbaumgeruch ...

Alle Dörfer am Hang des Berges und alle Menschen, die dort wohnen, sind verliebt in den Berg, in den Palast. Dieser Palast erschien ihnen immer wie ein ganz unauslöschbares, fernes Licht.

So viele Stämme, so viele Dörfer, so viele Nomaden trösten sich über ihre Armut, wenn sie diesen Palast anschauen. Sie ziehen dahin, sehen den Palast einmal von weitem und hinterlassen an allen Rastplätzen einen Ballen Märchen, die von diesem Palast erzählen. Der Kristallpalast ist das Märchen von Tag und Nacht, von den vier Jahreszeiten, von den Armen und den Reichen.

Die Zeit vergeht, und auch der Kristallpalast kann nicht ewig bestehen.
    Nehmen wir einmal an, der Mond kann nicht mehr weinen.
    Nehmen wir einmal an, der Spiegel springt ganz plötzlich in der Mitte entzwei, zersplittert zu Salz und Eis, all seine Talismane konnten ihn nicht schützen.
    Nehmen wir einmal an, die Platane stürzt, modert, verrottet zu Erde.
    Der Kristallpalast schmilzt dann und fließt vom Berg herunter, vermischt sich mit dem Fluss, erreicht das Meer. Tritt ein in den Kreislauf von Geschichte, Krieg und Sesshaftigkeit.
    Zurück bleibt das Märchen.
    Das Märchen hören tausend Leute, einer versteht es.
    Vom Kristallpalast ist nichts geblieben, niemand bewohnt ihn, niemand kann ihn sein Eigen nennen. (Das Lied ist verstümmelt, das Epos vergessen. Es gibt keine Dichter mehr, die auf den Berg ziehen.) Aber er hat uns doch Lieder, Sagen und Geschichten hinterlassen. Damit wir sie den Kommenden weitergeben, sie Wort für Wort singen und erzählen. Die Lehre aus der Geschichte ist verborgen in ihr selbst. (Jeder Dichter trägt das Siegel seiner Worte bei sich.)
    Um auf den Weg des Märchens zu gelangen, muss man erst das Leben auf den Wegen der Wirklichkeit erproben.

Jeden Morgen, wenn die Leute in den Dörfern, in den Zeltlagern der Umgebung aufwachten, hatten sie den Kristallpalast im Blick. Er war ihr Morgenstern, der den Weg zur Sonne wies.

Seine Farben und Formen mischten sich ins Panorama des Berges, in die Liebe der Gazellen.

In solchen Morgenstunden dachten die Menschen: Jetzt diesen Berg besteigen, es muss sein.

Eines Tages würden sie es bestimmt tun ...

Selvihan nannte man die Tochter dieses Palastes. Die Lieder, die auf sie gesungen wurden, machten in allen Sprachen der Welt die Runde.

Als sie sich dem vierzehnten Jahr näherte, gab es keine Kunst, die sie nicht beherrschte. Es gab niemanden, der besser als sie alle Berge, Steine, Wölfe auf den Stickrahmen bannte. Das Bild des Berges zauberte sie auf den Stickrahmen. Wie ein heller, leuchtender Vollmond war ihr Stickrahmen. Ihre Finger tanzten darauf wie die Flügel übermütiger Vögel. Einmal geblinzelt, und schon war wieder eine Stickerei fertig. Als wollte sie mit ihren flinken Fingern die Zeit verspotten. Von weit her kamen die Vögel, ließen sich flatternd vor ihrem Fenster nieder, um sich verewigen zu lassen. Riesige, stolze Flügel beschatteten die zarten Linien ihrer Stickerei, als würde sie von einem Adlerflügel überspannt. Ferne Ebenen, hohe Himmel, wandernde Karawanen stickte sie.

Selvihan war einsam auf dem Gipfel des Berges. Ihr Fenster öffnete sich in die weite Welt. Das Fenster lag so hoch, dass man meinte, von hier aus könne man direkt ins Geheimnis der Welt hineinschauen. Raubvögel und hohe Wolken waren ihre Nachbarn. Direkt neben der Sonne thronte der Kristallpalast. Aber die Einsamkeit weckte in ihr Sehnsucht und Fernweh.

Zu ihrem Namen passte ihre Gestalt. Sie war Selvihan, die Zypressenprinzessin. Wenn sie am Ufer des Flusses stehen blieb, erstarrte auch der Fluss. Wenn sie tanzte, erbebte der Kristallpalast. Als käme das Beben aus der Tiefe des Berges, im Pulsschlag des Tanzes.

Ihre Augen glichen den Mustern auf persischen Kelims; ihre Farbe verriet sie niemandem. Selbst wenn sie den Menschen direkt in die Augen schaute, verbarg sie ihre Farbe.

In ihrem von Locken beschatteten Angesicht spiegelten sich ferne Länder. Raubvögel mit prächtigen Flügeln drehten ihre Runden. Sogar ihr Stickrahmen sehnte sich nach ihr. Ihr Blick ging den Männern ins Mark und riss sie in den Tod.

Die Lippen mit ihrem Scherbett zu netzen, dessen Geheimnis sie niemandem verriet, war, wie Wasser des Lebens zu trinken. Alle Gräser, Samen, Kräuter und Blätter des Berges zerstieß Selvihan zu einem Pulver und machte daraus Scherbetts, wie sie keiner zuvor gekostet hatte. Sie waren so berühmt wie das Wasser vom Brunnen Zemzem.

Selvihan knüpfte Teppiche, webte Kelims und Tücher, sie nähte und stickte. Wenn sie die Saz spielte, setzte sich eine Nachtigall auf die Saiten. Mit ihrem Spiel verwundete sie alle Herzen, und sie bluteten vor unstillbarer Sehnsucht.

In der kristallklaren Morgendämmerung eines Sommertages tauchte am Himmel plötzlich eine dräuende Zorneswolke auf. Der Dunst des Berges senkte sich herab, die Steppe wurde von Nebel bedeckt. Nicht einmal der Berg war mehr zu sehen.

Wer die Erde teilt, den Reichtum teilt, die Mühe teilt, wird natürlich auch die Liebe teilen.

Wird das Miteinander der Menschen verbieten.

Wo das Miteinander der Menschen verboten ist, wird jede Grausamkeit erlaubt.

Das ist die Geschichte des Berges, des Palastes und auch Selvihans Geschichte.

Selvihan war das einzige Kind, die einzige Tochter des Beys. Das Reich hatte keinen Erben. Tausend Brautwerberinnen hatte der Vater am Tor abgewiesen. Die Söhne von Ağas, Beys, Paschas hatte er mürrisch davongeschickt. Das Ziel seiner Wünsche blieb unbekannt, seine Absicht unergründlich, die Neigung seines Herzens offenbarte sich nicht einmal ihm selbst. Aber man sagte, dass er das Kind, das er nach zwanzig Jahren voll unendlichem Kummer, Mühe und Not bekommen hatte, nicht wieder verlieren wollte. Vielleicht überhaupt niemals verlieren wollte. Deshalb wies er alle schon an seinem Tor ab.

Deshalb war seine größte Sorge, in Selvihan würde die Frau erwachen, die Stimme ihres Körpers würde sie rufen.

Das Filzzelt teilte den Mond in zwei Teile. Es war, als bohre sich die aufragende, spitz zulaufende Zeltstange in seinen Nabel. Als spieße sie ihn auf.

Der Stamm hatte sich mitten in der Ebene niedergelassen. Zwischen den Flüssen, den Quellen, den Wiesen, den Weiden, inmitten der Fruchtbarkeit und des Grüns.

Der Himmel funkelte wie eine Sternenwiege. Die Flüsse plätscherten im Sternenlicht, als erzählten sie von den Sternen. Es war eine gesegnete Nacht. Die Pracht des Stamms verschmolz mit dem Reichtum der Natur.

Der Stamm feierte den Semah.

Selvihan als Tochter des Beys war zu Besuch gekommen. Wo auch immer sie erschien, trug sie das Siegel, das Zeichen der Macht des Vaters, auf der Stirn. Ihr herrschaftliches Auftreten erweckte stets Respekt und Furcht und ließ vergessen, dass sie eine Frau war. Ihr Verstand und ihr Mut waren früh gereift. Vom Gipfel des Berges war sie mitten in die Ebene wie ein arabisches Vollblutpferd mit weißen Flügeln herabgeflogen und hatte sich auf dem für sie reservierten Ehrenplatz niedergelassen.

Der Stamm feierte den Semah.

Von tausend Stämmen waren tausend Abgesandte gekommen, um den Semah zu erleben.

Es war ein Semah, der in den sieben Weltregionen und den vier Himmelsrichtungen berühmt war. Man musste ihn unbedingt gesehen haben. Wer diesen Semah nie sah, hatte die halbe Welt nicht gesehen.

Das Filzzelt öffnete sich behutsam. Als enthülle eine Höhle ihren verborgenen Talisman, erschien im Silber des Mondes der schlanke Körper von Muradhan, funkelnd wie ein schmaler Dolch. Als seine vollendet ebenmäßige Gestalt sichtbar wurde, verstummte wie von Zauberhand die ganze Ebene, Insekten und Käfer, Blumen und Gräser, Wasser und Quellen hielten den Atem an. Für einen Augenblick war alles in heiliger Ehrfurcht erstarrt.

Er streckte seine Hände zum Himmel und begann erst langsam, dann schneller werdend, sich dehnend und reckend im Semah zu kreisen. Im Silberfluss des Mondlichts, das eine Seite seines Gesichts und seines Körpers überflutete, aber, während er sich drehte, immer wieder in den Falten seines Gewandes versank und wieder auftauchte, schien auch Selvihan ab und zu den Semah-Tänzer zu sehen. Doch gleich verschwand diese Seite seines Gesichts wieder in Dunkelheit, und eine andere tauchte im Licht des Silberflusses auf.

Lange, schmale Flöten schwankten hin und her. Wie das Schilfrohr im Röhricht.

Die Saz-Spieler und Flötenbläser wiegten sich in den Hüften. In der Zeremonie dieses gesegneten Tages trug jeder etwas Wunderbares in sich, wie ein Geheimnis.

Der Semah war ein Gleichnis des Nomadenlebens. Wie sie plötzlich aus den Zelten traten. Weite Wege, weite Länder, große Leidenschaften. (War das Diesseits die Fremde? Oder das Jenseits?) Wie das Leben war der Semah. Ein ganzes Leben. Selvihan wünschte sich, er möge nie enden. Weiter, weiter, weiter, bis sie selbst so weit war, sich einzureihen und den Semah zu tanzen, bis auch in den schwingenden Falten ihres Gewandes die silberne Flut des Mondlichts wallte ... Ja, dann würde ihr Herz frei sein von den Festungsmauern, den Türmen, den steilen Wällen, die sie umgrenzten, erlöst sein von den Fesseln und Ketten ... Ja, dann.

An einem Punkt des Semah begannen auch die anderen mitzumachen. Erst vorsichtig, langsam, schüchtern, sich zurückhaltend, dann wie von einem Fluss, einem Sturzbach mitgerissen, wie in ein dunkles Meer gespült, wie das Geheimnis der unendlichen Weite erblickend, schlossen sie sich einer nach dem anderen an, um den Semah anzufachen, um sich selbst im Semah zu entfalten.

Selvihan wollte, dass dieser Semah nie endete. Sie wollte, dass dieser gertenschlanke junge Mann sich immer weiter so drehte. Dass er sich neben ihr, weltvergessen, immer weiter so drehte ...

Die Ebene dehnte sich aus, wurde weiter, breiter.

Zum Schluss standen alle auf, drehten sich alle. Als sei die ganze Welt zum Semah angetreten. Als würden sich alle Berge, Steine, Gräser, Bäume, Quellen, Flüsse, Wölfe, Vögel, Insekten, Käfer drehen. Feuer, Wasser, Erde (das älteste Märchen Anatoliens), alle drehten sich.

Die Pracht des Semah brachte Selvihan zum Weinen. Aber das war eigentlich kein Weinen. Sie spürte ja gar nicht, dass sie weinte. Sie badete sich in Tränen. Sie läuterte ihr Herz. Jetzt war alles ineinander verschmolzen, alle Linien waren ineinander geflossen. In einer endlosen Ruhe und Harmonie drehte sich alles, ineinander wachsend, sich entfaltend.

Diese Schönheit ließ Selvihan weinen.

Die leidenschaftlichen Töne der langen, schmalen Flöten fanden in den gegenüberliegenden Bergen ihr Echo. Die Töne riefen sich gegenseitig, prallten aufeinander und vervielfachten sich. Alles lebte jetzt auf in der Ebene; alles Lebende und Leblose, alles Tote und Lebendige erwachte. Als hätte die sich sonst vor den Menschen verbergende Natur heute beschlossen, mit ihnen zu reden, zu plaudern. Selvihan konnte sich an dem jungen Semah-Tänzer nicht satt sehen. Wie die Schöpfungssure wirkte auf sie jedes Schlängeln seines Körpers. Sie dachte, die ganze Natur sei zum Nachtfalter geworden, umschwebe ihn, um in Liebessehnsucht zu vergehen … Beim Semah, den jeder um ihn als rituelle Umkreisung vollzog. Als ob, wenn nicht er, nichts sich drehen würde; als ob ohne ihn alle auseinander gehen, sich zerstreuen, sich abwenden würden oder jeder wie angenagelt erstarren müsste, wo er gerade stand. Der Zauber würde vergehen. Alles würde in Dunkel versinken, alles würde seine Farbe, seinen Geruch verlieren.

Als würde die ganze Natur dann sich von sich selbst abwenden. Wenn er nicht wäre …

Während sie hoch zu Ross zurückritt auf den Berg, den langen Weg atemlos hinauftrabte, drehte sich in ihrem Kopf immerzu dieser junge Mann. Sie war ganz verzaubert. Vom Semah und von ihm … Ihr Herz hegte nur noch einen Wunsch. Das wusste sie jedoch in diesem Augenblick nicht einmal selbst.

Nach dem Semah war er wie vom Erdboden verschluckt. Verschwunden. (Verlassen lag die Ebene da. Zu Stein erstarrten überall Berg und Fels, Wasser und Feuer suchte man vergebens.) Es hieß, nach jedem Semah ziehe er sich in ein einsames Versteck zurück, bleibe dort mit sich allein. Er tauchte draußen nicht auf, wurde nicht mehr gesehen.

Wohl um sich dem eigenen Zauber nicht zu entziehen, dachte Selvihan. Sie konnte ihre Neugier nicht bezwingen, sie hatte sich durchgerungen, nach dem Namen zu fragen.

»Muradhan«, sagten sie.

Seit dieser Stunde waren ihr Herz und ihre Lippen mit diesem Namen versiegelt. Versiegelt, um nie mehr erbrochen zu werden. Das wusste nur sie selbst.

»Er ist ein begabter junger Mann, niemand tanzt vollendeter den Semah als er. In keiner Familie, keinem Stamm oder Dorf. Er ist ein von Gott entsandter, begnadeter, großer Semah-Tänzer. In seinen Händen flattern Tauben, in seinen Beinen springen ungebärdige Fohlen, sein Körper ist wie ein überflutender Fluss, den kein Damm bändigt, man könnte glauben, sein Leib sei mit Schlangengift eingerieben. Seine Arme sind mächtig und stolz wie Adlerflügel, in Ekstase wirft sich die Welt ihm zu Füßen. Muradhan ist der größte Semah-Tänzer aller gesegneten Tage. Viermal im Jahr feiert er den Semah, nur vier Mal.«

Ihre Hände hielten nicht die Zügel des Pferdes, sie betasteten ihr Herz; sie fürchtete, ihr verräterischer Herzschlag halle über den leeren, weiten Berg. Bald würde sie den Kristallpalast erreichen. Sie fürchtete diesen Augenblick.

Tief drinnen in ihrem Ohr hörte sie ein sehr altes Märchen. Still und leise begann ein Märchen. Verglichen mit allen, die sie kannte, die sie je gehört hatte, war das ein ganz neues Märchen ...

Selvihan konnte in jener Nacht nicht schlafen. Auch in den folgenden Nächten konnte sie nicht schlafen. Sie erfuhr, wie lang eine Nacht, wie grausam die Dunkelheit sein konnte. Von nun an gab es im Kristallpalast ein Fenster, das der Mond nicht erhellen, in das die Sonne nicht hineinleuchten konnte.

Auch der Stickrahmen brachte keine Linderung. Durch die Bilder irrten verlorene Fäden. Der Stickrahmen konnte den Vollmond nicht mehr einfangen.

Das in die Erde gebohrte, gebannte, vom Mondlicht geschliffene schwarze Messer, das sich um sich selbst drehte, ging ihr nicht mehr aus dem Sinn. Nächte hindurch hörte es nicht auf, sich zu drehen, überall, wo sie hinschaute, rund um sie herum wirbelte es wie Rauch, wie Zauber. Wo sie hinschaute, begann es sich zu drehen, vervielfachte sich.

Im Kristallpalast begannen über Selvihan allerlei Gerüchte zu kursieren. Sie war nicht mehr die alte Selvihan. Kein Wort kam über ihre verschlossenen Lippen. Sie wollte reden, aber kein Satz konnte sich aus ihrem Herzen lösen, auf ihre Lippen kommen. Ihr Gesicht war bleich geworden, wie eine unberührte Rose verwelkt.

Sie suchte Zuflucht in der Düsternis dunkelblauer Nächte und rang mit Bildern, die auf ihrem Stickrahmen wuchsen. Hatte man sie behext? Oder war diese ganze Nacht ein böser Zauber gewesen? Im Mondlicht, das seinen zwischen den hochgestreckten Armen wie eine geknickte Tulpe gebeugten Hals umzüngelte, hatte sie ein geheimnisvolles Amulett an Muradhans Hals gesehen. War das ein finsterer Todeszauber gewesen?

Er drehte sich und drehte sich, und Lichtblitze fielen auf seinen Schnurrbart, der wie ein mächtiger, schwarzer Fluss direkt unter der scharf gekurvten Nase entsprang und zum Kinn herabfloss. Doch solange er sich drehte, konnte sie sein immer nur stückweise im Mondlicht liegendes Gesicht in ihrem Kopf nicht zusammenfügen. Als sei in diesem Gesicht eine Seite der anderen fremd. Aber riefe doch verzweifelt nach ihr. Heilige, rätselhafte Räucherschwaden zogen über die Lichtflecken in seinem Gesicht. Durchzogen auch sie, unaufhörlich fließend.

Sanft und sehnsüchtig hauchten die Töne der Rohrflöte über die Ebene. Dunkelblauer Nebel hielt alles umfangen, der Semah war in mondfarbene Schleier gehüllt. Alle drehten sich um ihn. Je schneller er sich drehte, desto mehr Tänzer traten zu ihm in den Kreis, desto wilder wirbelte er um sich selbst.

Plötzlich stach sich Selvihan in den Finger. Ihr Blick war starr auf den Stickrahmen gebannt, als schaue sie in eine magische Schale. Sie sah ihr eigenes Geheimnis. Mitten auf dem Stickrahmen breitete sich ein kleiner, roter Blutfleck aus. Ein granatroter Fleck. Ja, jetzt hatte sie es herausgefunden. So war es. Sie konnte es vor sich selbst nicht mehr verbergen.

Dieser leuchtend granatrote Blutfleck verriet ihr Geheimnis.

Dieses schwarze, vom Mondlicht polierte Messer hatte sich nicht in die Erde, es hatte sich in Selvihans Busen gebohrt. Und mit jeder von Muradhans wilden Drehungen wurde die Wunde tiefer. In ihren Eingeweiden klaffte jetzt ein unergründlicher Schacht, nistete grenzenlose Klage.

Die Liebe war gekommen und hatte sie gefunden. Weder der hohe Berg noch die Palastmauern hatten sie abwehren können; die Liebe war gekommen und hatte sie gefunden.

Eines Nachts schwang sich Selvihan aufs Pferd. Ohne irgendjemandem etwas zu sagen, donnerte sie vom Berg hinab in die Ebene, zornig wie eine Lawine. Die Ebene, wo sie den Semah gefeiert hatten, lag jetzt verlassen da. Einsam. Eingehüllt in die Stummheit eines Leichentuchs. Sogar die Vögel saßen auf den Ästen, ohne zu atmen. Die Nomaden hatten schon lange ihre Zelte abgebaut und sich auf den Weg gemacht. Muradhan war fort. Der Stamm war fort. Nichts war zurückgeblieben. Die Nomaden zieht ihre Sehnsucht immer wieder hoch in die Berge. So wie die Sehnsucht das Mädchen jetzt vom Berg in die Ebene zog. Selvihan war verstört und ließ voll Kummer den Kopf hängen.

Die Ebene schaute einsam und verlassen auf Selvihan. Als zeigte sie einer Freundin ihre Wunde, breitete sie ihre leere Weite, ihre schmerzhafte Stille vor Selvihan aus. Selvihan teilte ihre Verlassenheit und verstand. Nun verstand sie auch sich selbst. Tagelang verströmte sie schluchzend ihre Not, ihren Kummer und ihren wortlosen Schmerz – sie kannte dafür keine Namen –, in die einsame Ebene. Sie wusste, die Ebene war noch einsamer als sie selbst; sie hatte weder die gläsernen Wände des Kristallpalasts, die mit ihrem Echo antworteten, noch die neugierigen und flehenden Augen seiner Türen … Es kam Selvihan so vor, als würde ihr Geheimnis in dieser endlosen Ebene besser gehütet.

Als sie sich wieder auf den Weg machte, tauchten Reiter auf, die ihr Vater, der Bey, hinter ihr hergeschickt hatte. Auf dem ganzen Heimweg war sie von diesen Reitern umringt. Alle schauten sie ängstlich an. Alle machten sich Sorgen. Ja, der Vulkan war schließlich ausgebrochen. Ihr Schweigen sagte es deutlich. Selvihans stolzes Aufbegehren war schäumend aus dem Berg herausgebrochen und hatte die Ebene überflutet. Ein jugendliches Aufbäumen, das sie Wut nannten.

Als Selvihan vor ihren Vater hintrat, sagte sie nur: »Die Ebene hat mich gerufen.« Mehr sagte sie nicht.

Der silberglänzende Bart des Beys zitterte. Er fühlte, dass eine Lawine losbrach. Die Luft zwischen ihnen war gespannt wie eine Bogensehne. Vater und Tochter standen sich gegenüber. Hatte ein Erdbeben Selvihan erschüttert? Hatte der Vulkan in den Tiefen des Berges, den alle für erloschen hielten, etwa still und heimlich in Selvihans Herz Zuflucht gefunden?

Der Bey wusste um die Heißblütigkeit der Bergbewohner. Deshalb behielt er Selvihan nicht lange bei sich. Nach einem Erdbeben haben Worte kein Gewicht. Er ließ Selvihan gehen.

Es war offensichtlich: Der Kampf des Berges mit der Ebene hatte von neuem begonnen. Sogar direkt vor der Nase des Beys. Direkt in seinem Herzen.

Der Kristallpalast durchlebte finstere, gedrückte Tage. Als habe jeder eine Schuld, ein Geheimnis zu verbergen. Als gebe es im Haus einen Todesfall.

Kurz darauf brach Selvihan ihr störrisches Schweigen. »Ich möchte den Semah sehen«, Selvihan bestand darauf. »Ich möchte den allerschönsten Semah sehen.«

Die Kundigen, die Weisen sagten: »Den allerschönsten Semah, den reinsten, feiert der Stamm von Muradhan. Aber die Nomaden sind weggezogen. Schon vor geraumer Zeit. Wer weiß, wo sie jetzt ihr Lager aufgeschlagen haben? Niemand kann ihre Spur verfolgen. Es ist ein unsteter Stamm. Sie wandern durch Anatolien wie der Wind. Außerdem hat auch der Semah seine festen Zeiten. Kein Stamm feiert den Semah, wenn nicht die Zeit dafür da ist.«

Selvihan bestand darauf: »Ists nicht möglich, kann ich nicht mehr fröhlich sein, ich will den Semah sehen. Ich bin Tochter des Beys. Ich muss mich nicht danach richten, wann Zeit für den Semah ist, der Semah muss sich nach mir richten. Wozu bin ich sonst Tochter des Beys!«

Die Hände auf dem Stickrahmen blieben untätig, denn sie hob die Arme zum Himmel empor. Das treulose, verräterische Licht des Mondes teilte das unvollendete Bild auf dem Stickrahmen in zwei. Das Licht des Mondes war noch nicht zum Körper vorgedrungen.

In alle vier Himmelsrichtungen wurden Boten entsandt, Tauben geschickt. Die Spur des Stammes wurde verfolgt, auf die Spur wurde ein Bann gelegt.

Selvihan wurde krank. Das heißblütige Aufbäumen hatte sie darniedergestreckt; sie war jetzt ein wilder Fluss, dem das Bett zu eng geworden war. Im Kristallpalast war man hilflos. Selvihans Stille hatte alle angesteckt, jeder dämpfte seine Stimme zu einem Flüstern. Eines Tages war zu hören, die Boten hätten

Nachricht gebracht von Muradhans Stamm. Die Spur des wandernden Stamms war gefunden. Er hatte an einem Ort im Süden seine Zelte aufgeschlagen und würde am Vierzehnten des Monats, zum Vollmond, den Semah feiern. Einen großen Semah. Am Vierzehnten des Monats wird der heiligste aller Semahs gefeiert.

Sie ließen Selvihan aufsitzen. Mit einem Trupp Soldaten schickten sie sie nach Süden. Ihr zur Seite ritten ausgewählte junge Burschen, Scharfschützen, Soldaten mit Schwert und Schild, sie brausten zu Tal wie der Wind, vom Berg ins Tal, von der Ebene ins Flachland, in den Süden. Vor kurzem noch im Krankenbett, wurde Selvihan quicklebendig. Sie schoss zu Tal wie ein Pfeil aus dem Bogen. Ihr Gesicht bekam Farbe, ihre Augen leuchteten. Ihr Haar schimmerte und flatterte. Bevor sie aufbrach, stickte sie auf das Bild im Rahmen einen feinen, langen, grünen Weg. Einen Weg im Grün der Hoffnung. Das Ende des Wegs legte sie nicht fest; sie schob es auf für später.

Am zehnten Tag kamen sie in der Tiefebene an. Sie sahen, dass sich dort hunderte von Filzzelten anmutig im Wind wiegten.

Sie wurden ehrenvoll empfangen und begrüßt.

Selvihan war also am Ende des Weges auf ihrem Stickrahmen angelangt. Ging dieser Weg weiter? Ja, das würde sie hier prüfen. War es der Weg ihrer Wünsche?

Nach diesem Semah konnte geschehen, was wolle, sie würde Muradhan folgen, ihm ihr Gesicht zeigen und endlich sein Gesicht sehen.

Ein letztes Mal schaute Selvihan sich in einem stillen Gewässer, in einem verzauberten Spiegel an. Dieses Gesicht, das tausend Brautwerberinnen am Tor abgewiesen hatte, musste jetzt Muradhan zur Leidenschaft verführen. Das war es, was Selvihan jetzt am meisten wünschte.

Nachts, als der Mond aufging, begannen Rohrflöten leise den Semah zu begrüßen. Dunkelblauer Nebel schwebte zwischen den Zelten. Ein Zauber berührte die gesamte Natur. Nebel, Dunst, Licht, Rohrflöten, wieder stand alles zum Semah bereit.

Dieses Mal hatte sich auch der Südwind in den Semah gemischt. Ein vergorener, ferner, dunstiger Algengeruch streifte mit dem Atem des Südwinds zwischen den auf den Spitzen der Zeltstangen hockenden Rauchschwaden umher.

Die Pracht des Semah überwältigte Hügel und Steine. Flutende Bäche, fallende Sterne, hohe Bäume, der grüne Zauber der Ebene, nachtschwarz verdunkelte Schatten, hunderte von Zelten, tausende von Menschen ... Alles schlug jetzt im Takt der Natur. Tausendfacher Pulsschlag erweckte die Nacht aus ihrem Schlaf.

Muradhan eröffnete den Semah.

Selvihan blickte gebannt auf Muradhan. Der Zauber des Semah ergriff sie, aber noch stärker war der Zauber, den sie sich für die Zeit nach dem Semah erträumte, er setzte Selvihan in Brand. Nach dem Semah würde sie Muradhan in sein geheimes Versteck folgen.

Und nun hört, wie Muradhan Selvihan erblickte.

Der Semah war schon weit fortgeschritten. Am Himmel zuckten Blitze, diese Kraniche der Finsternis, die ganze Umgebung schien taghell. Über Muradhans Körper ergoss sich der silberne Fluss in Kaskaden. Als einer der Blitze grell aufleuchtete und Muradhan den Kopf zur Erde neigte und sich dabei von der linken Ferse auf die Spitze des rechten Fußes drehte, da stand im Feuer des Blitzes Selvihan in Muradhans Blickfeld. Muradhan sah sie.

Seine im Semah-Rhythmus schwebenden Arme wurden wie von einem Erdbeben erschüttert. Er zitterte und bebte. Sein Körper erstarrte.

Die Blitze tauchten Selvihan in gleißendes Licht. Sie erschien ihm durch den weisen Ratschluss der Blitze als Lichtgestalt.

Muradhan begriff, dass die Zeit der Liebe gekommen war. Der Ruf der Blitze galt ihm als ein heiliges Zeichen. Er konnte sich nicht aus der Starre lösen. Sein Körper gehorchte ihm nicht mehr. Der Semah war ins Stocken geraten. Alle verharrten bestürzt. Dann entwand er sich behende dem Semah und stieg zum Abhang hinunter.

Selvihan ahnte, dass sie Muradhan das, was in ihr vorging, verraten hatte. Ihr Herz wurde leichter. Doch vom Berghang kam ein Stöhnen wie von einem verwundeten Hirsch.

Selvihan nutzte die Gelegenheit, dass Muradhan den Semah zum Stocken gebracht hatte, und sagte entschieden: »Ich möchte mit ihm sprechen.«

Die Männer sagten: »Vergebt uns, das gab es noch nie. Dass Muradhan erstarrt ist. Er hat keinen Fehler begangen, der einen Schatten auf den Semah geworfen hätte. Was ist passiert? Warum hat er aufgehört? Wir verstehen es nicht.«

Selvihan sagte: »Ich will nicht mit ihm sprechen, weil ich zornig bin. Sein Ruhm hat uns hierher geführt. Ich möchte diesen unzugänglichen jungen Mann kennen lernen.«

Die Leute vom Stamm sagten: »Das ist unmöglich. Wir halten ihn nicht davon ab, Euch zu treffen. Aber Muradhan ist stumm. Er kann nicht sprechen. Mit seinen Augen, seinem Herzen, seinem Körper erzählt er, was er zu erzählen hat. Um zu verstehen, was er sagt, muss man ihn kennen, ihm sehr nahe stehen.«

Aber Selvihan wusste, dass sie mit ihren Augen, mit ihrem Herzen und auch mit ihrem Körper zu Muradhan sprechen konnte.

Sie fragte: »Wo ist er jetzt?«

»Er ist am Ufer des Flusses, er hört der Stimme des Wassers zu.«

»Zum Mondlicht zieht es ihn hin. Im Nachtlicht schaut er in sein Spiegelbild.«

»Er ist am Abhang. Ohne abzustürzen, läuft er am Rand des Abgrunds.«

Selvihan fand Muradhan in seinem einsamen Versteck. Er war am Ufer des Flusses. Er stand im Licht des Mondes. Er stand am Rand des Abgrunds. Als er Selvihan erblickte, wusste er, warum sie gekommen war.

Muradhan streckte seine Arme zum Himmel.

Selvihan streckte ihre Arme zur Erde.

Sie feierten zusammen den Semah, ohne ein Wort zu sagen. Einen Semah der Liebe. Den niemand kannte, niemand sah, niemand verstanden hätte. Denn nur für sich drehten sie sich. Deshalb sah und verstand niemand diesen Semah. Bis zum Sonnenaufgang drehten sie sich umeinander. Ihre Arme verschlangen sich ineinander, in der silbernen Nacht verschmolzen ihre Gestalten. Die Natur hütete ihr tiefes Geheimnis.

Sieben junge Männer tauchten hinter Muradhan auf. Alle sieben waren seine getreuen Abbilder, alle sieben glichen ihm aufs Haar. Ihre Körper schwebten wie Rauch, ihre Stimmen klangen wie Echo, sie sprachen für Muradhans Herz, begleiteten die Bewegungen seines Körpers.

Selvihan sagte: »Was ist der Ritus der Liebe? Ich weiß es nicht. Ich verliebe mich ja zum ersten Mal. Aber ich möchte mein Geheimnis genau offenbaren. Ich möchte, dass meine Worte so klar und rein sind wie meine Liebe. Ich habe mich in dich verliebt, Muradhan. Tagelang haben meine Augen keinen Schlaf gefunden, meine Lippen kein Wort gesprochen. In alles, was ich tat, haben sich Fantasien, Träume gemischt. Ich wusste nicht mehr, war ich in einer Fantasiewelt? Im Traum? Wie ein Samenkorn ist die erste Liebe in meinen Körper gefallen. Die erste Glut brennt in mir. Ich kenne die Bräuche und Gesetze der

Liebe nicht. Ich kenne nur meine Liebe. In meinem Körper rührt sie sich ununterbrochen wie ein zweites Leben. Aber ich weiß nicht, gilt meine Liebe dir? Deinem Abbild? Vielleicht sind ja beide unzertrennlich, sehr nahe verwandt. Ich weiß, deine Zunge ist stumm, aber trotzdem offenbare mir dein Herz.«

Auf diese Worte von Selvihan sagte Muradhan, mit sieben Stimmen gleichzeitig, mit sieben starken, frischen Stimmen: »Du bist die Tochter eines Beys, ich bin ein Junge aus dem Stamm, unsere Stellung auf dieser Welt ist unvereinbar. Unser Glaube ist nicht der gleiche, eine Heirat ist unmöglich. Ich bin ein Nomade, du eine Bewohnerin der Berge, wir haben nicht die gleiche Heimat. Ich bin stumm, du bist eine Nachtigall, unsere Sprache ist nicht dieselbe.«

Selvihan antwortete ihm: »So ist es, Muradhan, gewiss, doch was mich auf diesen zehntägigen Weg getrieben hat, was dich während des Semah erstarren ließ, kann doch das Unmögliche möglich machen.«

Muradhan sagte, mit siebenfach gebrochenem Klang seiner Stimme: »Sicher ist es die Liebe. Du lässt mich teilhaben an deinem Herzen, an deiner Liebe, an deinem Schmerz, an deinem Kummer. Meine Liebe ist erwacht, aber befristet. Es ist meine erste Liebe, mein erster Vulkan. Seit so vielen Jahren rumort der Vulkan in meinem Innern, ist zum Spiel, zum Tanz, zum Semah geworden. Die Liebe, die mich während des Semah, den ich als Meister beherrschte, ergriffen hat, ist nicht leicht zu überwinden. Du musst wissen, es ist keine Liebe, die ich mir starrsinnig in den Kopf gesetzt habe, sie ist eine Fessel, die ich bald sprengen werde.«

Selvihan sagte: »Halte um meine Hand an, wenn sie mich dir nicht geben, entführe mich. Jetzt habe ich dich endlich gefunden und will nicht mehr fern von dir sein. Mit jedem Tag fern von dir welke ich dahin, werde krank und siech. Ist deine Liebe groß, so ist auch deine Kraft groß, Muradhan. Es darf nichts unmöglich sein. Nimm dir Ferhat zum Beispiel. Nimm dir Mecnun, Kerem zum Beispiel.«

Darauf ergriff Muradhan das Wort, hört, was er sagte: »Größer als alles ist meine Liebe. So stark wie Ferhat bin ich nicht, ich kann keine Berge durchbohren für dich. Mein Streitkolben ist nicht in meiner Faust, er ist in meinem Herzen. Und mein Herz durchbohrt andere Berge.

So weitherzig wie Mecnun bin ich nicht. Die Wüsten mit ihren Luftspiegelungen kann ich nicht in mein einsames Herz hineinzwängen. Land für Land durchwandern und dich suchen will ich nicht. Meine Fremde und meine fernen Länder liegen in mir selbst.

Ein fahrender Sänger wie Kerem bin ich nicht, ich will dich nicht nur in Liedern suchen und finden. Meine stumme Zunge singt keine Lieder, meine Lieder dröhnen in meinem Herzen.

Ich will dich nicht finden wie Ferhat, indem ich Berge durchbohre.

Ich will mich nicht wie Mecnun in Trugbilder der Wüste verlieben, bis ich deine Gesichtszüge vergesse.

Ich will auch nicht wie Kerem die Länder durchschweifen und mit den Liedern alt werden.

Alle drei haben so sehr geliebt, dass sie ihre Liebe schließlich vergessen haben. Aber ich will nicht vergessen. Ich will dich nicht vergessen und statt deiner Trugbilder und Lieder lieben. Ich will dich lieben. Dich, wie du bist. Ich will dich sehen, hören, berühren, mit dir Leben teilen.«

Darauf ergriff Selvihan das Wort, lass sehen, was sie sagte: »Es ist nun einmal der gleiche Wunsch in die Stammrolle unseres Lebens eingeschrieben, deshalb halte um meine Hand an, Muradhan, wenn sie mich nicht hergeben, entführe mich, wir ziehen in die entferntesten Winkel der Erde, so weit uns unsere Füße tragen.«

Und Muradhan sagte zu ihr: »Wenn ich um deine Hand anhalte, werden sie dich nicht hergeben; sie werden mich in Ketten werfen. Wenn ich dich entführe, werden sie uns finden und töten. Jeder Stamm, bei dem wir Zuflucht suchen, wird unseretwegen vernichtet. Jedes Dorf, in dem wir uns verstecken, werden sie anzünden und niederreißen. Der Weg zur Rache ist kurz. Sie werden uns bald finden, und es ist um uns geschehen!

Wenn ich dich aufgebe, werde ich verrückt. Wenn ich dich nicht aufgebe, werden sie uns nicht leben lassen. Sich trennen und zusammenzufinden, ist beides unmöglich. Wo ist der Ausweg? Wir müssen einen Weg finden. Es muss ein geheimer Weg sein, ein Weg, der uns noch nie eingefallen ist. Wir müssen ihn entdecken in einem verborgenen Winkel unseres Hirns. Wir müssen nachdenken und ihn finden.«

Siebenfach dachten sie nach.

Muradhan wollte weder auf Selvihan verzichten noch dem Unglück zum Opfer fallen. Das Leben war kurz, die Frist unerbittlich, die Liebe stark. Berge durchbohren, Wüsten durchwandern, Lieder erklingen lassen war nicht das, was seine Bestimmung war.

Nach siebenfachem Nachdenken ergriff Muradhan das Wort und sagte zu Selvihan: »Ich weiß, wir dürfen einander nicht gehören. Über uns ziehen düstere Wolken auf. Unsere Körper werden sich nicht berühren, wir werden das Ziel unserer Wünsche nicht erreichen; aber unsere Augen sollen einander nicht fernbleiben. Dich jeden Augenblick zu sehen, dein Atmen, dein Lachen, dein Gehen und Rufen zu sehen, ist auch Liebe. Unsere Liebe kann nicht anders verwirklicht werden. Kehre jetzt in deinen Palast zurück, Selvihan. Ich werde etwas später in den Kristallpalast nachkommen. Und ich werde dort bleiben. Frage nicht weiter. Ich habe mir etwas ausgedacht. Auf, glückliche Reise!«

Selvihan beobachtete siebenfach den Weg. Ihr Stickrahmen wartete. Sie wartete. Vor ihrem Fenster wurde sie immer blasser und bleicher. Ihr Blick war starr auf den Weg gerichtet.

Um die bleiche Selvihan zu zerstreuen und aufzumuntern, richtete ihr Vater, der Bey, jede Nacht Festmahle aus, veranstaltete Spiele und Vergnügungen.

Eines Nachts, in einer Märchennacht, betrat den Kristallpalast eine fremde Truppe von Köçeks – Transvestitentänzern. Eine ganze Karawane von Zigeunern. Sie führten raffinierte Seiltänze, Zaubereien, Tänze, Feuerspiele, alle Arten von Taschenspielertricks auf. Alle Meister ihres Fachs. Zigeuner, so schwarz wie die Nacht, mit Zähnen so weiß wie Perlen. Ihre Körper gehüllt in alle Sorten von Rot, Grün und Violett, mit allen geheimen Wassern des Lebens gewaschen, in allen Nöten, Genüssen, Sorgen und Vergnügungen des Lebens erfahren …

Selvihan setzte sich zusammen mit ihrem Vater auf das Thronkissen, und sie schauten sich die Vorführungen und Vergnügungen an.

Tausend Belustigungen erfüllten den Palast.

Tausend Nächte auf einmal.

Tausend Märchen.

Eine Liebe.

Irgendwann des Nachts kam ein Köçek herein, der sich einen hellvioletten Schleier vor die schwarzen Barthaare gehängt hatte. Seine Augen strahlten durch die pechschwarze Schminke wie Flammen. Am Ohr trug er einen goldenen Ring, schwer wie eine eiserne Fußfessel. Im Tanz lieh er Adler, Schlange und Schwan seine Gestalt.

Wie mit einem Peitschenknall kam er in den Saal gesprungen.

Diesen messerschlanken Körper erkannte Selvihan sofort.

Muradhan hatte sein Wort gehalten, war in den Kristallpalast gekommen. Aber um Selvihan zu sehen, hatte er sich selbst geopfert.

Von diesem Augenblick an gab es nachts im Palast nur noch diesen einen Köçek. Mit einer schwarzen, einer weißen, einer feuerfarbenen Pluderhose an seinen Beinen, einem Amulett am Hals, einem Reif am Knöchel, einem Stirnband um den Kopf und Ketten, die sich wie Schlangen um seine Arme wanden, hatte Muradhan diese Liebe möglich gemacht.

Indem er sich selbst zum Köçek gemacht hatte, indem er sich selbst geopfert hatte, hatte sich Muradhan für alle Zeit aus allen Epen gestrichen. Aus allen Legenden verbannt. Niemand würde je ihr Märchen erzählen. Ihre Geschichte würde auf immer ein Geheimnis bleiben. Niemand würde sie je als großes Paar der Liebe rühmen.

Alle fragten sich: Wer ist dieser rätselhafte junge Mann? Dieser gertenschlanke Köçek, der im Kristallpalast erschienen war? Hinter ihm kamen in den rubinroten Saal des Kristallpalasts seine sieben Schatten, alle prächtig wie Adler. Alle sieben liehen ihm ihre Stimme, hauchten ihm Atem ein, und alle sieben waren für Selvihan entflammt. Nur ihr offenbarten sie sich und verhalfen Muradhans Worten zu Sprache. Nur Selvihan sah sie, nur sie hörte sie. Während er alle mit seinen Bewegungen verzauberte und wie ein schwarzer Fluss dahinwirbelte, waren seine anderen sieben Körper für andere Augen unsichtbar.

Sieben Träume, sieben Bilder. Nun wusste Selvihan, dass diese Liebe unmöglich war. Ein Märchen ohne Worte. Nur sie zwei würden davon wissen. Nur mit ihren Augen würden sie sich lieben.

Jede Nacht verlangte Selvihan nach Tanz. Jede Nacht schauten sie und Muradhan sich in die Augen. Das war für beide genug.

Siebenfach hat sie am Tor jeden zurückgewiesen, nie wollte

sie heiraten. Auch ihren Stickrahmen hat sie nicht mehr angerührt. Sie ritt zur Jagd und hetzte Vögeln hinterher. Sie selbst wies jetzt die Brautwerberinnen noch heftiger ab als ihr Vater.

Aber der Bey wurde alt, und eines Tages war er gezwungen, seine Tochter dem Sohn eines anderen Beys zur Frau zu geben. Die Leute sagten: »Wie schwer es ihm fällt, seine Tochter herzugeben! Aber das Reich und die Macht des Schwiegersohns sind so groß geworden, dass er sonst in den Kristallpalast einmarschiert wäre.«

Selvihan hatte begriffen, dass sie am Ende des Weges angekommen war. Sie legte ihren Stickrahmen wieder auf die Knie. Wo war das Ende dieses grünen Weges? Für die Stickerei war die Zeit des Vollmonds gekommen.

In der vierzigsten Nacht ihrer Verlobung streifte sie über Stock und Stein. Unzählige Kräuter, Samen, Blüten sammelte sie. Dann kochte sie sie alle in einem finsteren Kessel und bereitete sich ein Scherbett aus Gift. Sie fühlte, dass sie am Ende des Weges und am Ende ihres Lebens angekommen war. Ihr Hochzeitsscherbett war granatrotes Gift.

Muradhan, dem der Befehl gebracht worden war, an jenem Abend den schönsten Tanz zu tanzen, ließ sich für einen Dolchtanz zwei Dolche schleifen.

Als die Nacht hereinbrach, spürten nur die beiden die Trauer der Hochzeit. Mitten in dieser prächtigen Hochzeitsnacht machten beide ihrer Qual ein Ende, ohne voneinander zu wissen.

Vor seinen lockigen, schwarzen Bart hatte Muradhan, als Freudenbotschaft des Todes, einen violetten Schleier gehängt. Eine violette Brautkrone trug Selvihan im Haar. Mit traurigen Augen nahmen sie Abschied voneinander, ohne zu ahnen, dass es der letzte Abschied war.

In der vierzigsten und letzten Nacht, als das Brautgemach schon geschmückt war, schluckte Selvihan im Trubel des Festes ihr granatrotes vergiftetes Scherbett wie eine verwundete Gazelle. Schluck für Schluck. In ihren Augen spiegelte sich wirbelnd, messerschlank Muradhan. In ihrem Kopf drehte sich alles, von Muradhan, vom Gift … Von der Reise in den Tod, zu der sie aufgebrochen war.

Als der Tanz zu seinem Höhepunkt gekommen war, zog Muradhan aus seinem feuerroten Leibgurt den goldenen Dolch und erstach sich selbst.

Die eine sank betäubt durch granatrotes Gift zu Boden, der andere stürzte, blutend aus der tödlichen Dolchwunde, zu Boden. Die eine hier, der andere dort. In die Mitte fiel – woher, weiß niemand – ein Oleanderzweig.

Die Hochzeit im Kristallpalast war der Tod.

Der Mond ging unter.

Die Sonne zerschmolz.

Die Platane wurde gefällt.

Der Kristallpalast konnte nur als Legende weiterleben. Hier war eine Hochzeit mit dem Tod gefeiert worden. Nach und nach verfiel er. Das Gift war stärker gewesen als seine Mauern, aber auch das war nur ein granatrotes Märchen. Niemand würde das Märchen kennen, niemand es erzählen. Unter all den großen Epen floss es dahin wie ein geheimer Fluss.

Und doch hat es eines Tages jemand erfahren und ans Licht gebracht.

Der Großwesir und sein Bote

Erstes Sandorakel
Sein Tod blieb hinter einem Vorhang von Geheimnissen verborgen. Er wurde in den unterschiedlichsten Erzählungen überliefert und scheint wie ein unergründliches Rätsel, das kein Historiker je wird lösen können. Was davon übrig blieb, danach, gleicht Münzen, die man in der Erde findet. Sie glänzen, aber sprechen nicht.

In diesem Reich, wo Väter ihre Söhne erdrosseln ließen und Söhne ihre Väter vergifteten, war der Tod ein dunkler, fest verschlossener Kasten, von dem niemand wusste, wer ihn wann als nächstes öffnen würde.

Wie alles hinter den dicken Mauern des Palastes, in dem die höfischen Cliquen in ständigem Aufstieg und Niedergang den Thron umkreisten und sich gegenseitig nach dem Leben trachteten und in dem das Schicksal nach den Zahlenwerten des arabischen Alphabetes berechnet wurde, sorgte der Tod eines Sultans, der plötzlich ohne ersichtlichen Grund starb, unweigerlich für Gerüchte. Gerade da man so sehr daran glaubte, so sehr glauben gemacht wurde, dass angesichts der erhabenen Würde des Sultans der Tod zur vorherbestimmten Stunde ihn nie treffen würde.

Als der Großherr sich mit seinem Heer in Marsch setzte, wusste im Heer niemand, wohin der Feldzug führen würde. Sei es, weil der Großwesir mit den langen Beratungen, die früher vor den Feldzügen und den Belagerungen abgehalten wurden, Schluss gemacht hatte oder aber dieses Mal auf keinen Fall wollte, dass jemand etwas erführe. Das Heer zog hinter dem Großherrn und seinem Geheimnis her.

Früher schon, erzählt man, sei es oft vorgekommen, dass dem Sultan sein Heer einfach folgte, ohne das Ziel des Feldzugs zu kennen. Das war nichts Neues. Es war eine Schutzmaßnahme. Denn das Land, dem der Feldzug galt, sollte nichts davon erfahren, sich nicht zur Verteidigung rüsten und seine Reihen nicht schließen können, erzählt man.

Spione und Geschichtsschreiber befassten sich mit Geomantik, lasen die Zukunft aus Linien im Sand.

Die Soldaten dachten, dass sie am unbekannten Zielpunkt des Feldzugs ohnehin in allen vier Himmelsrichtungen von Feinden umstellt sein würden. Auf ihrem Weg trieben sie wie auf einem dunklen Gewässer dahin. Die Welt, die sie umgab, war feindlich. Aber in welche Richtung führte dieser Feldzug überhaupt? Es war vielleicht eine Hinterlist des Schicksals, dass die Soldaten, die durch die Knabenlese rekrutiert worden waren und über ihre Herkunft nichts wussten, nun auch ihr Ziel nicht kannten. Die Knechte des Sultans – und jeder Einzelne in dieser allumfassenden Menschenmenge, die sich als Gemeinschaft der Gläubigen verstand – fühlten sich so verloren wie noch nie, weil sie alle gemeinsam dieser Ungewissheit ausgeliefert waren.

Je weiter sie voranmarschierten, desto mehr Vermutungen kamen in Umlauf, und als dann die Täuschungsmanöver und Umgehungsbewegungen vorüber waren, begann das Heer angesichts der aufeinander folgenden Stationen und Landschaften langsam zu begreifen, wohin es zog. Die Prophezeiungen aufgrund der Gestirne hatten ein Ende. Der Nebel verzog sich, die unverkennbare Silhouette des Feindes tauchte auf, gewann Gestalt. Mit dem Gebetsruf am frühen Morgen hatte der Feldzug endlich Sinn und Ziel bekommen. Nun war nicht mehr die ganze Welt Feindesland. Die Menschenmenge fühlte sich nicht mehr einsam, sie fühlte sich wieder heimisch in ihrem Gewimmel.

Der ausgestreute Sand wurde wieder eingesammelt, das trübe Wasser klärte sich.

Was danach kam, hat so mancher heimische und fremde Geschichtsschreiber auf seine Weise überliefert: Der Feldzug, mit unbekanntem Ziel begonnen, kam auf dem Marsch, nicht weit vom Ausgangspunkt, zum Stehen.

Der Feldzug galt der Eroberung Ägyptens, hieß es. Das war die am weitesten verbreitete Erklärung. (Den Schlüssel für Ägypten sollte erst sein Enkel erringen.) Ein Feldzug nach Rhodos, hieß es. (Aber dieses eroberte erst sein Urenkel.) Die Version, dass man gegen Venedig zog, war die schwächste und verschwand wieder.

Die düsterste unter allen Versionen wurde nur in dunkler Nacht erzählt, sie ging als wisperndes Gerücht durch die Seitengassen und endete als flüchtige Notiz in den Heeresberichten der Chronisten. Sie war die letzte und war geheim. Dieser Feldzug gelte einem der Thronerben, dem erstgeborenen Prinzen, und dieser Sohn habe durch seine Spione und Spitzel im Palast Route und Ziel des Feldzugs erfahren. Ein Meister des Giftmischens, habe er seinen Vater töten lassen, bevor noch der Feldzug richtig begonnen hatte, hieß es.

In den Gerüchten, die über den Giftmischer erzählt wurden, spielten Venezianer und Juden eine große Rolle. Sannen die Venezianer nicht auf Rache, seit mit Byzanz die letzte Feste der Christenheit im Osten in die Hand der Osmanen gefallen war? Hatten sie nicht gelobt, den Sultan zu vergiften? Dieses Mal waren sie erfolgreich gewesen, hieß es …

Waren die beiden Ärzte des Großherrn nicht vom Judentum zum Islam konvertiert? Eine Zeit lang richtete sich der Argwohn denn auch auf die jüdische Gemeinde. Doch diese Gerüchte ließen sich von den Geschichtsschreibern mit Leichtigkeit widerlegen und hatten nicht weiter Bestand.

Das Rätsel blieb ungelöst, und solange es ungelöst bleibt, wird man über die Herkunft des Gifts streiten.

Von allen Versionen hielt sich diese: Der Feldzug galt Ägypten, und der Erstgeborene war der Giftmischer.

Auf einer Landkarte des Todes waren die Reiche und Territorien verzeichnet, über die der Giftmischer herrschte.

Der Schierlingsbecher kreiste. Toxikum. Von einer Hand zur anderen ging der Trank, in dem der Tod lauerte. Eines Tages wird durch die Hand von irgendjemandem ... An welchem Tag? Durch wessen Hand?

Das Sandorakel wies auf den Sohn.

Geflüster machte in den dunklen Gängen des Palasts die Runde, Schatten huschten zwischen den Säulen dahin, raschelnde Säume schleiften über Treppenstufen, Lippen bewegten sich hinter Schleiern, die Ungewissheit brachte die Angst an die Macht, das Geheimnis wurde hinter vergitterten Erkern gehütet: So wurde das Unglaubliche glaubhaft und groß, und das Glaubwürdige schrumpfte, bis es bedeutungslos war.

Im durchdringenden Auge der Dunkelheit verwandelte sich jeder Fetzen Gewissheit zum Großereignis, doch schließlich wurde aus dem streng gehüteten Geheimnis eine berückende Geschichte, die sich in einem weiten Fächer entfaltete und ausfranste. Gesichtslose Stimmen raunten sich verstohlen das Unsagbare zu. Jeder war auf der Hut vor dem Dolch mit vergifteter Klinge, vor dem verräterischen Rascheln eines Seidengewandes, vor den Gesichtern, die hinter dem Geflecht der Haremsgitter halb verborgen und unkenntlich auftauchten, vor Krummsäbeln, die durch die Luft pfiffen, und schließlich drang die Nachricht durch die dicken Mauern des Palasts, über die hohen

Türme und streifte geduckt wie ein Dieb durch die Straßen der Stadt, ging von Mund zu Mund:

Das Sandorakel wies auf den Sohn.

Wie eine seit langem verschüttete und vergessene Geschichte wieder das Tageslicht erblickt, mit neuem Zauber aufstrahlt – das ist eine Geschichte für sich. Die erste Geschichte wurde durch ihre Fortsetzung bestätigt: Den Erstgeborenen, von dem es hieß, er habe den Großherrn vergiftet, holte Jahre später, noch tiefer im Land, in dem der Großherr vergiftet wurde, die zweite Geschichte ein. Auch er wurde durch das Gift seines Sohnes getötet. Mehr noch, es heißt, der Sohn habe ihn vom Thron gestürzt, ihn in die Verbannung geschickt, begnügte sich also keineswegs damit, ihn sogleich zu vergiften. So wurde das Gerücht, der Großherr sei vom eigenen Sohn ermordet worden, glaubwürdig. Der Sohn handelte wie der Vater.

So gab der Träger des Dolchs mit den zwei Klingen das Gift an den Nachfolger weiter. Das erste Bild des Sandorakels zeigte schon den Teufelskreis zwischen Vater und Sohn. Wo die beiden vergifteten Klingen zusammentrafen, bluteten die Spitzen der Macht. Der Kreis schloss sich.

Die Geschichtsschreiber zeichneten die Landkarten der Vergangenheit nach dem Bild ihrer Gegenwart. Sie fügten die halb versunkenen, versehrten, zerstreuten Scherben des Geschehens zusammen, ordneten sie neu, ohne zu wissen, welche Bedeutung sie in einer Welt von Angst, Gerüchten und Zauberei hatten. So sind sie, die Geschichtsschreiber. Zeichnen das Panorama von ihrem Standpunkt, wann immer sie in die Vergangenheit blicken.

Die Karte aber, auf der wir unsere Würfel werfen, weiß, dass die Geschichte ein Fantasiegebilde ist.

Unser Würfel zeigt immer die Zwei.

Wenn uns die Historiker die Vergangenheit erklären, erscheint ihre Ordnung makellos, Ursache und Wirkung sind endgültig und eindeutig verknüpft – kein Wunder, dass sie die Realität nie erschöpfend wiedergeben können. Ihre rekonstruierte Vergangenheit ist mausetot. Sogar die göttliche Gerechtigkeit bauen sie als Element der Zwangsläufigkeit in ihr Konstrukt ein. Dabei sieht doch jeder, wie oft die Scherben zerbrochener Tontöpfe durcheinander gebracht werden. Wer weiß, dass das Leben, die von Menschenhand geschaffene Ordnung, nie fehlerlos und widerspruchsfrei funktioniert, wer weiß, dass die einander ergänzenden Stücke nicht so leicht aufzufinden sind, wird an solchen Texten zweifeln. Sie erzählen von Verbrechen, deren Täter unbekannt sind. Die wahre Geschichte findet nur, wer die kühn konstruierten Kausalketten aufzubrechen wagt. Denn jedes Fundstück gewinnt nur im Koordinatennetz des unangreifbaren Textes seine Bedeutung. Nur in ihm erwacht es zum Leben. Sonst bleibt es wertlos.

Deswegen gleicht ein Text, in dem das historische Geschehen lückenlos rekonstruiert ist, einem perfekten Mord. Beide haben nichts mit dem Leben gemein. Die Zeugen und Beweise sind in ihnen selbst verborgen. Als seien sie tief im Wasser versenkt, modern sie in einer anderen Atmosphäre und zersetzen sich.

Mit dem ersten Sandorakel beginnen wir eine Geschichte, von der wir wissen, dass kein Sandorakel sie aufklären kann. In der Gewissheit, dass sich die Wahrheit in keinem Buch finden lässt, da keines alles in Betracht ziehen kann, sagen wir: Sie fehlt auch in dieser Erzählung.

Unser Würfel zeigt immer die Zwei.

In diesem Imperium der Männer, die ihre absolute Macht auf den Tod und das Geheimnis gebaut haben, die selbst hin und her gerissen, ja völlig aufgerieben sind zwischen der Anziehungskraft des Todes und der Liebe zu Vätern, Söhnen, Brüdern, die an sich selbst und an die Macht gekettet sind – in diesem Imperium sehen wir zwei Männer: auf jeder Seite des Würfels und im Bild des Sandorakels dieser Erzählung.

Wir schauen von der Warte der Dichtung und aus der Sicht der in feinen kalligraphischen Sülüs geschriebenen Seiten der Geschichtsbücher, die nur mit dem Herzen gelesen werden können, aus den Sandkörnern, die wir über sie gestreut haben, damit die Tinte trockne, und aus dem Rieseln der Sanduhren, von allen Seiten, von hier und dort.

Wir schauen auf jenen milden Aprilmorgen.

Wir lesen: Auf die riesigen Zelte, die auf jener Wiese, die man Hünkârçayırı nennt, an jenem Tag plötzlich errichtet worden waren, auf die Nomadenzelte, die sich wie Rabenflügel ausspannten, auf die aufgestellten Prachtzelte blicken auch wir mit Erstaunen.

Unser Würfel zeigt immer die Zwei.

Zwei Mal saß er auf dem Thron.

Für seinen Tod gab es zwei mögliche Ursachen. Starb er an der Krankheit, oder starb er am Gift? Er hatte zwei Ärzte. Welcher von beiden vergiftete ihn? Er hatte zwei Großwesire, der eine kam aus der Familie der Karamanlı, der andere kam aus der Knabenlese. Dann zwei Söhne …

Der eine war der Erstgeborene. Der andere im Kaftan geboren.

Sein Leben gründete auf einem unerklärlichen Mechanismus, der keinen Platz für irgendwelche Spekulationen ließ. Lange hatte er auf dem Thron, den ihm sein Vater hinterlassen hatte, geherrscht, er hatte eine Epoche begründet und eine Epoche abgeschlossen. Jetzt knüpfte er wie jeder Greis seine Hoffnung an die heilenden Arzneien der Ärzte. Der dünne Faden, an dem das Leben hängt, ist seit jenen Tagen derselbe geblieben.

Die Einsamkeit an der Schwelle des Todes ist immer dieselbe Einsamkeit; ob in dem Prachtzelt eines Herrschers, der zu einem Feldzug aufbricht, oder in einem beliebigen Zimmer unserer Tage – überall begegnet uns derselbe Tod.

Zu den Unbekannten des ersten Sandorakels gehörten der Feldzug des Großherrn und dessen Ziel, die Herkunft des Gifts, der Eingriff des Arztes und die Zukunft des Reiches.

Zweites Sandorakel
Hinter Üsküdar, bevor man nach Gebze kommt: Hünkârçayırı liegt in einer weiten, grünen Ebene. Nur die Stimme der Natur, sonst kein Laut. Sogar wie das Wasser unterirdisch plätschert, hört man in dieser Stille, wie die Erde langsam aufplatzt, wie die Wurzeln sich verästeln, wie die Ameisennester umziehen, wie die Vögel ihre Flügel schütteln.

Am Morgen beim Bad in den lauen Strahlen der Sonne verwandelt sich alles in eine Zeremonie von Farben und Gerüchen. Im fruchtbaren Schoß der Natur zeigen sich sorglos, beschützt vor der Wut des Sommers, tausenderlei Blumen, Käfer, Vögel, Schmetterlinge. Eine milde Brise fährt durch die miteinander tuschelnden Gräser, mit leisem Prasseln tropft der Tau auf die Pflanzen. Die Feldblumen kleiden sich in tollkühne Farben. Der aus den tiefen Adern der Erde ausströmende Dampf breitet einen feinen Schleier über alles. Am Hügel gegenüber lassen die Schneidegräser sirrendes Pfeifen hören, während sie sachte wachsen und wehen.

Später verstummt alles, wieder verbirgt sich die Natur hinter ihrem laut dröhnenden Pulsschlag. Sogar die Vögel und die Schmetterlinge.

Nur ein paar Jäger sind vor Tagesanbruch vorbeigezogen,

mit einem Falken auf dem Arm und erwartungsvoll den Himmel absuchend. Jetzt bewegt sich kein Wesen mehr auf diesem Pfad. Ein vergessener Bergweg, einsam und schmal. Die alles erdrückende Lautlosigkeit unterstreicht die Bedeutung dieses Tages. Ein Ort mit magnetischer Anziehungskraft sollte im Lauf der Geschichte dieses Wiesenpanorama werden. Hier würden sie auf und ab schreiten, unablässig, immer wieder hierher zurückkehren, die Historiker. Um Spuren zu suchen.

Dieses herrenlose Stück Natur blieb nicht lange unberührt, dieser einsame Aprilmorgen dauerte nicht lange. Noch am Nachmittag lag das Wiesenpanorama in tiefer Verlassenheit, nur Insekten störten zwischendurch hier und dort mit einem Zirpen die Stille, um danach alles in einer noch tieferen Lautlosigkeit zurückzulassen.

Doch dann zog plötzlich eine riesige Staubwolke von Üsküdar her näher, und eine brodelnde Menschenmasse fiel über die Wiese herein. Die erst zum Himmel wallenden Staubwolken legten sich über das Feld wie ein Albtraum. Erdfarbene Schleier verhüllten alles ringsum. In dieser zähen Staubschicht rückten die Quartiermeister des Heeres heran, als halte mit ihrem Einmarsch die Geschichte hier Einzug. Sie erschütterten jeden Ort, durch den sie zogen.

Blumen wurden niedergetreten, Schmetterlinge aufgescheucht, Vögel flohen. Riesige Ballen wurden von den Maultieren, von den Pferden mit Geschrei heruntergelassen. Allenthalben grob eingeschlagene Pfähle, riesige, bald aufgerichtete Zelte verwüsteten das einsame, weite Grün, den Frühling, den April. Großer Lärm breitete sich aus. Riesige Vögel mit weiten Flügeln hatten sich auf dem Feld niedergelassen und blickten mit Unheil verkündenden Augen in die Runde und in die Zukunft.

Dieser Ort sollte nun für Jahrhunderte, bis heute, nur noch als Hünkârçayırı – »Feld des Großherrn« – bekannt sein.

Denn am späten Vormittag des folgenden Tages erhoben sich nochmals Staubwolken auf dem Weg von Üsküdar her. Reiter, Angehörige der Leibwache, Irreguläre, Artilleristen, Janitscharen zogen nacheinander Regiment für Regiment auf das Feld. Ihre zwischen den erdfarbenen Wolken hervortretenden, verschwommenen Silhouetten vermischten sich mit der Menschenmenge, die bereits auf der Wiese lagerte.

Und schließlich der Großherr in seiner Sänfte. Die Vorhänge waren geschlossen. Er stand unter strengstem Schutz. Die Soldaten empfingen ihn zum Klang des Çepük, zerstreuten sich kurz darauf aufgrund eines vom Großwesir verlesenen Befehls wieder und verzogen sich für die Nacht in ihre Zelte. Der Großwesir dachte, dass ihm sein erster Schachzug gut gelungen war.

Die Rossschweife, die Freudenboten des Feldzugs, waren von Istanbul ans anatolische Ufer übergesetzt und wehten zunächst in Üsküdar. Sie waren mit Pomp vom Palast verabschiedet worden. Paukenschläge hatten Erde und Himmel vibrieren lassen. Der Feldzug hatte offiziell begonnen. Der Krankheit hatte der Großherr weiter keine Bedeutung beigemessen, oder er war, da er dem Feldzug sehr große Bedeutung beimaß, darüber hinweggegangen. Von den Großwesiren hatte er einen im Palast gelassen (den aus der Knabenlese); den anderen hatte er mit sich, mit in unsere Erzählung genommen.

Später wurde in Hünkârçayırı auf Befehl des Großwesirs, obwohl der Ort zunächst nicht als Rastplatz vorgesehen war, die Traglast abgeladen, wurden Zelte aufgestellt. Das geschah, weil der Großherr in Üsküdar krank geworden war und sein Zustand sich in Maltepe verschlechtert hatte. Dieses Ereignis zu Beginn eines Feldzugs und mitten unter den Soldaten hatte eine sehr schwierige Situation heraufbeschworen. Der Sultan war schwach, brauchte Pflege, seine Krankheit verschlimmerte sich mit beängstigender Geschwindigkeit. Für einen Sultan, der zu einem Feldzug aufbrach, war das kein gutes Zeichen; es stellte seine Übermenschlichkeit infrage. Seine Ärzte hatten empfohlen, nicht zu Pferd, sondern im Wagen in den Krieg zu ziehen. In den Beinen, in den Gelenken hatte er die Gicht. Wie sein Vater. Er hatte die fünfzig überschritten. Wie sein Vater damals. Er hatte bisher nie mit dem Tod gerechnet. Auch wenn sein Vater an dieser Krankheit gestorben war. Dass er nun zwischen Tod und Krieg stand, wusste vielleicht nur er allein, angesichts dieser unglaublich schnellen Verschlimmerung der Krankheit.

Die Geschwindigkeit, mit der die Krankheit voranschritt, stürzte den Großwesir in Zweifel, nahm ihm den Mut. Im Namen des Großherrn gab er Befehle, verschickte Anordnungen, handelte strenger als sonst; so bemühte er sich, die Krankheit und Kraftlosigkeit des Sultans zu verbergen, sein Fehlen sollte nicht auffallen. Seit zwei Nächten hatte der Großwesir nicht geschlafen. Der Weg hatte noch kaum begonnen, da zeigte sich schon eine Gabelung. Er spürte es. Das Schicksal verzweigte sich. Noch weilte die Seele des Sultans in dessen Leib, da war er schon gezwungen, Entscheidungen zu treffen. Einerseits fiel ihm das schwer, andererseits durfte er nicht davor zurückschrecken. Vielleicht auch war ihm der Gedanke, Reiter vorauszuschicken, schon zu dieser Zeit in den Sinn gekommen. Ein Staatsmann muss in jeder Lage mit Verstand und Mut vorgehen.

Es wurde befohlen, in der Mitte der Wiese das großherrliche Zelt aufzustellen. Dem Umkreis des roten, mit Goldstickereien verzierten Zelts des Großherrn durfte sich außer den engsten Vertrauten niemand nähern. Sogar als er aus der Sänfte ins Zelt eintrat, bewegte er sich hinter Vorhängen aus Kaschmir, die zwischen Sänfte und Zelt gespannt waren. Diese Vorhänge waren auf Befehl des Großwesirs angebracht worden. Niemand sollte den hilflosen Zustand des Großherrn sehen. Die Knechte und die Soldaten durften von der Krankheit, der Kraftlosigkeit, nichts erfahren.

Das Heer war aufgrund dieser unerwarteten Ereignisse recht unruhig. Man fragte sich, was geschehen war. So viele Tage hatten sie nun schon das Antlitz des Großherrn nicht mehr gesehen. Er war immer hinter zugezogenen Vorhängen. Es entging ihnen nicht, dass die eilends aus Istanbul herbeigerufenen Ärzte im Zelt des Großherrn ein und aus gingen, und das deutete auf nichts Gutes hin. Aber was die Ärzte dem Großwesir bedauernd sagten, war immer dasselbe: dass sie ihn zur Ader gelassen hatten, dass sie ihm Heilmittel gegeben hatten, aber dass sie noch kein Zeichen der Besserung hatten feststellen können.

Durch das Zeltlager ging besorgtes Flüstern.

Der Großwesir spürte die ganze Last des Staates auf seinen Schultern. Diese Hilflosigkeit hatte ihn früher schon oft überfallen. Jedes Mal aber hatte er sich bald beherrschen können und mit schnellen und unbeirrbaren Entscheidungen die Oberhand gewonnen. Aber dieses Mal hatte die Hilflosigkeit ihn unversehens gepackt und hatte ihn fest im Griff. Daran zu denken, was nach dem plötzlichen Tod des Großherrn alles geschehen könnte, versetzte ihn in Ohnmacht. Er war der ruhmvollste Herrscher in der Geschichte des Reiches, er hatte eine Epoche beendet und eine neue begründet. Aber in seiner Zeit hatte auch der erste Janitscharenaufstand stattgefunden. Die düstere Menschenmasse da draußen war ihm nicht geheuer. Aus diesen Männern wurden in schwierigen Zeiten Plünderer und Marodeure. Sie waren bereit, jede Schuld auf sich zu laden, da sie wussten, dass sie bei der nächsten Thronbesteigung begnadigt würden. Heute war er die rechte Hand des Sultans, der erste Großwesir des Reiches, aber morgen konnte er mit der Leiche des Sultans im Arm hilflos dastehen wie ein gewöhnlicher Mörder an der Leiche des Ermordeten, ohne zu wissen, was er tun sollte.

In der Anarchie, die andauern würde, bis ein neuer Osmanenspross (der Erstgeborene oder der im Kaftan Geborene) käme und den Thron bestiege, würde er nicht mehr ein noch aus wissen. Er fürchtete, in Lähmung zu erstarren. Die Kompassnadel seines Verstandes war nur auf jene Zeiten geeicht, in denen er die Oberhand hatte. Er hatte sich noch nie so hilflos, so unfähig gefühlt. Inmitten dieser von düsterem Geflüster vibrierenden Zelte, dieser brüchigen Stille blieb ihm nur zu hoffen, dass der Großherr nicht starb. So wie dieses Zelt auf der mittleren Zeltstange ruhte, hielt dessen Leben das gesamte Reich aufrecht. Sein Tod gefährdete alles.

Der Großwesir hatte nie zuvor so stark gespürt, wie eng seine Existenz an den Großherrn gebunden war. Er hatte es selbstverständlich gewusst, aber es war trockenes Wissen gewesen. Jetzt brannte es als heftiges Gefühl in seinem Fleisch, hing als Gewicht unsichtbarer Ketten um seinen Hals. Etwas wie Zorn erfasste ihn. Er dachte, dass er nie mit der Knechtschaft zurechtgekommen war. Dies hatte schließlich auch jener erkannt. Der Großherr. Vielleicht hat er ihm deshalb seinen Schutz angedeihen lassen? Vor dem Argwohn der anderen, vor ihren Bedenken, vor ihrem Zorn hat er ihn vielleicht aus diesem Grund in Schutz genommen. Vielleicht liebte er ihn sogar.

Der Großwesir bereitete sich mit einem hoffnungslosen Flehen in seinen großen, tief in ihren Höhlen liegenden Augen auf eine weitere schlaflose Nacht vor, die er zu Füßen des Sultans hockend verbringen würde.

»Wir haben unserem Körper zu viel zugetraut, Herr«, flüsterte er. »Vielleicht stirbt deshalb er vor der Zeit.«

In der Dunkelheit der Nacht flackerte dieses mit bunten Bändern und goldbestickten Borten geschmückte Zelt wie eine rote

Flamme. Wusste es, wie viele Nächte Schlaf auf dieser vergänglichen Welt dem Wanderer, der seine Pranke nach allen Ländern der diesseitigen Welt ausgestreckt hatte, noch vergönnt waren?

Der Großwesir schaute wie ein verlorenes Kind in die Augen des Großherrn, die dieser wie ein mit dem Tod ringender Adler halb geschlossen hielt. Er schaute, als wolle er in diesen Augen, in diesem Gesicht die Zukunft des Reiches und sein eigenes Schicksal erkennen.

Wie vor einem umgeworfenen Schachbrett.

Er stand am Scheideweg einer Epoche.

Er schaute nach rechts, nach links, zum Himmel. Zur schwarzen Kuppel, gestanzt von Sternen, zur Unendlichkeit des Himmels, zum Seidentuch der Nacht, an das alle mit dem Schicksal verknüpften Geheimnisse gehängt sind. Zu den schlafenden Zelten, auf den Weg, auf die Wege, auf seine Fußspitzen …

Ein paar Mal wippte er auf seinen Füßen. Durch die Anspannung der Beine wollte er das Zittern in seinen Knien unterbinden, sich festigen. Er bemühte sich, den Boden unter seinen Füßen zu spüren und sich so seiner Existenz zu versichern. Er lauschte dem Ein- und Ausströmen seines Atems. Dem Anschwellen und Zusammensinken seiner Brust. Er versuchte, seine Aufmerksamkeit auf kleine Details zu lenken, um die Verantwortung an dem Scheideweg, an dem er stand, zu vergessen. Er musste unbedingt seine Kräfte sammeln. Er überließ sich dem Fluss der Gedanken. Dem Sprühregen der Assoziationen. Er löste sich auf, wurde davongezogen, schwebte jetzt durch die Zeiten wie ein Fetzen Tüll. Da waren wieder die Turkmenenzelte seiner Kindheit … Die Bergblumen, die im Sternenregen atmen … Die Bergwinde … Schellenklang dringt an seine Ohren … So viel Geborgenheit ist in diesen Erinnerungen, so viel Ruhe und Kräftigung in dieser verborgenen Welt. Freie, sorglose, unbekümmerte, wilde Tage …

Danach bemühte er sich, die zerstreuten Gedanken wieder zu sammeln, gelassen zu werden, so klar wie eine Schale mit Wasser. Keine Erinnerung, kein Gefühl, überhaupt nichts durfte ihn jetzt durcheinander bringen. Er musste alles bis ins kleinste Detail kalkulieren, jeden Schritt mit Vorsicht tun. Ganz wie ein Seiltänzer. Ein winziger Fehltritt, und alles war verloren. Die Vergangenheit galt nichts mehr, sie war belanglos geworden wie ein Purzelbaum im luftleeren Raum. Dass zwischen diesen im milden Nachtwind flatternden Zelten unzählige Spione mit scharfen Augen und gespitzten Ohren lauerten, dass alle um dieses rote Zelt wie argwöhnische Hyänen kreisten, wusste er sehr gut. Er hörte seinen Puls schlagen, seine gepressten Atemzüge. Das Heer brodelte wie Lava, bereit zum Ausbruch. Jeder hatte nur einen Gedanken: Würde hier, an diesem Ort, in dem Vakuum des Machtübergangs von einem Sultan zum anderen, das große Plündern beginnen? Keiner fand Schlaf.

Er fürchtete, im Sturm seiner Gedanken unterzugehen. Sein eigener Gefangener zu werden. Dass die Festungstore, die er so lange verteidigt hatte, die er mit seiner ganzen Kraft verschlossen gehalten hatte, sich mit einem Mal weit öffnen würden. Dass seine ermüdeten Arme mit dem Streitkolben zu Boden sinken würden.

So leicht wie eine Feder, so schwer wie Blei. Er fühlte sich in die Enge getrieben, in der Enge zerrieben. Wie das Beutetier in der Falle, dem nichts bleibt, als auf seinen Jäger zu warten. Die Zeit verstrich qualvoll langsam. Mehr Zeit, das vor allem brauchte er jetzt, und gleichzeitig wünschte er sich, es sei bereits alles vorbei.

Die Zeit ist jetzt eine Feder, ist jetzt Blei. Er stand mitten in einem Labyrinth, suchte den Weg ins Freie. Wohin den nächsten Schritt setzen, was tun, um sich aus der Falle dieser plötzlich entstandenen Situation zu retten? Er wusste natürlich, dass es nicht nur um seine eigene Rettung ging. Er war ja auch ein Staatsmann am Scheideweg des Reiches, ein Entscheidungsträger, nicht bloß dieser um sich selbst bangende Schatten, der unterm flatternden Rossschweif stand, während der Nachtwind mit den Troddeln und Bändern des Zeltes spielte. So viele Widersprüche in diesem Reich … Er kam sich in dieser nächtlichen Szene merkwürdig vor. Er sah sich selbst wie von außen, als ob er ein anderer wäre. Das war ganz ungewohnt. Als würde er auf einmal in der Mitte entzweigerissen. Als spalte ihn die Angst mitten entzwei. Verdopple ihn. Er geriet in Panik. Er wollte ein anderer sein. Nicht mehr eingesperrt in diesen Käfig seines Körpers. Nicht hier, dort möchte er sein. So fern wie die Sterne möchte er von allem sein.

Doch er steht genau im Mittelpunkt von allem.

Er ganz allein wird jetzt im Geschichtsbuch des Reiches die Seiten umblättern. Dieser Augenblick ist so bedeutungsschwer, das erfüllt ihn mit Angst und Erregung. Er lässt die Schultern hängen, die Sterne verdunkeln sich.

Er denkt an den Toten da drinnen. Der jagt nun niemandem mehr Angst ein. Kein Wort kommt mehr über seine Lippen. Kein Machtwort mehr, das so vielen Menschen Leben schenkte und so vielen Menschen Leben nahm. Auch das Machtwort ist tot. Niemand, der ihn jetzt sieht, wird mehr seinen Nacken vor ihm beugen.

Aber die Leere, die der Tote hinterlassen hat, wird sich ausbreiten in dieser Nacht, hinaus ins Reich und nach und nach über die ganze Welt. Er versucht, seine aufeinander prallenden Gefühle zu ordnen. Die ständig explodierenden Funkenherde bringen in seinem Hirn so viele Dinge auf einmal in Bewegung, dass er sich belagert fühlt, von allen vier Seiten umzingelt. Er muss sich beruhigen. Die Zeit in den Griff bekommen. In sich selbst Platz nehmen, seinen eigenen Rhythmus an den Rhythmus der Zeit anpassen. Alles könnte gelingen, wenn ihm das gelänge. Mit heiserer Stimme flüstert er: Er ist gestorben. Seine eigene Stimme dringt ihm wie eine fremde ins Ohr. Er zuckt zusammen. Bitterkeit legt sich wie eine schwere Last auf sein Herz. Die Wirklichkeit packt ihn mit ihrem ganzen Schrecken. Er denkt: So leicht wie bisher wird nie mehr etwas sein.

Zeit, die richtige Waffe zu wählen, denkt er.

Nicht der entseelte Körper, sondern der verwaiste Thron beschäftigt ihn jetzt. Diesen Körper, in dem nur der Tod zurückbleibt, der starr wird, erkennt er kaum wieder. Eine so unaussprechliche, eine so fremde Sache ist er schon jetzt. Ein sich langsam leerender Körper. Eine langsam schwindende Seele. Ganz sachte und langsam wie ein Leuchtturm erlischt dieses leuchtende Antlitz. Der Tod hat den Großherrn in einen gewöhnlichen Leib verwandelt. Was ist entschwunden? Was ist zu den blinkenden Sternen über diesem Zelt aufgefahren? Er, der bisher an der Spitze des riesigen Reiches stand, liegt nun leblos, flach ausgestreckt im Zelt. So wie alle Toten, die er bis zum heutigen Tag gesehen hat. Vielleicht ist dies das Unglaubliche, nur das. Es fällt so schwer, an den Tod des Sultans zu glauben. Der Tod lässt uns, indem er alles gleich macht, den Schmerz über die zu Lebzeiten verpassten Gelegenheiten und Möglichkeiten erleiden.

Dieser leblose Körper weckt tiefe Traurigkeit, aber auch ein Gefühl der Befreiung. Dieses Gefühl entdeckt er beschämt in einem ihm selbst unbekannten Winkel seines Herzens. Ob er den Großherrn liebte, ob er ihn wenigstens einmal irgendwann geliebt hatte? All dieses Grübeln muss einen Grund haben; dass solche nächtlichen Gedanken über die Liebe in dieser so hoffnungslos verknoteten Situation hereinbrechen, muss einen Grund haben. Der Tod des Großherrn hat verschüttete Erinnerungen aufgescheucht. Nicht nur Probleme im Staat, sondern auch so viele persönliche Empfindungen, er nimmt es erschüttert und beunruhigt wahr. Je mehr er in sein Inneres blickt, umso mehr erschreckt ihn, was er dort entdeckt. Er fürchtet sich, weil er sich selbst so lange Zeit so fremd geblieben war. Weil plötzlich eine zweite Person in seinem Inneren auftauchen und nach und nach seine ganze Persönlichkeit erobern konnte. Kurzum, vor sich selbst fürchtet er sich.

Er fragt sich aber auch, ob er mit alldem nicht wertvolle Zeit verliert. Denn sein benebelter Verstand sagt ihm nur eins: Rette dich! Wenn ihn von draußen jemand sieht, darf kein einziges Haar seines Bartes zittern. Scharfsinn, Weitblick, kühles Blut, Gerissenheit, das wird er jetzt brauchen. Er muss zum Schweigen bringen, was in seinem Inneren wild durcheinander wirbelt. Er muss sich auf ein Spiel, ein schwieriges Spiel vorbereiten. Sein Bart zittert.

Er schuldete dem Großherrn so viel, sodass er fast etwas erleichtert war. Ja, es hatte keinen Sinn, es zu leugnen. Am besten gab er es zu. Wenigstens verringerte dieses Eingeständnis die Scham. Ihn, den Großwesir, den niemand, wirklich niemand liebte, hatte einzig und allein der Sultan geliebt. Der Großwesir wusste sehr wohl, wie sehr die Rekruten der Knabenlese ihn hassten. Denn er war Turkmene. Mit ihm war das Amt des Großwesirs zum ersten Mal von den Rekruten der Knabenlese in die Hände der Türken gefallen. Die turkmenischen Nomadenstämme in Anatolien, die türkischen Beys waren voll Freude. Die Unzufriedenheit der Janitscharen wuchs noch mehr. Die Macht und der Zorn der Janitscharen waren stets wie ein geheimer Fluss durch die Geschichte des Reiches geflossen. Aber die Befehlsgewalt des Großherrn überdeckte alles. Wie merkwürdig, dass auch der erste Janitscharenaufstand in die Regierungszeit des Großherrn gefallen war. Die Armee wurde immer gebändigt und gefürchtet. Vielleicht liegt in der Furcht, die der Befehlende vor dem Befehlsempfänger empfindet, immer die tiefsitzende Angst vor dem Ungewissen und Unbekannten. Denn was der Befehlsempfänger denkt und fühlt, bleibt verborgen, und in einem Augenblick der Schwäche kann er seine Waffe auch gegen den wenden, der ihn regiert.

Die Hand, welche die Zügel des Heeres führte, liegt nun tot im Zelt. Der sklavische Gehorsam hatte dem Großwesir Sicherheit gegeben, ihm Gefühle geschenkt, die ihm bis heute fremd waren, ja sein Sklaventum in Frage stellten. Alles verdankt er dem Großherrn. Seine Existenz, sein Leben, sein Amt, alles. Kann jemand, der so viel schuldig ist, wirklich geliebt werden? Er weiß es nicht. Kann ein Knecht wissen, ob er seinen Herrn liebt oder nicht? Wie viel von den Gefühlen, die man aus Hilflosigkeit empfindet, sind echt? Dass Schuld und Dankbarkeit oft in Hass und Feindschaft umschlagen, hat er aus den Erfahrungen anderer gelernt. Seine Gefühle für den Großherrn konnten natürlich nie so heftig werden; doch ein verborgener, unterdrückter Hass war jedenfalls vorhanden und regte sich immer wieder heimlich. Er hatte gelernt, mit diesem Gefühl in Frieden zu leben.

Die Liebe verwirklicht sich nur dort, wo sie möglich ist. Findet ihren Sinn, ihre Bestimmung. Die unmögliche Liebe inmitten von Ungleichheit schließt so viele fremde Regungen ein und verquickt sich mit ihnen. Die Leiche, die jetzt drinnen flach ausgestreckt daliegt, hat vielleicht die Schuld, die den Großwesir bedrückte, aufgehoben, die Last von ihm genommen. Deshalb lässt er jetzt seinen Empfindungen freien Lauf. Jetzt erst kann er sich fragen, ob er ihn tatsächlich geliebt hat oder nicht. Des Todes stumme Absprache begleicht alle Rechnungen. Ein Sklave diente seinem Sultan, doch mit dessen Tod wirft der Sklave seine Tarnung ab und zeigt seine wahren Gefühle. Der Tod fordert und ermöglicht das Geständnis.

Er steht am Scheideweg einer Epoche.

Er schaut nach rechts, nach links, zum Himmel.

Gleich weit entfernt zwei Prinzen wie zwei Sterne. Sie leuchten in der Leere der Nacht. Leeres Sternengeflimmer. Die Nacht, eine Frühlingsnacht. Ohne Mitgefühl für die Fährnisse des Lebens. Der Duft der Blumen und Gräser macht schwindlig. Zwei ferne Sterne stehen über seinem Kopf, der eine hier, der andere dort. In der Mitte steht er, der Großwesir. Wie auf ein Orakel, so schaut er lange zum Himmel. Welcher ist der künftige Großherr? Welcher Stern strahlt heller? Welcher ist glänzender? Alle Sterne strahlen. Der teilnahmslose Nachthimmel gewährt keine Hilfe. Niemand hilft. Vor dem Zelt, in der Nacht, aufrecht wie eine Lanze in die Erde gebohrt, steht er da. Schauen jetzt auch sie in den Himmel? Sehen auch sie aus ihren Höfen, wo sie auf ihren versilberten Betten, in ihren Daunenkissen ruhen, diese sternenklare Nacht? In wessen Auge fällt der Lichtstrahl seines Sterns? Welcher der beiden Sterne verschwindet in der Leere, im Nichts? Welcher der beiden Sterne, an denen ihr Schicksal hängt, zwinkert seinem Besitzer zu? Wessen Stirn und wessen Weg wird das Licht dieser Nacht erhellen?

Und an welchem Scheideweg stehe ich wohl? Er schaut zurück in die Vergangenheit des Reiches und erkennt, woher der Weg kommt, auf dem er steht. Wohin der Weg aber führen wird, dafür findet er bei den fernen, strahlenden Sternen, auf die er sein Auge gerichtet hat, keine Antwort.

Zwei Söhne, zwei Prinzen trachten nach dem Thron.

Für welchen fallen die Würfel, für welchen wird das Sandorakel sprechen?

Der Großwesir hatte sich für Konya entschieden. Das weiß schließlich jeder. Denn es ist bekannt, dass im Reglement des Hauses Osman im Beispiel für eine Prinzentitulatur der Name des in Konya weilenden jüngeren Sohnes des Großherrn genannt wurde und dass an dieser Erwähnung ganz sicher der Großwesir seinen Anteil hatte. Manche schließen daraus sogar, dass auch der Großherr den im Kaftan Geborenen des Thrones für würdig befunden hat.

Der Großwesir weiß, dass seine Herzensneigung und das Wohl des Thrones sich decken. Aber er denkt, beiden Söhnen müssen gleiche Rechte zugestanden werden, damit die Ordnung des Staates ins Gleichgewicht kommt. So sucht er denn zwei Boten und zwei Pferde.

Zwei Boten, zwei Pferde, zwei Wege in die Zukunft.

So gehört es sich, denkt er. An beide gleichzeitig einen Reiter entsenden. Zwei Söhne, der erste in Amasya, der andere in Konya. Der Thron darf nicht lange leer bleiben. Der Erstgeborene und der im Kaftan Geborene. Ihr Anspruch scheint gleich. Wer zuerst eintrifft, wird den Thron besteigen. Einer der Osmanensprosse muss einen Augenblick früher als der andere den Thron und die Spitze des Staates erreichen. Nur so kann die Beutegier dieser unheilvollen schwarzen Meute in Schach gehalten werden.

Der Staat braucht jetzt einen Herrn.

Er steht zwischen der Leiche des Großherrn und dem Thron.

Gleichzeitig will er auch für den Fall, dass die Seite unterliegt, für die er den Würfel wirft, seine eigene Zukunft sicherstellen. Mitten in diesem Durcheinander gehen einige kleine Rechnungen auch von selbst auf. Zum Beispiel: Welcher von den beiden Boten, die im selben Augenblick aufbrechen, früher sein Ziel erreichen wird, ist nicht schwer zu erraten. Dass Konya näher bei Istanbul liegt, korrespondiert aufgrund einer geheimen Gerechtigkeit mit der Nähe des im Kaftan Geborenen zum Thron, dessen Name sich in dem Beispiel einer Prinzentitulatur findet. Eine geheime Absprache mit dem Schicksal. Was auch immer das Ergebnis sein wird, einer von den beiden muss als Erster den Thron erreichen.

Der Staat braucht jetzt einen Herrn.

Er steht zwischen der Leiche des Großherrn und dem Thron.

Das Herz des Großwesirs schlägt für den in Konya weilenden, im Kaftan geborenen Prinzen, doch er weiß, dass er nicht das Recht hat, seine Wahl so offensichtlich zu treffen, dass er sich nicht vor den Staat stellen darf, dass der Staat unberechenbar ist. Er ist als Großwesir an den Staat gebunden, der Staat ist sein Weg, sein Schicksal und seine Zuflucht. Er ruft nach einem Herrn für das Reich und legt sich in dessen Hände. Um seine Redlichkeit zu beweisen, schickt er die Boten im selben Augenblick auf den Weg. Ohne einen Herrn ist er ein Nichts. Noch einmal und insgeheim wählt er die Knechtschaft. Der Gedanke, dass sie ihm immer ein Stachel im Fleisch gewesen sei, macht sich so schnell wie ein Schmetterlingsflügel davon. Er stellt fest, dass ihn als Staatsmann die Knechtschaft nie sehr beunruhigt hat, dass er hingegen deutlich mehr Verunsicherung gespürt hat, wenn die Rede von den Herzensneigungen oder gar von der Liebe des Großherrn war. Es erstaunt ihn selbst am meisten, dass sich die Liebe als so zentral im Leben eines Großwesirs erweist, der von niemandem geliebt wird. Er überlegt, ob hier sein zweites, geheimes Ich in seinem Inneren ein Spiel mit ihm treibt, ob er nach und nach den Verstand verliert. Die Frage, was der Großherr in ihm sah, beschäftigte ihn nämlich im Grunde schon seit langem. Nein, selbst jetzt lügt er, gesteht sich nicht die ganze Wahrheit ein. Was er rundheraus wissen möchte, war: Liebte der Großherr ihn wirklich, hatte sein Schutz, seine Protektion etwas mit Liebe zu tun? Er fürchtet, dass diese Fragen, deren Antwort er nie mehr erfahren wird, ihn überwältigen werden. Diese Fragen, die verboten waren, solange jener lebte. Was nützt es jetzt? Jetzt gibt es viel wichtigere Probleme zu lösen.

Er fühlt sich, als habe er hier vor dem Zelt, aus dem er herausgetreten ist, um etwas Luft zu schnappen, etwas sehr Wichtiges vergessen. Das Wichtigste.

Der Tote muss zunächst in den Palast gebracht werden. Wie auch immer, zunächst in den Palast. Natürlich weiß er, was für ein gefährliches Abenteuer das sein wird. Es bedeutet, auf einem über einem Feuer gespannten Draht zu balancieren, noch dazu mit einer solchen Last. Aber er weiß auch, dass es keine andere Möglichkeit gibt. Der Palast zieht ihn an. Die dicken Mauern, ein sicherer Ort, an dem rationales Denken, Geduld und Abwarten möglich sind. Ein Ort, der den Großwesir vor der Hilflosigkeit inmitten dieses von schwarzen Zelten umzingelten Platzes retten wird. Ein Ort, an dem Amt und Würde etwas gelten. Er sehnt sich nach der Sicherheit des Palasts. Zusammen mit dem Leichnam des Großherrn wird er im Palast jenen Prinzen erwarten, der zuerst am Ziel eintrifft. Er wird auf sein Schicksal warten.

Welcher Prinz wird ihn leben lassen? Wird von den Köpfen, die bei jedem Thronwechsel rollen, einer der seine sein?

Er steht zwischen der Ordnung des Staates und der Rettung seines Kopfes.

Zwischen dem Erstgeborenen und dem im Kaftan Geborenen steht der Thron.

Hier und jetzt, sagt der tote Großherr. Entscheide hier und jetzt.

In alle Richtungen schaut der Großwesir. Zum Himmel und auf die Wege. Hinter ihm ein Toter, vor ihm ein langer Weg. Alles überdecken die strahlenden und toten Sterne. Er steht an einem Scheideweg.

Einen einzigen Entschluss fasste er in jener kurzen Zeitspanne vor dem Zelt, aus dem er zum Atemholen herausgetreten war:

Er würde sich dem erhabenen Staat anvertrauen. Was er danach dachte und was er tat, war weder das Resultat eines Entschlusses noch ein klarer Gedanke. Es war im Kosmos der riesigen Leere, die dieser plötzliche Tod hinterließ, vielmehr ein auf kurze Distanz ertasteter Weg, den er aufgrund seiner Intuition einschlug. Er wurde von dem Sturm dieses Todes ohnmächtig mitgerissen, einem Sturm, der nicht nur in seinem Leben, sondern für das Reich, ja die Welt, enormen Veränderungen den Weg bahnen würde. Alles entwickelte sich aus eigenen Gesetzen heraus, ja, beinahe ohne sein Zutun. Nicht bewusst gefasste Entschlüsse lenkten ihn, sondern – in einem empfindlichen Gleichgewicht stehend – seine unglückliche geschichtliche Rolle und seine erbarmungslose Einsamkeit. Vielleicht findet sich auch darum bis heute keine richtige Erklärung für das Verhalten des Großwesirs. Als er die Entscheidung so traf, gab es allerdings etwas, das er nicht wissen konnte: dass er im Knoten der Tragödie erdrückt werden würde, dass er das erste, schwache Glied einer Kette von Niederlagen war und das erste Opfer werden würde ... Doch zu jener nächtlichen Stunde, als er vielleicht zum ersten Mal so tief in den Spiegel seines Inneren schaute, wusste er nicht, dass er am Rand des Abgrunds stand. Er suchte nicht nur einen Erben für den Thron, er suchte auch für sich einen Ausweg. Beherrscht von Angst, Verwirrung und Hilflosigkeit, blieb die Zukunft für ihn dunkel, und er ahnte nur vage, dass es eine andere Form der Existenz geben musste als die der Knechtschaft.

Seine Existenz und sein Leben verdankte er dem Großherrn. Während seines Wesirats hatte er sich viele Feinde gemacht. Das war das wichtigste Argument dafür, dass er den Toten dort drinnen nicht zu verantworten hatte. Die einzige Person, welche bei diesem Todesfall als völlig unschuldig gelten musste, war er selbst. Den Großherrn zu vergiften, das war ihm am wenigsten zuzutrauen. Im Hinblick auf den Tod des Großherrn war er für alle Zeiten blütenrein. Aber an den Ereignissen sollte das nichts ändern; er sollte der erste Großwesir der Geschichte sein, der von den Janitscharen gelyncht wurde.

Die Hellebardiere gaben den Weg frei. Als er das Zelt betrat, fühlte er sich wie ein Mörder, der an den Ort des Verbrechens zurückkehrt. Die Distanz bis zum Bett des Großherrn legte er wie gewohnt auf Zehenspitzen zurück. Er hoffte immer noch auf ein Wunder. Er zog die Tüllvorhänge auseinander. Der Großherr lag auf den Tigerfellen und den Seidenkissen mit nach hinten herunterhängendem Kopf, so wie er ihn zurückgelassen hatte. Ein letztes Mal schaute er ihm mit einem Gefühl, in dem eine Spur Hoffnung war, ins Gesicht. Wenn doch ein Zittern über sein Gesicht huschen würde, wenn er kaum merklich Atem holen würde, wenn er sich nach rechts oder nach links drehen würde, wäre alles ganz anders. Doch auf diesem Gesicht hatte sich der Tod breit gemacht. Damit seine Hände nicht zitterten, legte er sie auf den Großherrn. Zum ersten Mal berührte er ihn mit völlig anderen Gefühlen. Der Körper des Großherrn, der schon fast erkaltet war, beantwortete keine seiner Fragen mehr. Dieser Körper, aus dem die Lebenskraft gewichen war, hatte sich in eine Märchenzeit zurückgezogen, er war nun nichts anderes mehr als eine Haut, dem Tigerfell gleich, auf dem er ruhte.

Als der Großwesir den Tüllvorhang zuzog, hallte plötzlich die kräftige Stimme des Leibarztes in seinen Ohren: »Wir gehören Gott, und zu ihm kehren wir dereinst zurück ...«

Als die Stimme einsetzte, wurde ihm klar, dass er zu viel Zeit vergeudete. Es kam ihm vor, als sei die Zeit, die zwischen zwei Lauten verging, ein Jahrhundert. Und diese Worte trugen die Endgültigkeit des Todes in sich. Er musste sofort handeln. Dieses Zelt war der Mittelpunkt des riesigen Reiches, und er war darin eingeschlossen wie in einer Falle. Jetzt kam es nur noch auf eines an: Geheimhaltung ... Wie eine dichte Decke würde sie alle Widersprüche des Reiches verbergen. Das Wenige, was er, so zwischen Amt und Ohnmacht schwankend, sehen konnte, forderte von ihm die Schwärze der Geheimhaltung. Er ordnete seine Gedanken. Der Sturm der Gefühle hatte sich verzogen, sein Verstand war hellwach. Als Erstes und Wichtigstes musste er sicherstellen, dass niemand vom Tod des Großherrn erfuhr. Der Tod und der Tote mussten um jeden Preis verborgen werden. Also musste er den Toten heimlich in den Palast fortschaffen. Gleichzeitig musste er zu einem Trick greifen, um das Heer auf diesem Feld, in dieser Ebene zurückzuhalten. Bis einer der Prinzen als Erster kommen und den Thron besteigen würde, durfte das Heer sich nicht vom Platz rühren. Deshalb mussten die Prinzen auch so früh wie möglich herbeigerufen werden. Und alles musste in großer Stille und Heimlichkeit geschehen. Er spielte ein Spiel gegen das Schicksal, und er wollte dieses Spiel gewinnen.

Nun entwickelte sich alles sehr schnell und fast von selbst. Als setzte er, ohne zu stottern, ohne zu stolpern, Entschlüsse in die Tat um, die er längst getroffen hatte. Sogar er selbst wunderte sich über seine Schnelligkeit und Entschlossenheit. Das Bewusstsein, im Einklang mit seinen Aufgaben zu handeln, verlieh ihm Autorität. Wenn man ihn von außen betrachtete, zitterte nicht einmal sein Bart. Selbstvertrauen hatte sich eingestellt. Als ob sich alles erfüllen würde, wie er es hoffte und wünschte.

Im Hinblick auf die Leibwächter und den Serviettenwärter, die beide über den Tod des Großherrn informiert waren, waren Maßnahmen zu ergreifen. Beide wurden unverzüglich beseitigt. Die Leichen der beiden Diener, welche, außer vom Tod des

Großherrn zu wissen, keine Schuld auf sich geladen hatten, wurden vorerst, bis man sie bei Einbruch der Dämmerung vergraben konnte, unter Sitzmatten verborgen. Es kam ihm vor, als könne jetzt, da der Großherr gestorben war, jeder sterben. Mit einer perfekten Selbstverständlichkeit, zu der ihm die Gewohnheit verholfen hatte, konnte er jetzt jeden töten lassen, der vor ihn trat. Schon früher war er Zeuge von Hinrichtungen gewesen, hatte selbst einige Todesurteile gefällt, aber der Tod hatte in seinen Augen seit gestern Nacht eine andere Bedeutung gewonnen. Diese Befehle waren für ihn neu. Er würde seiner Angst und dem Gewissen nicht erlauben, Grenzen zu setzen. Er hatte nur einen Gedanken: Er musste siegen. Die Diener, die ihm nahe standen und denen er so viel Vertrauen schenkte, dass er sie vom Tod des Großherrn in Kenntnis setzte, würden, wenn nötig, die Ersten sein, die stürben. Dies waren die Regeln des Spiels. Er hatte sie nicht aufgestellt, und er weigerte sich, sich von ihren Widersprüchen und Härten aufhalten zu lassen. Er würde nicht einmal darüber nachdenken. Nur so konnte er den Weg, der zum Erfolg führte, einschlagen. Draußen würde jetzt gleich das Lager erwachen. Die Zeit wurde knapp. Sofort rief er die Träger. Die Sänfte wurde gebracht. Einige kaum verständliche Worte murmelnd, drängte er die Träger ins Zelt. Er sah, dass sie bleich wurden, als er ihnen sagte, sie sollten den Großherrn herrichten, als säße er. Den Tod sah er auch auf ihren Gesichtern. So völlig leer waren ihre Gesichter, dass er sie zu jedem Verzicht hätte überreden können. Mehr noch als Trauer sprach aus ihren ratlosen Mienen ein Bewusstsein gemeinsamer Verantwortung und Schuld. Jeder wusste, dass nun seine Zukunft ein unbeschriebenes Blatt war. Jeder wusste, dass er zu schweigen hatte wie ein Grab und dass er an dem, was nachher kommen würde, keinen Anteil nehmen durfte. Vor dem Zelt wurden wieder Kaschmirvorhänge zugezogen. Der Großherr wurde aufgerichtet, als säße er. Ein Brokatkaftan wurde ihm übergeworfen, die Vorhänge wurden halb offen gelassen, so war die Hälfte seines Gesichts und eine Hand zu sehen. Der Großherr spielte mit im Spiel seines Todes.

Der Großwesir merkte, dass das Spiel begonnen hatte und alle Wege zurück abgeschnitten waren.

Die Soldaten schliefen noch, als die Sänfte aufbrach.

Seine Hand schaukelte bei den ersten Schritten der Träger leicht auf und ab. Von weitem konnte man glauben, der Großherr grüße seine Soldaten. Die Hellebardiere gingen vor der Sänfte, eine Abteilung Janitscharen hinter ihnen. Der Großwesir ging links neben der Sänfte und beugte sich hin und wieder zum Großherrn, als ob er etwas sagte oder einen Befehl entgegennähme.

Er wirkte selbstsicher in seinem Spiel. Wenn er Erfolg hätte, würde die Reichsgeschichte voll Lob von ihm sprechen.

Dies war für den Großwesir der längste Marsch seines Lebens. Als ob man zur Seidenstraße aufgebrochen wäre. Sein Ziel war fern, die Rückkehr gar nicht abzusehen. Doch das größte Problem war, zwischen diesen schwarzen Zelten hindurchzuziehen. Was er fürchtete, war eingetreten: Er fühlte sich wie ein Seiltänzer. Ein Seiltänzer, der über dem Feuer balanciert. Jeden Augenblick konnte er in die Flammen stürzen. Schwarze Schatten tauchten vor einigen Zelten auf, in denen man erwacht war, schauten voll Besorgnis und Neugier auf die von bewaffneten Männern eng umstellte Sänfte und versuchten zu verstehen, was vor sich ging. In den Augen des Großwesirs vergrößerten sich alle ihre Bewegungen ins Unermessliche, schienen ihre natürlichen Bewegungen wie übertriebene Reaktionen.

Er hatte eine Erklärung verbreiten lassen: Der Großherr müsse im Hamam zur Ader gelassen werden und danach einige

Tage in Istanbul bleiben, um sich auszuruhen. Bis er zurückkehre, solle das Heer im Lager auf ihn warten und bei seiner Rückkehr den Feldzug fortsetzen.

Nach Ansicht des Großwesirs war das eine klare, verständliche Begründung, die keinen Argwohn erwecken würde. Wenn die Sänfte schaukelte, pendelte auch die Hand des Großherrn, als würde sie grüßen. Der Großwesir wurde in seiner Hoffnung bestärkt, dass wieder einmal alles wie gewünscht gehen würde. Er lächelte unbestimmt in die Runde.

Die Rekruten der Knabenlese hatte der Großwesir nie verstanden. Unter ihnen gab es ein ganz eigenes Gruppenbewusstsein. Das feindselige Verhalten, das sie dem Amt des Großwesirs gegenüber zeigten, bestätigte das. Nur weil der Großherr das Gleichgewicht wahrte und unerschütterliche Autorität besaß, waren mehrere gefährliche Situationen umschifft worden.

Im tiefsten Innern dieser Meute schlummerte Hass. Hass, der sich gegen die ganze Welt richtete. Als Kinder waren sie ihren Familien, ihrer Heimat, ihrer Tradition entrissen worden, an fernen Orten, im Osten, im Westen, im Süden, im Norden, rekrutiert. Auf Feldzügen wuchsen sie heran, standen im Krieg, bis sie ergrauten. Ihre tief sitzende Rachsucht, der grundlose Zorn brach in Zeiten eines Machtvakuums, wie beispielsweise während des Interregnums beim Tod eines Sultans, gewalttätig hervor. Dann gab es Raub, Plünderung, Zerstörung. Unaufhaltsame Zerstörung. Als seien ihr ganzes Leben, ihre Treue und aller Gehorsam nur auf diesen Augenblick gerichtet.

Er wusste, dass die Armee, die sich mit ihren unermesslich vielen Zelten in der Ebene ausgebreitet hatte und ihm in diesem Moment gegenüberstand, die beste Armee der Welt war. Das Osmanische Reich war, genauso wie das Reich der Mongolen, bevor es zum Staat geworden war, eine Armee gewesen. Die Regierungsgewalt wuchs aus dem Heer hervor, mit dem sie jahrelang identisch gewesen war. Und so würde es offensichtlich immer bleiben. Vor den Osmanen hatte keine islamische Macht, weder die der Abbasiden noch der Mamluken, einen Sklavenstaat mit so großem Erfolg verwirklicht. Trotzdem fürchteten die Regierenden nichts so sehr wie die Armee. Die Janitscharen, die nur einen kleinen Teil des Heeres ausmachten, gaben dem gesamten Heer ihren Namen, prägten es. Sie waren durch Solidarität zusammengeschweißt und hatten politischen Einfluss, der es ihnen ermöglichte, von Zeit zu Zeit wichtige Forderungen durchzusetzen, als selbstständige Macht aufzutreten. Der Großwesir nahm an, dass vor allem der Hass ihre Verbundenheit festigte. Ein Hass gegen jeden und alles. Und was der Hass am meisten brauchte, war die Kraft. Der Hass konnte, wo er stark genug war, seine wildesten Fantasien austoben. Der Großwesir nahm an, dass derselbe Hass dafür verantwortlich war, dass die Rekruten der Knabenlese, die alle christliche Wurzeln hatten, fanatische Muslime wurden. Die Religion institutionalisierte mehr noch als die Liebe den Hass. Es gab keine andere Erklärung für ihre Brutalität auf den Feldzügen. Sie wollten eine Welt, die sie verloren hatten, ganz und gar vernichten. Es gab keine andere Erklärung, warum sie in den meisten christlichen Ländern die Bevölkerung niedermetzelten, weder für ihre unkontrollierbare Bestialität noch für die geballte Leidenschaft, die sogar untereinander zu Gewalt führte. Eine harte Ausbildung, eine Disziplin wie Stahl, eine grenzenlose Opferbereitschaft, eine bedingungslose Treue, die an Fanatismus grenzte, war nur dort möglich, wo man alles Andere und alles Trennende beiseite schob, wo man dicht am Tod lebte. Sobald Tod, Gewalt und Bestialität die ganze Wirklichkeit lückenlos durchdringen, durch Duldung allmählich legalisiert werden, sind sie bald der Normalzustand, und wer in ihm lebt, hält dies für den Zustand der Welt, ihre einzig mögliche Realität.

Dem Großwesir war in diesem Augenblick das Heer außerordentlich fremd. Als durchstreifte er verkleidet ein feindliches Heerlager. Dass alle sorgenvollen Gedanken, die er sich sonst kaum eingestand und schon gar nicht äußerte, ihm jetzt so kristallklar durch den Kopf schossen, führte er zurück auf seine neue Lage. Seine Welt hatte sich verändert. Mit neugeborenen Augen schaute er sich um, und von dort, wo er stand, schien die Welt jetzt sehr unsicher, aber er fühlte sich auch unabhängig und frei. Die Nähe zum Tod machte seinen Blick kristallklar.

Er musste unbedingt all diese Männer hier festhalten, die möglicherweise revoltierten, wenn sie vom Tod des Großherrn erfuhren. Jedes einzelne der Zelte schien ein glühendes Feuer, doch hindurch mussten sie, ohne Schaden zu nehmen. Der Großwesir führte sein Pferd mit fester Hand, die Schultern und den Kopf so aufrecht wie möglich.

Als sie diese Stadt durchquert hatten, die, so weit das Auge reichte, aus dicht an dicht aufgespannten Zeltwänden bestand, wusste er, dass seine Erleichterung nicht von langer Dauer sein würde, dass das eigentliche Problem jetzt erst begonnen hatte. Ein einzelner Zug im Schachspiel. Mehr war das nicht. Er durfte sich nicht dem Rausch seines Erfolgs hingeben. Er hatte es geschafft, aus dem Zelt zu entkommen und das Heerlager hinter sich zu lassen. Das war alles. Die Nerven, die angefangen hatten sich zu entkrampfen, verspannten sich jetzt wieder. Er wandte sich um und schaute zur Sänfte. Er hätte gern Schutz gefunden in der Sicherheit eines von dort kommenden Zeichens. Wider besseres Wissen spürte er noch einmal tief innen ein Stechen. Der Großherr war tot, es gab im Schatten seiner Erinnerung keinen Platz mehr für den Großwesir. Seine eigene Geschichte würde im Schicksal anderer fortleben oder aber vergessen werden. Den Weg nach Üsküdar und weiter in den Topkapı-Palast legte er in wirre Gedanken verstrickt zurück. Er bereitete sich auf die Maßnahmen vor, die in den neuen Situationen, Schritt für Schritt, erforderlich waren.

Von Üsküdar gelangte man mit Flößen ans andere Ufer. Die Träger, die Hellebardiere und die Sänfte des Großherrn waren auf demselben Floß. Er erlaubte nicht, dass sie sich vom Geheimnis entfernten. Wer das Geheimnis kannte, musste an dessen Seite bleiben. Die Truppe der Janitscharen drängte sich in den Booten dahinter. Das Meer war ruhig, die Luft windstill. Eine totale Lautlosigkeit umfing sie beim Aufbruch. Der Großwesir fand diese Lautlosigkeit keineswegs Vertrauen erweckend. In seinen Ohren hörte er ständig ein Dröhnen. Jede Bewegung dehnte sich ins Unermessliche, die Zeit zog sich unendlich hin. Das andere Ufer war ihm nie zuvor so weit entfernt erschienen.

Die Straßen waren unheimlich still. Als sei Istanbul menschenleer. Bald musste er dem zur Verteidigung der Hauptstadt zurückgelassenen anderen Großwesir die Situation erklären und dabei vollkommen neutral wirken. Die heftigen Spannungen, die zwischen ihnen beiden herrschten, würden mit Sicherheit zu Tage treten. Zwischen ihnen beiden würde ein offener Krieg beginnen. Indem er ihm die Unterstützung der Janitscharen entzog, bemühte er sich, das Gleichgewicht zwischen ihnen beiden zu erhalten. Sie würden hier Seite an Seite stehen, um in der Hauptstadt einen Aufstand zu verhindern, bis einer der beiden Prinzen kommen und die Regierung ergreifen würde. Das Warten war für jeden von ihnen eine Prüfung für sich. Beide mussten sich wie pflichtbewusste Staatsmänner verhalten. Der Großwesir bemühte sich freilich, während des Wartens dem Schicksal etwas nachzuhelfen. An einer Weggabelung suchte er für sich selbst einen Platz im Lauf der Geschichte. Das verdüsterte sein Warten. Würde er, wenn der im Kaftan Geborene käme, belohnt werden? Er merkte, dass er die Antwort nicht wirklich wusste. Das war eine Sache des Vertrauens. Der inneren Verbundenheit.

Die Zeit verrann langsam wie im Märchen, doch endlich erreichten sie den Topkapı-Palast. Während die Wächter aufgeregt umherrannten, öffnete sich langsam das schwere Tor. Sie durchquerten einen Innenhof nach dem anderen. Die Innenhöfe wurden breiter, die Innenhöfe wurden größer, die Innenhöfe wurden länger. Trotzdem erlebte der Großwesir ein Glück, als kehrte er ins eigene Nest zurück, eine reine, feuchte Kühle schlug ihm ins Gesicht.

Als sie schließlich im dritten Hof und dann im Gemach des Großherrn ankamen, als er den Leichnam aufs Bett gelegt, dreimal den Schlüssel im Schloss umgedreht und den Schlüssel um seinen Hals gehängt hatte, atmete er tief durch.

Ein weiterer Zug war gewonnen, dachte er. Dann korrigierte er sich: »Nein, nicht ein Zug, eine ganze Partie«, sagte er. »Die erste Partie.«

Er schien jetzt Herr der Lage. Er schickte einen Befehl an alle Anlegestellen und verbot strengstens, dass Boote oder Schiffe vom Ufer in Üsküdar nach Istanbul oder von Istanbul nach Üsküdar übersetzten, und er ließ alle maritimen Transportmittel vom anatolischen Ufer in die Häfen des europäischen Ufers bringen. Kein Boot, keine Fähre, kein Schiff, nichts und niemand durfte übersetzen und das eine Ufer des Bosporus mit dem anderen verbinden. Dann beauftragte er sofort die Acemioğlans, welche die Hauptstadt bewachten, mit Brücken- und Straßenbauarbeiten außerhalb der Stadt; so waren sie fern, und die Tore der Stadtmauer wurden geschlossen. So war die Hauptstadt auch frei von dieser jungen Pagentruppe, die ja schließlich zu den Janitscharen gehörte. Nun herrschte zwischen ihm und dem Schicksal, zwischen ihm und seinen Rivalen wirklich ein Gleichgewicht. Alle Träger und Hellebardiere, die vom Tod des Großherrn erfahren hatten, wurden in Arrest genommen.

Als es Zeit wurde, die Briefe an die Prinzen zu schreiben und die Boten auszuwählen, merkte er, dass er sich seit gestern Nacht auf diesen Augenblick vorbereitet hatte. Er sah sich inzwischen selbst als eine historische Persönlichkeit des Reiches. Er sah sich wie eine andere Person, aus der Ferne, aus großer Perspektive. Er merkte, dass sein Inneres reicher geworden war, dass sein Horizont sich erweitert hatte. Diese kurze Zeitspanne, in der er lebte, hatte plötzlich eine Historizität gewonnen. Er fühlte ein an Angst grenzendes Glück.

Er kam sich vor wie ein Schreiber von Amuletten, die für die Zukunft bestimmend sind. Ja, im zitternden Kerzenlicht des Ratssaals fühlte er sich selbst wie ein Zauberer, dessen magische Worte bald ihre Macht entfalten würden. Er saß alleine im Ratssaal. Eine kindliche Freude und eine abgeklärte Todesnähe erfüllten ihn gleichzeitig. Tränen traten in seine Augen. Er konnte nicht verstehen, was in ihm vorging. Vor ihm lag ein leeres Blatt – seine Schicksalsschrift. Wohl bedacht formte er Wort für Wort.

In der Dämmerung des Abends war er alleine im Ratssaal. Alles lag in absoluter Stille. Alles lag in seiner Hand.

Direkt hintereinander schrieb er zwei Briefe.

Den ersten schrieb er dem Erstgeborenen, den zweiten dem im Kaftan Geborenen.

Den ersten schrieb er mit einem Gefühl von Pflicht, den zweiten als sei es eine Schuld.

Es ging ihm nicht darum, bei beiden Thronerben vorsorglich einen Rettungsanker auszuwerfen, sich gleichzeitig bei beiden einzuschmeicheln. Zumindest war es nicht ganz so. Wer von den beiden Prinzen auch immer den Thron besteigen würde, der würde erfahren, dass er die beiden Briefe gleichzeitig geschrieben hatte, und er würde beschuldigt werden, doppeltes

Spiel gespielt zu haben. Aber er wollte nur lauter sein, dem Wohl des Staates und seinem Gewissen verpflichtet.

Nun ging es darum, den ersten Boten auf den Weg zu schicken. Es fiel ihm nicht schwer, jemanden zu finden, der zum Erstgeborenen reiten sollte. Er dachte, es müsse einer der persönlichen Diener des Sultans sein. Er ließ den Çavuş, den Sultansadjutanten des Palasts, rufen. Er ging davon aus, dass der Bote an den Erstgeborenen keinen ernst zu nehmenden Gefahren ausgesetzt sein würde. Es genügte, dass er seinen Mund hielt und dass er schnell war. Der Çavuş namens Keklik Mustafa trat vor ihn. Der Großwesir zog den Brief aus dem Rock hervor und überreichte ihn ihm. Er schärfte ihm ein, an jeder Station das Pferd zu wechseln und so schnell wie möglich zum Erstgeborenen zu gelangen. Es war eine Reise, die im Schnitt etwa fünfzehn Tage dauerte. Er verlangte, dass der Çavuş den Weg in fünf Tagen zurücklegte. Der Çavuş hatte verstanden. In seinen Augen flackerten Leuchtfeuer auf. Diese Hektik, diese Eile konnte es nur geben, wenn der Großherr gestorben war und der neue Herrscher auf den Thron gerufen wurde. Es lockten am anderen Ende des Weges eine reiche Belohnung und eine viel versprechende Zukunft.

Nachdem der Großwesir gesagt hatte, was zu sagen war, sprach er noch: »Gott schütze dich.«

Der Bote begriff, dass ihm eine der größten Chancen seines Lebens geboten wurde. »Heute ist der Vierte des Geburtsmonats, am Achten bin ich dort. Zum Geburtstag des Propheten bin ich wieder hier.«

Diese Worte versprachen eine Eile, die der Großwesir nicht erwartet hatte. Er konnte sich nicht darüber freuen. Doch vergaß er nicht, so zu tun, als sei er zufrieden.

Der zweite Brief war kurz und bündig. Dem im Kaftan Geborenen wurde der Tod des Vaters mitgeteilt, und er wurde auf den Thron gerufen.

Das Reich kann nur mit dir wachsen; nur du kannst die Epoche, die dein Vater begonnen hat, in seinem Geiste fortsetzen; nur du kannst auf diesem Weg fortschreiten. Dies hatte er schreiben wollen, aber er unterdrückte den Impuls. Nun enthielt der Brief nichts als ein paar trockene Sätze. Einige Male hatte er gezögert, als er diesen Brief schrieb.

Noch einmal ging ihm durch den Kopf, dass bekannt werden würde, dass er die beiden Briefe gleichzeitig geschrieben hatte und dass das für ihn nicht gut war. Er tat es ja, um sich zu schützen, aber damit lieferte er sich auch selbst aus. Als ein Großwesir, der die Gesetze des Staates zu Papier gebracht hatte, stellte er den Staat und dessen Herrn über alles andere und schuf für alle die gleichen Voraussetzungen. Dem Plan seines anderen Ichs, das versuchte, dem Schicksal einen Streich spielen, gab er nicht nach. Ja, so handelte ein guter Staatsmann, ging ihm durch den Kopf, und er erhob sich.

Konya, der Aufenthaltsort des im Kaftan Geborenen, lag näher an der Hauptstadt. Der Weg war kürzer, aber gefährlicher. Der Bote, der zu ihm ritt, musste unbedingt das Ziel erreichen. Ihn auszuwählen, erforderte etwas mehr Zeit. Ihn segnete er, diesen Weg segnete er. Sein Zögern bei der Auswahl dieses Boten zeigte, dass er trotz allem dabei war, einen geheimen Plan durchzuführen. Das bedeutete auch, dass dieser Bote ein Wagnis einging. Aber welcher Bote … Ihm fiel überhaupt niemand ein. Er musste entweder den Dümmsten schicken oder den Gerissensten. Die Dummheit des Dummen ist eine Art von Sicherheit; trotzdem hat es der Dumme schwer, Augenblicke der Gefahr zu meistern. Der Dumme bewahrt ein Geheimnis, aber er macht dafür Dummheiten bei all jenen Spielen, die das Schicksal bereithält, um das Geheimnis zu brechen. Er verrät sich. Der Gerissene meistert Augenblicke der Gefahr, er zeigt große Begabung darin, auftretende Hindernisse zu überwinden. Aber wenn er sie nicht überwindet, wenn er in die Ecke getrieben wird, macht seine Gerissenheit alles offensichtlich. Der Schlaue will in der Gefahr vor allem seine Haut retten. Der Großwesir war wählerisch. Er wusste, dass er dem Boten, der zu dem im Kaftan Geborenen ritt, nicht nur seinen Brief, sondern auch sein Leben anvertraute.

Schließlich ließ er unter allen Boten jenen zu sich rufen, dem er am meisten vertraute. Er wählte den Ergebensten.

Er war so vertrauenswürdig wie gehorsam, so kaltblütig wie flink. Und das Wichtigste: Er war stumm. Sein Mund, seine Zunge brachten kein Wort hervor. Für solche Tage, für solche Wege waren sie wie geschaffen, die stummen Boten. Selbst wenn ihm auf dem gefährlichen, dunklen Weg etwas passieren sollte, so konnte er doch nichts verraten. Selbst wenn der Weg zum im Kaftan Geborenen aus irgendeinem Grund abgeschnitten sein sollte, so würde doch nicht herauskommen, dass er selbst zwei Briefe gleichzeitig geschrieben hatte. Er wäre dann bloß der Gerechtigkeit und der Gunst des Erstgeborenen ausgeliefert.

Schmal wie eine Schwertklinge, dünn wie ein Stück Tüll war der Weg, auf dem er ging.

Als der stumme Bote vor ihn trat, hellte sich das Gesicht des Großwesirs auf. Sein Herz wurde warm. Er schaute ihn an, als sähe er ihn zum ersten Mal. Die ebenmäßige Gestalt und die zimtfarbene Haut erregten seine Aufmerksamkeit. Zum ersten Mal ... Warum bloß schaute er ihn an, als sähe er ihn zum ersten Mal? Unmerklich erbebte er. Vielleicht weil er wusste, dass er den Boten in den Tod schickte. Nochmals ein Schauern. Wenn dieser Bote in den Tod ging, dann hieß das, auch er selbst ging in den Tod. Der Misserfolg des Boten würde auch sein eigener Misserfolg sein. Dieser junge Mann, der sich gerade mit kleinen Schritten dem Großwesir näherte, war das wichtigste Kettenglied, das Gegenwart und Zukunft miteinander verband.

Sein eigener Erfolg, seine eigene Zukunft hingen direkt vom Erfolg, vom Glück dieses Boten ab. Vielleicht musterte er ihn ja aus diesem Grund zum ersten Mal so genau. Er sah ihn nicht als Sklaven, sondern als Engel.

Er ließ ihn noch etwas näher herantreten. Dann beugte er sich über sein Ohr und flüsterte fast. Wie schön dieses kleine, wohl geformte Ohr doch war. Wie ein Zeichen des Schicksals kam es ihm vor, dass die Ohren von jemandem, der nicht sprechen konnte, so schön waren. Zuerst wies er auf die Wichtigkeit und Bedeutung der Aufgabe hin. Dann versprach er Geschenke und Beförderungen. Die Worte strömten fast wollüstig zwischen seinen Lippen hervor. Mit leiser Stimme flüsterte er Wort um Wort, aber ihm schien, der ganze Palast, ganz Istanbul, die ganze Welt höre mit. Er wollte, dass jedes Wort, das er in dieses kleine, wohl geformte Ohr des Boten raunte, die Kraft eines Zauberspruchs erlangte und die Zukunft bestimmte. Er zog den anderen Brief aus seinem Rock hervor.

Erreiche dein Ziel – tot oder lebend, sagte er.

Wechsle das Pferd nicht nur bei jeder Station, sondern alle drei Stunden. Folge den Wegen der Schmuggler, nicht den Hauptstraßen und nicht den bekannten Wegen.

Reite im Schatten der Nacht und der Berge!

Pass auf, weder Wolf noch Vogel dürfen dich erblicken; an denen, die dich sehen, reite vorbei wie der Wind; sie sollen glauben, es sei ein Traumbild gewesen!

Hier ein Beutel Gold! Zögere nicht, es, wo nötig, für wen oder was auch immer auszugeben. Denke nur daran, dein Ziel zu erreichen!

Wenn du in eine Falle, in einen Hinterhalt gerätst, vergiss nicht: Du kennst mich nicht!

Der Bote schaute, als er hinausging, noch ein letztes Mal über die Schulter den Großwesir an. Er stand genau auf der

Schwelle. Er war bis dahin rückwärts gegangen; gerade als er sich umdrehte, schaute er einen Augenblick lang über die Schulter den Großwesir an. Diesen Blick nahm der Großwesir als gutes Omen, als gutes Zeichen. In diesem Blick lag der Augenblick aufbewahrt. Bei der glücklichen Rückkehr des Boten würde er sich an diesen Blick, an diesen Augenblick erinnern und an die ängstlich verbrachten Stunden mit einem Lächeln zurückdenken. Vielleicht wird dieser Blick selbst im hohen Alter, wenn er an die Vergangenheit zurückdenkt, als untrennbarer Bestandteil mit dem Ereignis verbunden bleiben.

»Heute war der längste Tag des Reiches«, sagte er. »Der längste Tag.«

Die Boten waren auf ihre Kurierpferde gestiegen.

Der Çavuş flog in Richtung Amasya.

Der stumme Bote in Richtung Konya.

Als die beiden Boten aufbrachen, die einem der Prinzen den Thron und die Gunst des Schicksals bringen würden, war die Abenddämmerung bereits der Dunkelheit gewichen. Im Ratssaal stand der Großwesir eine ganze Weile einsam und verlassen. Er horchte in sich hinein und belauschte sich selbst. Durchs Fenster betrachtete er die Hauptstadt, dahinter das Reich; wo der Horizont begann, ließ er sich von seinen Fantasien leiten.

»Ich habe meine Pflicht getan«, sagte der Großwesir. »Der Staat ist erhaben. Und das Schicksal auch!«

Die beiden Boten galoppierten in zwei verschiedene Richtungen, und die Hufeisen ihrer Rösser blitzten. Für den Großwesir begann eine sehr lange Zeit des Wartens. In seiner starren Miene zeigte sich die schmerzhafte Leere und grausame Ödnis eines trockengelegten Sees.

»Als ich ihn verließ, träumte er«, sinnierte der Großwesir. »Wann der Traum zu Ende war und wann er die Schwelle des Todes überschritt, konnte ich nicht erkennen.«

Im Zimmer des Großherrn rezitierte der Imam des Palasts mit brüchiger Stimme den heiligen Koran. Beim Klang dieser Stimme gelang es dem Großwesir nicht einzuschlafen.

Die Unbekannten des zweiten Sandorakels sind der Weg der beiden Boten, ihre Stationen, das Geflüster, das sich im Heerlager erhob, das Warten des Großwesirs, das Schicksal des Reiches.

Drittes Sandorakel
In der Luft liegt der Duft von Aloe. Die Nacht ist mild, die Gerüche sind beißend. Ein Mond von trügerischem Schein erhellt alles, von den Schatten uralter Bäume bis zum schmalen Fußpfad. Versilbert die Nacht. Verbirgt Geheimnisse und offenbart sie.

Als wir in den Palast zurückkehrten, wurde mir klar, dass wir die Leiche des Großherrn trugen. Mein Herr, Ihr saht aus wie immer. Aber etwas war ungewöhnlich. Ich hatte Euch noch nie so ruhig gesehen. Ihr hattet in Euch immer einen gespannten Bogen getragen. Mit welcher Kraft hattet Ihr Euch nur bezwungen, dass dieser Bogen nicht mehr wahrnehmbar war? Ihr wart so ruhig wie nie zuvor. Eine erzwungene, erworbene, vorgetäuschte Ruhe war das. Als ob Ihr Euch einem großen Schicksal überlassen hättet. Ein Großwesir stand mir gegenüber, den ich nicht kannte. Ich schaute etwas überrascht, als sähe ich Euch zum ersten Mal. Ihr wart nicht der Herr, den ich insgeheim immer beobachtet hatte. Ihr wart nur noch ein wandelnder Körper, der seine Feinheiten verloren hatte. Es musste etwas sehr Wichtiges, etwas sehr Großes geschehen sein. Etwas, was aus Euch einen anderen gemacht hatte. In einer Nacht hattet Ihr Euch verändert. Plötzlich erkannte ich sie, die schreckliche Wahrheit: Der Großherr war gestorben, und Ihr hattet beschlossen, diesen Tod zu verbergen. Wir kehrten nicht in den

Palast zurück, wir suchten vielmehr Zuflucht im Palast. Meine Entdeckung ging weniger auf meine Schlauheit zurück als auf die Gewohnheit, alles mit Euren Augen zu sehen – eine Gewohnheit, die ich seit langer Zeit habe. Ein schwerer Stein legte sich auf mein Herz. Wir sind die kleinen Leute des Reiches und auch der Geschichte ... Die Wellen der großen Stürme verebben, ehe sie uns erreichen. Doch ich machte mir Sorgen um Euch. Das tragende Band, das Euch mit dem Reich verknüpfte, war zerrissen. Euer Schicksal war mein Schicksal.

Auf dem Weg habe ich, sooft sich eine Gelegenheit bot, Euer Gesicht betrachtet. Und ich hatte bis dahin nie so reichlich Gelegenheit dazu bekommen. Ich war nicht wie sonst gezwungen, mit meinen Augen die Flucht zu ergreifen, meinen Blick abzuwenden; ich war so ungestört, als betrachtete ich einen Schlafenden. Nicht aufgrund Eures Desinteresses für Eure Umgebung. Im Gegenteil, während Eures gefährlichen Schweigens habt Ihr jeden und alles argwöhnisch beobachtet. Keine Kleinigkeit entging Eurer Aufmerksamkeit. Als wärt Ihr auf dem Schlachtfeld, mitten im Kampf, richtetet Ihr vom Scheitel bis zur Sohle Eure ganze Aufmerksamkeit darauf, seinen Tod geheim zu halten; aber auf die anderen habt Ihr einen durchaus ruhigen Eindruck gemacht. Nur wer Euch sehr gut kannte, konnte sie erkennen, die Veränderung. Wir befanden uns in einem Spiel, das nur wir zwei kannten. Ich lächelte dem Schicksal entgegen. Trotzdem schautet Ihr mich kein einziges Mal an, mein geliebter Herr, kein einziges Mal richteten sich Eure Augen auf mich. Das hatte etwas Verletzendes, aber auch etwas Beglückendes für mich. Verletzend, weil Ihr mich nicht beachtet habt, jedenfalls kaum je. Beglückend aber empfand ich – auch wenn Ihr es in jenem Augenblick vielleicht selbst nicht so wahrnahmt – das tiefe Vertrauen, das ich bei Euch erweckte, da von mir keine Gefahr ausging. So wusste ich auch aus irgendeinem Grund, als Ihr, nachdem wir im Palast angekommen waren, zuerst den Çavuş Keklik Mustafa rieft, dass Ihr mich als Zweiten rufen würdet. Als ich die Treppenstufen hinaufstieg, war ich stolz auf mich. Ich genoss also Euer Vertrauen, noch dazu so ein tiefes Vertrauen. Meine Ausdauer und meine Mühe waren also nicht umsonst gewesen. Auch Eure Erregung, als Ihr mir im Ratssaal Auge in Auge gegenüberstandet, sogar Eure Unruhe waren Teil Eures Vertrauens zu mir. Jedenfalls wollte ich nicht glauben, dass es nur an meinem Stummsein liegen konnte.

Als Ihr Euch an mich geschmiegt habt, in mein Ohr Silbe für Silbe Euren Befehl immer wieder wiederholt habt wie beim Abtasten der Perlen einer Gebetskette aus Bernstein, als jedes Wort sich in mein Herz einpflanzte, als Euer heißer Atem mein Ohr verbrannte, meinen Nacken leckte, fühlte ich mich zum ersten Mal unglücklich. Von irgendwo drang der Geruch von verkohltem Holz an meine Nase. Ein schmerzhaftes Gefühl. Fast wie das Mitleid mit der Lebensgeschichte eines anderen. Ja, der Anteil meiner stummen Zunge am Vertrauen, das Ihr zu mir hattet, war groß. Ich war also interessant für Euch vor allem wegen meiner Stummheit. Ihr wolltet sicherstellen, dass nichts verraten wird, falls ich erwischt würde. Ja, in diesem Moment überschritt ich meine Grenzen, hob meinen Blick, schaute Euch direkt in die Augen. In meinem ganzen Leben gab es keinen anderen Augenblick, in dem ich so sehr das Bedürfnis zu sprechen verspürte, geliebter Herr. Ich fühlte mich als Opfer einer großen Ungerechtigkeit. Meine Gedanken konnte ich Euch nicht offenbaren, und mein Blick, meine Gesten, meine Bewegungen reichten nicht aus, um all das zu sagen. Oder hatte ich zu sehr auf die Kraft meiner Ruhe vertraut? Ich war ein Stein unter Euren Füßen, bewegungslos, zuverlässig. Ein Stein tief eingegraben in den Boden Eurer Gewohnheiten. Im Grund hattet Ihr

Recht; Euer Spiel war gefährlich, und Euch selbst zu schützen, Euer natürliches Recht. Warum Ihr gerade mich so sehr brauchtet, habt Ihr nicht wirklich begriffen. Der Bote selbst würde Euch Schutz bieten, geliebter Herr, und Ihr habt gedacht, es sei seine Stummheit. Ihr habt nicht gewusst, dass ich Euch, auch wenn meine Zunge nicht stumm wäre, niemals ausliefern würde, würde ausliefern können. Euch das zu erklären oder Euch das zu beweisen, gab es keinen Weg. Es würde immer etwas zwischen uns bleiben, das Ihr nie würdet verstehen können, es würde immer wie ein geheimer Fluss in dem toten Land zwischen uns und in mir fließen, mein unbedingter Gehorsam gegenüber Euch und meine unbedingte Treue zu Euch. In diesem Moment wollte ich zu sprechen beginnen und Euch das alles sagen. Wie die Vögel in den Märchen, die zu sprechen beginnen. Ich wollte, dass ein Wunder geschieht. Alles sollte wie im Märchen sein. Ich schien vergessen zu haben, dass sich die eine Seite der Stummen-Märchen unter der Erde, im Verborgenen abspielt. Tränen traten mir in die Augen, ich war verletzt. Doch das war etwas, das ich hätte wissen, worauf ich hätte vorbereitet sein müssen. Meine Stummheit erlaubte nichts anderes. Boten in geheimen Angelegenheiten sind stumm, deshalb war ich in Eurem Dienst; so war der Brauch und die Notwendigkeit in diesem Reich. Doch bei meinem Botengang verhinderte nicht meine Stummheit jeden Verrat, sondern mein Herz. Aber wer würde das je wissen? Die verborgene Wut, der verborgene Hass derer, deren Zunge mit Gewalt zum Verstummen gebracht worden war, war mir fremd. Ihnen waren die Worte mit Gewalt entrissen worden. Doch ich hatte sie nie besessen. Die Wörter umflatterten meine stumme Welt wie Federn, wie Tüll, und versetzten mich in Bewunderung. In unerreichbarer Entfernung liebte ich sie. Worte waren genauso fern wie Sterne und genauso schön. Ich war Euer Sklave, Herr. Aber es war eine Leibeigenschaft, die Euch unbekannt war. Sie machte glücklich. Ich war mit meinem Schicksal, mit meinem Platz zufrieden. Da ich nicht die Chance hatte, ein anderes Leben zu leben, hatte ich mich mit dem meinen versöhnt. Bis heute hatte ich schon einige Male Eure Briefe bei mir getragen, bis in die entferntesten Winkel des Reiches, habe Flügel bekommen, Berge und Gipfel erklommen, auf steil ansteigenden und tief abfallenden Wegen schlaflose Nächte verbracht, für Euch die Ferne zur Nähe gemacht; nichts gab es, was ich erwartete, wollte, erhoffte, außer der Freude, etwas zu tun, das Euch Freude bereitete, Euch glücklich machte, Euch Seelenruhe gab. Aber dieses Mal, erst dieses Mal, als Ihr Euer Leben aufs Spiel gesetzt habt, wollte ich – und es sollte nur dieses eine Mal sein –, dass Ihr die Wahrheit wisst. Aber wie sollte ich Euch diese Wahrheit wissen lassen? Ich kannte kein Signal, kein Zeichen, war waffenlos, hilflos. Die Worte flossen wie verborgene Tränen in meinem Innern. Nur etwas enttäuscht, etwas vorwurfsvoll in Eure Augen schauen, das konnte ich wagen. Mein Blick hatte etwas zu lange gedauert, sodass über Euer Gesicht eine Überraschungswolke, eine verschwommene Neugier huschte, vielleicht habt Ihr über den Grund und die Ursache meiner Kühnheit nachgedacht. Bin ich egoistisch, habe ich mich gefragt. Ich glaube nicht, dass ich übertrieben habe. Ist dieser Wunsch ein Aufbegehren, ein Auflehnen gegen das Schicksal? Vielleicht ja. Aber ich weiß, dass dieser Weg, diese Reise mir ein solches Privileg erlaubt. Und vielleicht war ich auch aufgewühlt, weil ich nach diesem Auftrag nicht werde zurückkehren können. Denkt nur, auch ich bin heute einem Teil von mir begegnet, den ich zuvor nie kennen gelernt hatte. So viele Jahre lebte ich gemäß den Regeln des Ordens, dem ich verbunden war, und weiß genau, wie unbeschwert Opferbereitschaft sein muss. Ohne viele Worte, ohne eine Gegenleistung zu erwarten, verborgen, unbegrenzt. Opferbereitschaft ist nie kraftlos, nie berechnend, nie ehrgeizig. In der Unendlichkeit der Opferbereitschaft, die keine Gegenleistung erwartet, konnte ich mein Leben, bis es eines Tages in Pflichterfüllung zu Ende geht, unter Euren Befehl stellen. Zum ersten Mal, vielleicht zum ersten Mal wünschte ich, dass meine Opferbereitschaft, mit all ihrer tiefen Wahrhaftigkeit, von Euch erkannt wird. So sehr wollte ich das, als ich die Bedeutung dieser Reise für uns beide begriff. Vielleicht war das ein ungezähmter Impuls, von dem ich mich noch nicht hatte befreien können. Oder der heftige Wunsch, mich zu offenbaren. Ich weiß es immer noch nicht. Wenn dieser Weg, durch den Euer und mein Leben miteinander verknüpft sind, nicht in die Zukunft führt, werde ich stumm gestorben sein.

Mit den Worten, die in meiner Brust sind.

Zum ersten Mal begehre ich gegen das Schicksal auf, Herr, aber mein Aufbegehren ist eine stumme Rebellion, und mein Aufruhr verstummt im Gehorsam meiner Verbeugung. Was zurückbleibt, ist nur das Klappern der Hufeisen. Nacht. Angst und Mut.

Entlang der im Mondlicht wogenden Weizenfelder; entlang der Schatten von heiser röhrenden Gehölzen und Gebüschen; vorbei an dem undurchdringlichen Geflecht uralter Bäume; über steile Pfade; vorbei an in steinernem Schweigen versunkenen Ruinenstädten; durch Orangenhaine reite ich vorwärts. Durch Vogelschwärme hindurch, über festgetretene Schmugglerpfade, über die Brücken der Flüsse, durch tief stürzende Abgründe, durch pfeifende Täler, durch Tag und Nacht; durch die Bitterkeit der Orangen, durch die Säure der Äpfel, durch den herben Geschmack der Zwetschgen, durch die kühle Frische der Zitronen reite ich immer vorwärts.

Das Knacken der Tannenzapfen, das verzückte Seufzen der

Linden, den unreifen Früchteflaum, Pappelpollen, das Flüstern der Wunderblumen, die geschüttelten Mandeln, das Räucherwerk des Thymians, die Kraft der Buchen-, der Fichtenwurzeln, die sich schon wer weiß wie viele Jahre in der Erde ausgebreitet haben, all das spüre ich. Ich spüre die Kraft der Natur. Sie bringt mich meinem Ziel näher.

In fliegendem Galopp wechseln unter mir die Pferde; der Wind dreht sich, wenn ich vorbeigeritten komme, und schaut mir verwundert nach. Den Bäumen wachsen Flügel vor Wut.

Dann erfinde ich sogar Gerüche, die ich nicht rieche: Moschus, Amber, Weihrauch. Den Geruch des Sandelbaums.

Die Himmelsdecke ist übersät mit Sternen; ich funkle mit ihnen. Ich höre die Nacht. Jede Bewegung der Nacht und jede Regung in ihr. Kaum war ich bei Euch, geliebter Herr, bin ich schon wieder davon. Mit einem Satz in den Himmel, dann wieder zur Erde und wieder im Schwung zum Himmel empor. Ich lasse Euch hinter mir zurück und komme Euch doch näher und näher. Der ungezügelte Galopp meines Pferdes, seine fliegende Mähne, die Staubwolken, die wir hinter uns herziehen, das Klirren der Hufeisen, das die Nacht aufschlitzt, entfernt mich von Euch in Windeseile. Und bringt mich doch Euch und Eurem Wunsch näher. Je weiter ich mich entferne, desto länger strecken die Arme der Hauptstadt sich aus und umarmen mich. Sogar an den Rastplätzen ruhe ich kaum aus, ich halte mich nirgendwo lange auf, denn jede überflüssige Bewegung ist unser aller Tod. Auf dem Rücken des Pferdes döse ich, meine Augenlider flattern wie Schmetterlingsflügel. Ich reite so schnell wie der Mond, der sich im Schatten meines Pferdes niederlässt. Während der Hirte des Himmels vorrückt und die tüllfarbenen Wolken aufreißt, springt mein Pferd von Hügel zu Hügel über die Abgründe der Erde. Jetzt geht es nur noch um Zeit und um Licht.

Wörter sind wie Gerüche; Wolken sind jetzt leicht und flüchtig wie Erinnerungen. Ich bin glücklich, Herr, so glücklich wie nie zuvor.

An meiner Brust trage ich Euren Brief. Ich trage ihn als Euer mir anvertrautes Geheimnis. Während ich im Wind meines Pferdes reite, spreche ich mit Euch. Ihr seid mein Weggefährte. Ihr treibt mich an, Ihr macht Mut. Im Sturm meiner eigenen Geschwindigkeit hellt sich mein Verstand auf, werden meine Gefühle kristallklar. Wie Gold aus der Tiefe der Erde, wie Perlen aus der Tiefe des Wassers bringe ich unter meiner toten Zunge Worte hervor. Erinnerungen kommen in mir hoch aus den Tagen, die ich unter Eurem Befehl verbracht habe; Erinnerungen, die schon begonnen haben zu welken. Vor mir leuchtet Euer Antlitz, im Duft von Bäumen und Blumen. Durch den Nebel der Nacht lächelt Ihr mir zu. Mein Weg hellt sich auf. Unser Weg. Die Nacht macht mich schwindlig.

Ich weiß, dass in jedem Augenblick, bis ich zurückkomme, Eure Gedanken bei mir sind. Das spüre ich mit heimlicher Freude. Reichlich Zeit, in der Ihr nur an mich, an mein Wohlergehen denkt, ganz und gar Euch mir widmet. Dies ist unser gemeinsamer Weg, Herr. Ich bin bei Euch, weil ich von Euch getrennt bin. Aus dem Geschmack der Widersprüche habe ich mir eine Welt aufgebaut. Ich weiß, dass Euer Brief, den ich an meiner Brust trage, in diesem Moment wohl das Wichtigste in Eurem Leben ist. Der wichtigste Brief, den Ihr in Eurem Leben geschrieben habt, meiner Brust habt Ihr ihn anvertraut. Ohne dass mein Kopf fällt, wird ihn mir niemand entreißen. Diesen Brief, den ich im schwarzen Amulett an meinem Hals verberge, wird nur entdecken, wer mir den Kopf abschlägt. Dies ist mein heiliger Schwur.

Am Himmel taucht plötzlich ein Falke auf. Mir schaudert. Dahinter einige weitere. Mein Schauder verwandelt sich in

Angst und Wut. Das ist ein böses Zeichen für uns Boten. Alles wird dunkel um mich, auf meine Augen legen sich Wolken. Immer wieder aufsteigend, immer wieder absteigend nähern sie sich, verfolgen uns eine Weile. Ich möchte mich im Sattel aufrichten, sie packen, ihnen den Kopf abschlagen. Ihre schwarzen Flügel vom Himmel wischen. Ich muss ihr unheilvolles Blut zu Boden tropfen lassen, um den schlechten Einfluss dieses Zeichens auszulöschen. Der Wanderfalke ist der Vogel der Tyrannen. Ein Vogel der Jäger, der Henker ist er. Er wird abgerichtet, Brieftauben am Himmel zu jagen und zu zerfetzen. Schon immer jagt der Wanderfalke Tauben und Boten Angst ein. Der Wunsch, von diesen Vögeln, die über meinem Kopf ihre Kreise ziehen, einen, nur einen einzigen, mit meinem Dolch zu erwischen, wird übermächtig. Im Sattel richte ich mich auf, zeige ihnen ein paar Mal den Dolch, auch ich ziehe Kreise mit meinem Dolch. Sie zerstreuen sich. Verschwinden. Ich grinse. Meine Blicke suchen am Himmel die Venus. Wenn ich sie sehe, heißt das, dass ich Erfolg habe, Herr, dass wir Erfolg haben.

Dieser Weg ist der wichtigste meines Lebens. Noch nie zuvor habe ich mit so viel Verlangen, mit solchem Nachdruck gewünscht, an einem Ort anzukommen. Dabei gehöre ich nicht zu denen, die allzu viele Wünsche hegen. Je mehr sich mein Wesen öffnete, je mehr sich mein Horizont erweitert hat, desto mehr Dinge gab es, auf die ich verzichtet habe. Ich habe die reinigende Kraft der Demut kennen gelernt. Je genügsamer man wird, je mehr man sein Herz öffnet, umso vielfältiger werden die Bedeutungen des Lebens. Ich habe mich selbst in mir selbst sehen gelernt, dann erst in der Welt. Ich habe gelernt, mich mit dem zu begnügen, was mein Schicksal mir bot, und auch meinem Schicksal eine Bedeutung zu geben. So habe ich lieben gelernt. Deshalb ist mein Herz nicht verbrannt, deshalb ist es nicht anfällig für Niedertracht und Gier. Ich habe allerdings schon ab und zu darüber nachgedacht, ob meine Verbundenheit mit Euch als Leidenschaft bezeichnet werden kann. Ist meine Ergebenheit für Euch mehr als die Ergebenheit in meinen Daseinsgrund, Herr? Ergebenheit ist doch ein inneres Band zwischen Seelen? Ich weiß nicht, ob Ihr verstehen könnt, wie stark mein Herz an meinem Dienen Anteil hat. Ich spüre einen stechenden Schmerz, also ist es mir nicht gelungen, mich Euch verständlich zu machen. Ich bin nicht sicher, ob Ihr die Kraft und die Heftigkeit meiner Verbundenheit erkannt habt. Mich beunruhigt jetzt, wenn ich an Euch denke, dieser weiße Fleck der Ungewissheit. Wir wissen ja so wenig über uns und die anderen und meist nur durch Zufälle und Überraschungen ...

Aus dem Fenster meines Zimmers auf der anderen Seite des Hofes schaute ich direkt auf das Fenster Eures Zimmers im Palast, Herr. Sie liegen genau gegenüber. Als betrachtete ich einen Stern am Himmel, hob ich immer den Kopf und beobachtete Euer Fenster. Manchmal schimmerte Euer Widerschein auf dem Glas. Manchmal die Sonne. Manchmal auch vergrößerte eine zitternde Kerze Euren Schatten. Einmal, als ich aus irgendeinem Grund allein in Eurem Zimmer stand, ging ich schüchtern bis zum Fenster, schaute aus diesem Fenster, das ich immer beobachtet hatte, für einmal mit Euren Augen auf mein eigenes Fenster und suchte dort mein eigenes Gesicht. Das war ein schreckliches Gefühl. Es machte mich zu zwei Personen.

Ich konnte mich in dem Fenster gegenüber nicht sehen. Das Fenster war völlig leer. Ich konnte es mir nicht einmal in meiner Fantasie ausmalen. Damals begriff ich, dass ich mich nicht mit Euren Augen sehen konnte. Was für eine Selbstaufgabe das war. Als ich dem Fenster den Rücken kehrte und wieder in die Zimmermitte zurückging, war ich nur noch eine Person. Eine unvollständige.

Ich war ein Kind so schweigsam wie die Erde. Meine Stummheit war angeboren. Wie das Muttermal an meinem Hals. Laute, Wörter höre ich, ich liebe sie so sehr; zu wissen, dass ich sie nie werde verwenden können, macht sie mir heilig. Wenn ich zu Gott flehe, wenn ich bete, unterscheiden sich auf meinen Lippen die hingehauchten, hingestammelten Worte nicht von normalen Wörtern. Für mich sind alle Wörter Gebetsworte. Ich glaube an ihren Zauber; sie erzeugen im Abgrund meiner Stummheit ein Echo und verhallen in mir. Wenn ich meine Lippen öffne, bringe ich ein paar sinnlose Laute hervor. Wenn ich mit anderen zusammen bin, versuche ich das nie. Nur in mein Inneres spreche ich hinein. Sie verhallen wie in einem Spiegel, dessen Silberschicht aufgelöst ist, wie unsichtbare Engel. Der Hauch meiner Sprache verflüchtigt sich dann wie der Morgennebel unter den Sonnenstrahlen. Dass mir die Wörter geraubt wurden, empfinde ich als eine große Ungerechtigkeit. Die Frage, was für einer Prüfung ich mit einer solchen Strafe unterworfen bin, beschäftigt mich seit Jahren. Wenn ich alleine bin, in Zeiten, in denen ich das Bedürfnis verspüre, es doch noch einmal zu versuchen. In Zeiten, in denen ich an ein Wunder glauben möchte … Meine Zunge ist versteinert. Wie im Boden versteckte Schätze liegen die Wörter unter ihr. Immer spreche ich mit mir selbst oder aber mit Euch. Wenn ich in Träumen versunken bin, wenn ich mich in meinen Fantasien verloren habe, spreche ich mit Euch. Das sind Reisen, die ich in meinem eigenen Traumland unternehme; oft sind es lange Reisen; man hält mich für verrückt oder verzückt. Manche Leute denken, ich hätte Opium geschluckt. Ich kümmere mich nicht darum. Nie fühlte ich mich in meinem sprachlosen Körper wie in einer Hölle gefangen. Ich habe mich immer bemüht, mein Inneres wie einen Paradiesgarten anzulegen. Kristallklar, glänzend und still. Angesichts dieser großen Ungerechtigkeit hätte aus mir leicht ein verbitterter, hadernder, grüblerischer Mensch werden können. Ich weiß auch, dass es zwischen der Hoffnungslosigkeit und dem Bösen eine sehr enge Beziehung gibt. Davor, ein schlechter Mensch zu werden, habe ich mich unglaublich gefürchtet und alles versucht, das zu vermeiden. Mein Orden ist dabei wie eine Sonne in mein Leben getreten. Ich weiß, dass die Macht der bösen Tat sich am Ende gegen den Übeltäter selbst richtet. Die Grenzen des Bösen sind so weit, dass sie eines Tages auch ihren Meister umschließen. Niemanden habe ich kennen gelernt, niemanden kenne ich, der mit seiner eigenen Schlechtigkeit fertig wird.

Ach, wenn ich doch sprechen könnte, wenn ich über die Worte gebieten könnte, vielleicht, vielleicht könnte ich dann selbst Euch verzaubern, Herr.

Wenn die Worte wie ein Mond aufgehen.

Was die Worte, die ich in dem Amulett an meinem Hals trage, bedeuten, weiß ich nicht, aber ich trage sie wie einen Schatz, wie Perlen oder Gold. Ihr geheimnisvolles Funkeln blendet mich. Ich weiß, dass ich mit diesem Amulett, das bei jedem Schritt meines Pferdes gegen meine Brust schlägt, etwas sehr Wichtiges durch die Geschichte von einem Ort zum anderen trage. Ich weiß auch, dass Ihr den im Kaftan Geborenen auf dem Thron wollt. Mir ist so, als hätte ich Euch sagen hören, dass er hinsichtlich Charakter und Lebensart dem anderen deutlich überlegen ist. Wenn der im Kaftan Geborene auf den Thron folgt, dann wird das Reich auf dem Weg des Vaters weiter voranschreiten. Doch der Erstgeborene wird die Zukunft des Reiches wieder in den Fanatismus der Religion stürzen; sogar in den engen Korridoren des Palasts weiß das jeder. Die Bemühungen, Asien und Europa zu trennen, würden wieder verstärkt. Der Großherr hatte sie doch miteinander verbunden. Jetzt ist der andere Bote auf dem Weg zum Erstgeborenen. Welchen von uns führt der Weg in die Irre? Wohin führt der leuchtende Weg des Reiches? Am Himmel ist die Venus immer noch nicht aufgetaucht, Herr. Meine Sehkraft lässt nach.

Wir sind die Nebenfiguren der Geschichte, die kleinen, unbedeutenden Helden, meistens sind nicht einmal unsere Namen bekannt. Wir brechen auf in einem Sternenregen, der über die Wege hereinbricht wie eine Horde Banditen, zwischen Bäumen und dem Duft der Ölweide hindurchschlüpfend, befördern wir Briefe von einem Ort zum anderen, die das Schicksal ändern. Das Geheimnis der Worte vertraut man Stummen an. Vor der Macht der Worte, vor dem Zauber der Worte fürchtet man sich. Worte können Leben kosten oder Leben schenken. Ich glaube nicht daran, dass Worte immer offenbaren können, was das Herz verbirgt, was das Auge sieht, was der Verstand wahrnimmt. Wenn es so wäre, wäre dieses mein sprachloses Leben ein Nichts. Mit einem mir nicht zustehenden Gefühl der Genugtuung mache ich mir klar, dass manches sich nicht so einfach in Worte fassen lässt und sogar die mit gewandter Zunge verstummen lässt. Ich weiß: Sie fürchten sich vor der Macht der Worte. Alles ist in Definitionen versteckt, glauben sie.

Stumme Boten wie ich treten in solch schwierigen Zeiten auf. Eines Tages werden wir plötzlich aus jenen dunklen Kammern gerufen, in denen man uns warten ließ, und den Orten, an die wir reiten, bringen wir die Zukunft oder den Tod. Der Tod, den wir bringen, bringt manchmal auch unseren eigenen Tod mit sich.

Ich habe keinen anderen Wunsch, als bei meiner Rückkehr den Glanz und das Glück auf Eurem Gesicht zu sehen. Der Flugwind meines pfeilschnellen Pferdes möge Euch mein Geflüster überbringen. Während Ihr in Schlaf versunken liegt, soll die schmeichelnde und heisere Stimme des Ostwindes Euch alles erzählen. Er möge tief in Euren Traum eindringen. Der

Zauber der Nacht, der Silberschein des Mondes soll Euer Herz berühren. Ich werde in Eurem Traum sprechen. Meine Worte sollen betören und erbeben lassen, meine Gestalt soll sich in Eurem Auge spiegeln. Wenn Ihr dann plötzlich aus Eurem Schlaf erwacht, hört Ihr den Klang der Hufeisen. Wenn dies ein Weg ohne Rückkehr ist, will ich wenigstens einen Traum bei Euch hinterlassen. Einen Traum.

Auch der zweite Tag nähert sich seinem Ende, Herr. Ich spüre, dass mir die Arme und Beine eingeschlafen sind. Als seien sie mir abgerissen worden und gehörten jetzt einem anderen. Mein Körper liegt wie ein Panzer auf mir, wie ein zweites Gewicht. Meine Wimpern werden langsam zu Blei. Auch die Schmerzen, die wie Messer in meinen Rücken eindringen, kann ich nicht mehr ertragen. Und doch, wie viele Reisen hat mein Körper schon überstanden. Weshalb diese Müdigkeit schon am Ende des zweiten Tages? Bestimmt hat, mehr als die Reise selbst, die Aufregung über die Bedeutung dieser Mission mich völlig ausgelaugt. Ihr habt mich für die Zukunft des Reiches auf den Weg geschickt, nun erdrückt mich die Last dieser Pflicht, und ich bemühe mich doch, sie mit Würde zu tragen. Dieser dreitägige Weg ist für mich so ermüdend wie alle Wege zusammen, die ich gehen musste, um mich selbst zu finden. Nein, ich klage nicht. Ich bin glücklich, dass ich mich auf der ehrenvollsten Reise in meiner ganzen Zeit als Bote befinde.

Wir reiten voran, unter uns zittert die Erde. Die Orte, die wir durchqueren, wirbeln wir auf wie ein Sandsturm, um uns herum sprühen die Funken der Hufeisen. Dieses Mal habe ich sogar ein braunes Pferd bekommen. Ich glaube an das gute Omen des Braunen. Er hat mich nicht enttäuscht. So wie ich das reißende Wasser fließen sehe, wenn ich von einer Brücke nach unten schaue, so sehe ich die Zeit unter den Hufeisen meines

Pferdes dahinjagen. Wer in Eile ist, misst die Zeit anders. Er kann sie mit den Augen sehen, mit Händen greifen. Wie einen Djinn, der beschlossen hat, sichtbar zu werden. Als zerrinne sie zwischen deinen Fingern, als bleibe sie stehen, wenn du an den Zügeln ziehst. Ich habe viel über die Zeit nachgedacht, Herr. Die Zeit ist nämlich unser Geschäft. Es gibt nichts, was uns die Sterblichkeit so sehr bewusst macht wie die Zeit; doch die wichtigste Kunst eines Boten ist es, mit der Zeit umzugehen. Dass wir manchmal als Glücksengel und manchmal als Todesengel erscheinen, rührt vielleicht daher. Wer weiß, vielleicht scheinen wir in den Augen der anderen auch wie Djinnen, die unvermutet aus der Zeit auftauchen. Wir bringen das ersehnte oder das unerwünschte Schicksal.

Ein Bote kennt die Bedeutung der Zeit sehr wohl. Er muss sie in seine Gewalt bringen. Die Zeit beherrscht uns, und die Zeit gehorcht uns. Die Zeit hat sich verändert. Der Sand ist zerronnen. Die Stunde ist verstrichen.

Wir nähern uns dem Ziel, Herr. Und das ist vielleicht jetzt das Wichtigste auf dieser riesigen Erde, die gerade auf die ersten Strahlen der Sonne wartet. Wir befinden uns am Ende des dritten Tages, das Ende des Weges ist abzusehen. Die Freude macht mich quicklebendig. Ich weiß, wenn ich mein Gesicht am Saum des im Kaftan geborenen Prinzen reibe, wird für uns alle ein günstigeres Schicksal beginnen. Eine neue Zeit wird anbrechen. Was wäre geschehen, hättet Ihr mich nach Amasya und den Çavuş nach Konya geschickt? War es nur Zufall, dass ich nach Konya und der andere nach Amasya aufbrach? Natürlich nicht; es war auch nicht nur von Eurer Entscheidung abhängig. Denn Ihr und ich und der im Kaftan geborene Prinz kreisen auf der Umlaufbahn desselben Sterns. Wir sind sehr schwach, und wir sind sehr stark. Wir sind Perlen auf derselben Schnur, Glieder derselben Kette. Das ist es, worüber ich am meisten nachgedacht habe, auf dem schwierigen Weg zwischen dem Ort, von dem ich komme, und dem Ort, an den ich gehe. Von dem Kurier nach Amasya ist höchstens zu erfahren, dass der Großherr gestorben ist. Seine Botschaft kann nicht abgefangen werden. Doch wenn ich abgefangen würde, wären alle Glieder einer Kette gerissen. Was für ihn eine Pflicht ist, ist für mich eine Notwendigkeit. Denn ich trage nicht nur eine Botschaft bei mir, sondern eine Zukunft. Ihr, die Ihr den ehrlosen Sieg verschmäht, verdient diese Zukunft am allermeisten. Hättet Ihr Eurem Wunsch nachgegeben, hättet Ihr nur mich auf den Weg geschickt. Ich bin einer der Würfel, die Ihr in dieser schwierigen Zeit geworfen habt. In diesem Augenblick rotiere ich über einer Samtunterlage. Noch kreise ich. Wenn ich stillstehe, müssen auf meinem zum Sternenhimmel gewandten Gesicht sechs Perlmuttpunkte erscheinen – drei oben und drei unten. Sie müssen mit den Sternen strahlen. Ich will, wir müssen gewinnen.

Erinnert Ihr Euch? Als ich von Euch Abschied nahm, blieb ich einen Moment am Tor der Ratskammer stehen und schaute zurück. Wir standen uns Auge in Auge gegenüber, und ich konnte meine Augen nur mit Mühe von den Euren abwenden. Ich weiß nicht warum, aber Ihr habt gelächelt. Als hättet Ihr vergessen, dass ich Euer Sklave bin. Genau in diesem Augenblick wollte ich, geschehe, was auch immer wolle, unbedingt wohlbehalten zurückkehren. Als könnte ich jetzt, wenn ich vom Fenster Eures Zimmers im Palast zu meinem eigenen Fenster hinüberschaue, mich selbst erblicken. Ich hatte Eure Augen kennen gelernt.

Mit den ersten Strahlen der nebligen, grauen Sonne hellt sich die ganze Umgebung auf. Alles nimmt wieder seinen Platz in der Natur ein. Als sei der Weg zu Ende. Als sei ich an meinem Ziel angekommen. Mein überall angeschwollener, schmerzender Körper badet sich in kühlem Wasser, spürt nichts anderes mehr jetzt als Schlaf auf kühlem Lager. Ich bin erfüllt vom Glück des Erfolgs. In meiner Kindheit hatte ich ähnliche Gefühle, wenn ich mit den Vorboten ritt, die für unseren wandernden Stamm einen Lagerplatz suchten. Ein neues Lager brachte mir immer tiefen Schlaf. An jede neue Situation gewöhnte ich mich im Schlaf. Vor meinem Auge flattert der Saum des im Kaftan geborenen Prinzen, Herr. Als könnte ich ihn berühren, wenn ich meine Hand ausstreckte. Wieder reite ich schneller. Wieder treibe ich mein Pferd an, bis es fast zusammenbricht. Außer in Weisheit zu ergrauen, habe ich für die Zukunft keinen Traum. Ich möchte mich im Schoße meines Ordens ausruhen. Dies soll die letzte Reise meines Lebens sein, die Vollendung.

Plötzlich tauchen am Horizont wieder Falken auf. Als hätten sie mich den ganzen Weg lang verfolgt, als hätten sie erst jetzt beschlossen, sich zu zeigen. Mit unheilvollen Kreisen entweihen sie den Himmel. Bis sie verschwinden, verdüstert sich meine Stimmung, wird mein Blick trübe, mein Herz von Messerstichen durchbohrt. Wieder suche ich den Himmel ab. Er ist leer gefegt. Sie sind verschwunden. Doch ganz in der Ferne, hinter einem dünnen Tüllschleier, sehe ich die Venus, Herr. Gerade als ich auf Konya zureite, sehe ich sie. Ich lache übers ganze Gesicht. Während im Morgenrot am wolkig verhangenen Himmel die aufgehende Sonne alle Sterne verdunkelt, leuchtet in der Ferne als Glückszeichen die Venus. Krönt unsere Reise.

Als ich meinen Blick wieder auf den Weg richte, zeichnen sich in der Ferne dunkle Schatten ab. Reiter preschen aus den Gräben auf beiden Seiten der Straße hervor, schneiden mir den Weg ab und kommen direkt auf mich zu.

Dies ist freilich keine der großen Begebenheiten der Geschichte, die immer wieder vor unseren Augen ausgebreitet werden; es ist nur ein weiteres Beispiel dafür, wie der Zufall manchmal den Lauf der Welt beeinflusst.

Wer wird je von unserem dreitägigen, stummen Beisammensein erfahren, Herr?

Was bedeutet mein Botengang denn in der Geschichte dieses riesigen Reiches? Der Weg ist längst von Unkraut überwuchert. Wer erinnert sich noch an die namenlosen, unbedeutenden Personen der Geschichte wie mich? Wer kennt jene vergessenen Schattengestalten, deren Wundertaten und Abenteuer längst der Vergangenheit angehören? Unsere Namen sind ausgelöscht, verloren sich auf Irrwegen, die nicht ans Ziel gelangten. Einige Autoren hielten mich für einen Sudanesen, andere für einen Abessinier. Nur der Schreiber dieser Zeilen erinnert sich an mich als einen Turkmenen, der zum Orden der Melâmis gehörte.

Was hat das alles jetzt für eine Bedeutung?

Als ich an jenem Morgen Konya erreichte, sah ich tatsächlich am Himmel die Venus und glaubte, dass uns Erfolg beschieden sei, Herr.

Das Heerlager hatte vom Tod des Großherrn erfahren, die Soldaten begannen wie ein irregulärer Haufen ohne jede Disziplin nach Istanbul zu marschieren. Sie wollten ja nicht die Plünderungen und Brandschatzungen verpassen. In Üsküdar gab es, da sie kein Boot, keinen Kahn vorfanden, einen Rückstau. Ein Teil marschierte weiter zu den Anlegestellen in Kartal und Pendik, setzte mit den Booten über, die sie dort fanden, überfiel den Hafen, schickte dann alle Schiffe und Boote, die im Hafen auf der europäischen Seite vor Anker lagen, ans andere Ufer und brachte so alle auf der anatolischen Seite festsitzenden Janitscharen herüber. Die jüdischen und griechischen Viertel wurden geplündert und in Brand gesteckt. Das Geschrei, das sich in diesen Vierteln erhob, dauerte bis zum Morgen an, die Feuerflammen machten wie eine fluchbeladene Festbeleuchtung die Nacht zum Tag.

Der Großwesir stand mit dem Tod des Großherrn gleichzeitig seinem eigenen Schicksal gegenüber; doch als er alles aufs Spiel setzte, hatte er das Spiel schon verloren. Sein Palast wurde schon am zweiten Abend, nachdem er die Boten losgeschickt hatte, von Janitscharen überfallen, er wurde gelyncht.

Er war der erste Großwesir, den die Janitscharen umbrachten, jene drohende, finstere Meute, die er so fürchtete.

Der Bote, dem die Soldaten des Beylerbeyi von Anatolien an einer Waldschneise am Rand von Konya den Weg abschnitten, erregte Verdacht, sollte verhört werden. Es zeigte sich, dass er stumm war. Er wurde einer schweren Folter unterzogen, ließ jede Frage nach dem Großwesir aber ohne Erwiderung, gab keinerlei Anhaltspunkte. Als ihm der Kopf abgeschlagen wurde, löste sich zusammen mit dem schwarzen Amulett, das von seinem Hals herunterfiel, auch das Geheimnis.

Genau am Muttermal, das er am Hals hatte, war ihm der Kopf abgeschlagen worden.

Der Beylerbeyi von Anatolien, ein Schwager des Erstgeborenen, verheimlichte den Brief dem im Kaftan geborenen Prinzen. Der Erstgeborene legte den Weg nach Istanbul in neun Tagen und neun im Sattel durchwachten Nächten zurück, setzte sich auf den Thron und ordnete in seinem ersten großherrlichen Befehl das Begräbnis seines Vaters an.

Nachwort

Doğu Sarayı – Palast des Ostens – hat Murathan Mungan diese Anthologie genannt, die er selbst aus drei 1986, 1989 und 1999 zum ersten Mal auf Türkisch erschienenen Erzählsammlungen zusammengestellt hat. Wer das Programm der Türkischen Bibliothek aufmerksam studiert, wird bei diesem Titel stutzen: Ist es nicht gerade ihr erklärtes Ziel, ein Bild der Türkei zu zeigen, das dieser jenseits von abgegriffenen, doch umso hartnäckigeren Klischees gerecht wird? Eines, das die Türkei und ihre Bewohner nicht irgendwo zwischen Tausendundeiner Nacht, geheimnisvollen Harems und bäuerlichen Traditionen ansiedelt, sondern die moderne Türkei in ihren vielen verschiedenen Facetten zeigt, die oft wenig mit den westlichen Vorstellungen vom »Orient« gemein haben?

»Palast des Ostens«: Vorstellungen vom märchenhaften Orient werden unwillkürlich wach – und tatsächlich, nicht in die moderne Türkei führt uns der Autor, sondern mitten hinein in die Steppen und Bergregionen Vorderasiens und ihre Mythen- und Sagenwelt. Wer die Geschichten liest, wird sofort feststellen, dass sie dennoch mitnichten »Orient«-Assoziationen wachrufen.

Die Nähe Mungans zur Mythenwelt Anatoliens und des Nahen Ostens und sein Interesse daran hängen eng zusammen mit den Besonderheiten seiner Biografie: Mungan entstammt väterlicherseits einer angesehenen kurdisch-arabischen Familie aus Mardin im Südosten der Türkei. Die Geschichte seiner Familie lässt sich bis in die osmanische Zeit zurückverfolgen. Er ist in Mardin, das nahe der syrischen Grenze gelegen ist, aufgewachsen und kam so schon als Kind mit den Spuren der Kulturen in Berührung, die diese Gegend, die historisch und geografisch zum antiken Mesopotamien gehört, geprägt haben. Das Auseinanderklaffen zwischen der republikanischen monokulturellen und monolingualen Staatsideologie und der Vielvölkergeschichte Anatoliens erlebte er schon früh als Widerspruch: In seiner autobiografischen Erzählung *Paranın Cinleri* (Die Geister des Geldes) äußert er sich zu seiner Familiengeschichte und dem Einfluss, den diese auf seine Entwicklung hatte. Die »Sprachlosigkeit« seiner kurdischen und arabischen Verwandten, die der türkischen Sprache nicht mächtig waren oder sie nur gebrochen sprachen, sei für ihn der Hauptantrieb gewesen, ein Schriftsteller türkischer Sprache zu werden. Sein Vater, selbst ein erfolgreicher Anwalt, jedoch während seines Studiums von

Kommilitonen wegen seines starken Akzents verspottet, habe verboten, dass irgendjemand mit Murathan in seiner Kindheit kurdisch spreche:

»So kam ich zum ersten Mal mit den Problemen von Fremdheit und Kommunikationslosigkeit in Berührung. Ich glaube, dass ich heute ein Schriftsteller bin, der das Türkische gut beherrscht und seine Möglichkeiten voll ausschöpft. Wer weiß, vielleicht ist dies aus dem Wunsch entstanden, im Namen meines Großvaters, meiner Großmutter, meiner Amme und aller, deren Sprache fest versiegelt wurde, zu sprechen. Dies muss auch der Grund dafür sein, dass ich so viele Jahre keine andere Sprache als das Türkische lernen konnte, dass mir dies verschlossen blieb ...« (*Paranın Cinleri*, S. 15f)

Die frühe Erfahrung von Fremdheit – erzeugt durch die andere Sprache, durch die kulturbedingte Andersartigkeit als Sohn einer Familie mit arabisch-kurdischen Wurzeln, durch die schichtbedingte Andersartigkeit als Sohn einer Familie der oberen Mittelschicht im ländlich geprägten Mardin und nicht zuletzt durch seine Situation als Schwuler in der Türkei – spiegelt sich deutlich in Mungans Texten. Seine Prosa ist auf eine besondere Art anrührend – der Mensch in den hier vorgestellten Geschichten ist einsam, ein Außenseiter, der es gewagt hat, sich auf das unsichere Terrain abseits der Konventionalität zu begeben. Die Protagonisten dieser Texte haben eines gemeinsam: Sie verletzen Tabus, stehen außerhalb der gesellschaftlichen Norm und müssen oft auf schmerzhafte – und manchmal tödliche – Weise erfahren, dass die gesetzten Regeln nicht ungestraft zu übertreten sind. Immer wieder ist es die Tradition, die Verbundenheit des Menschen mit der Geschichte des geografischen Raumes, dem er entstammt, die ihn herausfordert und oftmals bezwingt. An ihr misst er sich, sie zeigt ihm seine Grenzen auf, durch die Auseinandersetzung und den Bruch mit ihr wird er erwachsen.

In den Geschichten dieses Bandes geht es immer um die Beziehungen zwischen zwei Menschen. Diese können Freunde sein wie in *Ökkeş und Cengâver*, Feinde wie in *Binali und Temir,* ein Liebespaar wie in *Muradhan und Selvihan* oder auch Herr und Diener wie in *Der Großwesir und sein Bote*. Das ungewöhnlichste Paarverhältnis in diesem Band gehen sicher in der Erzählung *Dumrul und Azrail* Mensch und Tod in Gestalt des Dumrul und des islamischen Todesengels Azrail ein, der sich sterblich in Dumrul verliebt. Diese Erzählung, eine Neuerzählung der Geschichte des »Deli Dumrul« – des verrückten Dumrul – aus dem ogusischen Epos des *Dede Korkut*, weicht in einem wesentlichen Punkt von ihrem Vorbild ab: Während im Buch des *Dede Korkut* Dumrul schließlich durch die Liebe seiner Frau vor dem Tod gerettet wird, ist es in Mungans Version der Engel selbst, der Dumrul aus Liebe den Tod »erlässt«.

Die Schwelle zum Erwachsensein, eine besonders herausfordernde Lebensspanne, ist für Mungan ein Anlass, auf ganz eigene Weise Tradition und Moderne, Mythos und Realität, Geschichte und Gegenwart zu verknüpfen: Ich-Werdung, Identitätssuche und Sexualität – in der heutigen türkischen Literatur zentrale Themen – sind in den hier vorgestellten Texten mit der vorderasiatischen Mythenwelt verknüpft. Durch Jagd und Kampf müssen seine Helden beweisen, dass sie die Fähigkeit zur Mannhaftigkeit errungen haben. Fünfzehn Jahre alt – im *Buch des Dede Korkut* das magische Alter der Initiation – sind Ökkeş und Cengâver, als ihre Freundschaft durch ein grausames Stammesritual auf eine harte Probe gestellt wird. Fünfzehn Jahre alt ist auch der Hirtenjunge Temir, als er seine Kräfte an der Begegnung mit dem Räuber Binali misst. Und auch Selvihan, die Schöne im Kristallpalast, ist mit vierzehn auf der Schwelle von der Kindheit zur jungen Frau, als sie Muradhan kennen lernt und sich ihrer selbst (und ihrer Sexualität) bewusst wird.

Ein weiteres großes Thema von Mungans Literatur ist die Geschichte der Türkei in osmanischer Zeit. Schon 1981, als der heute starke Trend, Themen der osmanischen Geschichte literarisch zu behandeln, allmählich sichtbar wurde, legte Mungan seinen ersten Gedichtband unter dem Titel *Osmanlıya Dair Hikâyat* (Geschichten über die Osmanen) vor. Das literarische Interesse am multikulturellen und multilingualen osmanischen Staat, der in der nationalen Sicht der Türkischen Republik lange als »untürkisches« und »dekadentes« Konstrukt verteufelt wurde, hat Mungan auch später nicht losgelassen. Ein Zeugnis davon ist *Der Großwesir und sein Bote*, erstmals 1989 auf Türkisch erschien. Die Erzählung basiert auf einer wahren Begebenheit, den Ereignissen um den Tod Sultan Mehmeds II., des Eroberers von Konstantinopel, im Jahre 1481.

Mungans literarisches Schaffen ist geprägt von seiner Nähe zum Theater, zur Bühne. Er absolvierte ein Studium der Theaterwissenschaften und wirkte lange als Dramaturg an den türkischen staatlichen Theatern in Ankara und danach an verschiedenen städtischen Theatern in Istanbul. Der türkischen Öffentlichkeit wurde er zunächst bekannt als Autor des preisgekrönten Theaterstücks *Mahmut ile Yezida* (Mahmut und Yezida), das 1980 erstmals publiziert wurde und den ersten Teil der Theatertrilogie *Mezopotamya Üçlemesi* (Mesopotamien-Trilogie) bildet. In diesem Stück finden wir – dramatisch inszeniert – schon das gemeinsame Motiv der hier vorgestellten Erzählungen: die Thematisierung der in den Osten weisenden Geschichte des Brückenlandes Türkei und die psychologisch fein ausgeleuchtete Zeichnung einer Paarbeziehung.

»Theatralisch« ist Mungan in seiner Art, sich selbst und seine Literatur der Öffentlichkeit als Gesamtkunstwerk zu präsentieren: Der Widerspruch zwischen der Aura des Fremden, Einsamen, Geheimnisvollen, mit der er sich umgibt, und seiner Vorliebe für spektakulär inszenierte öffentliche Auftritte, zwischen seiner Vorliebe für die Volkskultur und seinem großstädtischen Lebensstil weitab der anatolischen Tradition wird bewusst geschürt. Doch dies allein erklärt noch nicht, warum Mungan heute ein Autor ist, dessen Bekanntheitsgrad und Erfolg in der Türkei sich durchaus mit dem des international weit berühmteren Orhan Pamuk vergleichen lässt. Wie Pamuk nutzt Mungan die Möglichkeiten des Medienzeitalters, um seine öffentliche Präsenz wirksam zu steigern. Und wie Pamuk schöpft Mungan aus einem reichen Themenschatz, der sich in der kulturellen Vielfalt der Türkei als Schwellenland zwischen »Orient« und »Okzident« begründet. Seine Texte behandeln das moderne türkische Großstadtleben europäischen Stils ebenso wie das Leben im ländlichen Anatolien, die osmanische Geschichte ebenso wie die türkische Gegenwart. Dabei spielt er auf der ganzen Klaviatur der Möglichkeiten, die einem Autor nach dem Aufkommen der Postmoderne zur Verfügung stehen. Die Grenzen zwischen trivialer und »hoher« Literatur, zwischen Ost und West, Vergangenheit und Gegenwart, Dichtung, Theaterstück und Prosa, Realität und Fiktion, Autor und Text werden auf spielerische Weise immer wieder überschritten, gehen bei Mungan neue, eigenwillige Bündnisse ein.

Der Titel *Palast des Ostens*, den Mungan für diese Erzählsammlung wählte, erklärt sich vor diesem Hintergrund. Der *Palast*, in einem übertragenen Sinne die Bühne von Mungans literarischer Inszenierung, ist ein Ort der Worte, an dem der Autor seine Figuren platziert. Der kraftvolle Lyrismus von Mungans Sprache ist in der Tat von türkischer Alltagssprache weit entfernt – Mungan baut sich mit seiner Sprache einen Palast der Worte, er ist in einem besonderen Sinne ein »elitärer« Autor: ein Autor, der seine Erfahrung von Fremdheit umgesetzt hat in eine poetische Sprache, ein Aristokrat, der in der Volkskultur zu Hause ist, der volksnahe Themen ästhetisch brillant erzählt.

Börte Sagaster

Worterklärungen

Acemioğlans wörtl. »fremde Knaben«, d. h. aus der Knabenlese stammende Palastpagen und die Ausbildungsregimenter der Janitscharen
Ağa begüterter Bauer oder Grundbesitzer
Ayran erfrischendes Getränk aus Yoghurt, Wasser und Salz
Azrail islamischer Todesengel
Bey Anrede »Herr«, dem Namen, meist dem Vornamen, nachgestellt
Çavuş Adjutant, Leibwache (des Sultans), auch mit Botenaufgaben
Çiftekoyaklar wörtl. »das doppelte Tal«, unidentifizierbarer Ort im Taurusgebirge (?)
Dede Titel für den Scheich des Ordens der Mevlevi-Derwische; auch einfach »Großvater, Urahn«; Anrede für einen alten Mann
Djnn Geist, Dämon, taucht bereits im Koran auf; es gibt muslimische und heidnische Djnns.
Ferhat Held im klassischen romantischen Epos und im Volksroman über das berühmte Liebespaar »Ferhat und Şirin«. Ferhat muss, um seine Geliebte zu erringen, einen Berg durchbohren.
Geburtsmonat d. h. Rebiülevvel: Am 12. Rebiülevvel wurde der Prophet Muhammed geboren. Da das islamische Jahr 10 Tage kürzer ist als das christliche, wandert der Monat im Laufe der Zeit durch die Jahreszeiten.
Geomantik Wahrsagen aus Linien im Sand
Gladiolenjüngling die Gladiolen *(kuzgunkılıçı)* haben spitze, schlanke Blätter wie Schwerter, hier gebraucht für heldenhafte Jünglinge
Großherr Hünkâr, Souverän, einer der Titel des osmanischen Sultans
Großwesir höchstes Amt in der osmanischen Verwaltungshierarchie
Halay anatolischer Rundtanz
Hamam türkisches Bad
Janitscharen osmanische Elitetruppe, hervorgegangen aus der Knabenlese
Judasbaum (lat. Cercis siliquastrum) Baum, der gern auf Friedhöfe gepflanzt wird, blüht purpurrot im März, April
Kaf Dağı mythischer Berg am Ende der Welt in den Märchen und Sagen der nahöstlichen Völker
Kerem fahrender Sänger, tragischer Held im anatolischen Volksroman »Kerem und Aslı«. Seine Geliebte Aslı ist die Tochter eines christlichen, armenischen Priesters.
Kirve Mann, der den Knaben bei der Beschneidung hält, eine Art Pate

Knabenlese zwangsweise Aushebung christlicher Knaben, die zum Islam konvertieren mussten und für den Dienst in den Janitscharentruppen und der Ziviladministration ausgebildet wurden

Köçeks (im Osmanischen Reich) Knaben, die in Wirtshäusern oder bei Festlichkeiten in Mädchenkleidern tanzen; (heutige Türkei) Männer, die als Transvestiten auftreten oder sich prostituieren

Kopuz Zupfinstrument mit kleinem birnenförmigem Klangkörper und langem Hals, ähnlich der Langhalslaute Saz

Köroğlu Held, edler Räuber in türkischen Sagen und Märchen; Schrecken der Ausbeuter, Freund der kleinen Leute

Mecnun Held im klassischen romantischen Epos und im türkischen Volksroman *Mecnun und Leyla*. Er ist der »verrückt Liebende«, der voller Sehnsucht nach der Geliebten herumstreift.

Melamî Anhänger einer alten islamischen, mystischen Geisteshaltung, die absolute Aufrichtigkeit kultiviert und sich gegen öffentlich zur Schau gestellte Frömmigkeit wendet; im 15. Jahrhundert in Anatolien (Ankara) wiederbelebt von Hacı Bayram

Oleander (türk. *zakkum*) bezeichnet auch einen mythischen Baum in der Hölle, sein Saft gilt als giftig

Osmane Angehöriger des Geschlechts von Osman, dem Begründer der türkischen Dynastie der Osmanen

Para kleine Kupfermünze

Saz Langhalslaute

Schamane Zauberpriester, Anhänger der Naturreligion des Schamanismus, die unter den Türken Zentralasiens und Sibiriens verbreitet war; Einflüsse auf das Alevitentum sind nachgewiesen

Scherbett Sorbett, Fruchtsafterfrischungsgetränk

Semah religiöse Zeremonie der Aleviten mit Musik und Tanz

Sirat schmale, messerscharfe Brücke, die zum Paradies führt und von der alle Sünder beim Überqueren in die Hölle stürzen

Sülüs eleganter Schriftduktus, häufig für Koranhandschriften verwendet

Tavaf siebenmaliges Umkreisen der Kaaba in Mekka auf der Pilgerfahrt

Zemzem Brunnen in Mekka, in der Nähe der Kaaba, dessen Wasser als heilkräftig gilt

Zur Aussprache des Türkischen

Das türkische Alphabet hat 29 Buchstaben, die Buchstaben q, w und x kommen im Türkischen nicht vor. Die Vokale werden zumeist kurz ausgesprochen.

c   wird wie dsch in Dschungel ausgesprochen
ç   wird wie tsch in Deutsch ausgesprochen
ğ   ist ein weiches g und nicht hörbar, es längt den vorhergehenden Vokal, d. h., Ağa wird wie aa'a ausgesprochen
ı   ist ein dumpfes i wie das e in Ochse
j   wird wie das j in Journal ausgesprochen
s   wird stimmlos ausgesprochen wie das s in Bus
ş   wird wie sch ausgesprochen
v   wird wie w ausgesprochen
y   wird wie j ausgesprochen
z   wird stimmhaft ausgesprochen wie das s in Sonne
^   über einem Vokal längt diesen: â = aa

Nachwort

Börte Sagaster, geboren 1962, studierte Islamwissenschaft, Turkologie und Germanistik in Freiburg i. Br. und Hamburg. Nach ihrer Promotion 1995 arbeitete sie als wissenschaftliche Mitarbeiterin am Zentrum Moderner Orient in Berlin. Von 1991 bis 1993 war sie als Stipendiatin, von 1999 bis 2003 als Referentin am Orient-Institut der Deutschen Morgenländischen Gesellschaft in Istanbul. 2005 unterrichtete sie türkische Literatur an der University of Cyprus.

Umschlagmotiv

Erol Akyavaş, 1932 in Istanbul geboren, 1999 dort gestorben. Er studierte von 1950 bis 1952 an der Akademie der Künste in Istanbul und von 1954 bis 1960 am Illinois Institute of Technology. Früh suchte er den Anschluss an die westliche Kunstszene. Kalligrafische Symbole inspirierten Akyavaş, später ließ er figurative und architektonische Elemente in seine Arbeiten einfließen.

TÜRKISCHE BIBLIOTHEK

*Herausgegeben von Erika Glassen und Jens Peter Laut
Eine Initiative der Robert Bosch Stiftung
www.tuerkische-bibliothek.de*

Die Türkische Bibliothek präsentiert Meilensteine der türkischen Literatur von 1900 bis in die unmittelbare Gegenwart. Ob Roman, Autobiografie, Kurzgeschichten, Gedichte, Essays – alle Texte sind repräsentativ ausgewählt. Das Schwergewicht liegt dabei auf jenen Autorinnen und Autoren, die trotz ihrer Bedeutung bislang der deutschsprachigen Leserschaft noch nicht angemessen zugänglich gemacht wurden.

Die Spannweite reicht von bereits klassischen Romanen des 20. Jahrhunderts bis hin zu aktuellen Werken der jüngsten Generation. Alle treffen sie den Nerv ihrer Zeit und zeigen einen faszinierenden Reichtum der Lebensformen und Anschauungen. Das kreative Spannungsverhältnis zwischen anatolischen Kulturelementen und westlichen Denkrichtungen sowie literarischen Strömungen hat viele Meisterwerke hervorgebracht, die noch zu entdecken sind.

Die zwanzig Bände der Türkischen Bibliothek erscheinen ab Herbst 2005. Jeder Band enthält ein informatives Nachwort, Worterklärungen und Autorenbiografien. Begleitende Unterrichtsmaterialien werden vom Verlag an der Ruhr herausgegeben.

TÜRKISCHE BIBLIOTHEK

Leylâ Erbil *Eine seltsame Frau*
Die neunzehnjährige Studentin Nermin erfährt am eigenen Leib, was es bedeutet, erwachsen zu werden in einer Gesellschaft, die ihr ein traditionelles Frauenbild entgegenhält. In den Istanbuler Künstlerkneipen sucht sie Inspiration, doch die etablierten Literaten verweigern ihr als Frau die intellektuelle Anerkennung.

Liebe, Lügen und Gespenster
Mit Lust am Experiment, mit Skepsis und Ironie brechen die Erzählerinnen und Erzähler mit Konventionen und Tabus. Entlarvende Familiengeschichten und experimentell anmutende Skizzen, Science-Fiction und Satiren wie die um einen schmerzenden Zahn, der einen Mann fast in den Selbstmord treibt, bieten einen einmaligen Querschnitt durch die modernste türkische Prosa.

Hasan Ali Toptaş *Die Schattenlosen*
Aus einem Frisörsalon verschwindet ein Lehrling, aus einem anatolischen Dorf das schöne Mädchen Güvercin – hat der Dorftrottel sie entführt? Das spurlose Verschwinden greift um sich wie eine Epidemie, und der Bürgermeister weiß sich nicht mehr zu helfen. Oder ist diese Geschichte nur die Erfindung eines Kunden, der im Spiegel des Frisörsalons seine Fantasie spielen lässt?

Ahmet Ümit *Nacht und Nebel*
Mine, die heimliche Geliebte des Geheimdienstarbeiters Sedat, ist verschwunden, während er selbst bei der Aushebung eines Terroristenunterschlupfs kaltblütig auf Fliehende geschossen hat. Gibt es zwischen diesen beiden Ereignissen einen Zusammenhang? Je näher Sedat der Lösung des Falls kommt, desto mehr zerfällt seine Selbstsicherheit.

Von Istanbul nach Hakkâri: *Eine Rundreise in Geschichten*
In einer literarischen Rundreise führen uns Autoren von der schillernden Metropole Istanbul in die Welt der ägäischen Mittelmeerwinde, in die jüngere Vergangenheit und Gegenwart ihres Landes.

Bestellen Sie den Newsletter zur Türkischen Bibliothek:
www.tuerkische-bibliothek.de